Elogios para *Las c...*

Cristina García
Las caras de la suerte

Cristina García nació en La Habana y se crió en la ciudad de Nueva York. Es la autora de *Soñar en cubano,* obra finalista para el National Book Award; *Las hermanas Agüero;* y *El cazador de monos.* Sus libros han sido traducidos a una docena de idiomas. Cristina García ha recibido la distinción de ser un Guggenheim Fellow, un Hodder Fellow en la Universidad de Princeton y es la ganadora de un Whiting Writers' Award. Vive en Napa Valley, California, con su hija y su esposo.

OTRAS OBRAS DE CRISTINA GARCÍA

El cazador de monos

Las hermanas Agüero

Soñar en cubano

EDITORA

*Voces sin fronteras: Antología Vintage Español de
literatura mexicana y chicana contemporánea*

*¡Cubanísimo!: Una antología de la literatura cubana
contemporánea*

Las caras de la suerte

Las caras de la suerte

Cristina García

Traducción de Liliana Valenzuela

Vintage Español
Una división de Random House, Inc.
Nueva York

PRIMERA EDICIÓN VINTAGE ESPAÑOL, ABRIL 2008

Copyright de la traducción © 2008 por Liliana Valenzuela

Biblioteca del Congreso de los Estados Unidos
Información de catalogación de publicaciones
García, Cristina, 1958–
[Handbook to luck. Spanish]
Las caras de la suerte / Cristina García ; traducción de Liliana Valenzuela. — 1st ed.
Vintage Español.
p. cm.
1. Cuban Americans—California—Fiction. 2. San Salvador (El Salvador)—
Social conditions—Fiction. 3. Tehran (Iran)—Social life and customs—Fiction.
I. Title.
PS3557.A66H3618 2007
813'.54—dc22
2007034281

Vintage ISBN: 978-0-307-27681-0

Diseño del libro de Iris Weinstein

www.grupodelectura.com

Impreso en los Estados Unidos de América
10 9 8 7 6 5 4 3 2 1

Para mi esposo, Bruce

*Pero ya no hay dioses que nos devuelvan compasivos
lo que perdimos, sino un azar ciego…*

—LUIS CERNUDA

Primera parte

Es posible crear un espectáculo de ilusionismo maravilloso con unos cuantos elementos sencillos: palomas, naipes, monedas, música y un buen sombrero de copa.

—MAGO ANÓNIMO

(1968)

Enrique Florit

Enrique Florit subió las escaleras a la azotea del edificio de apartamentos donde vivía, desde donde se podían ver las copas de las jacarandas en la calle. Había llovido esa tarde y unos charcos oscurecían el cemento y el cartón alquitranado que se despegaba del techo. Cuando Enrique abrió las puertas de tela de alambre de las jaulas, las palomas revolotearon y se le posaron en los hombros y en los brazos extendidos. Hacía cinco meses, él y su padre habían comprado las palomas y les habían teñido las plumas de un arco iris de colores pastel. Ahora Enrique les servía las semillas diarias, les refrescaba el agua, escuchaba los murmullos graves y melancólicos de sus gargantas.

Las palomas debutaron en el acto de su padre en la Nochevieja. Él daba presentaciones cada quince días en un bar de Marina del Rey y necesitaba las palomas para hacerle la competencia al loro montado en monociclo del mago que era la atracción principal. Papi intentó robarle la escena al loro al hacer que *sus* palomas se montaran en una motocicleta de pilas sobre una cuerda floja diminuta. Enrique asistió a la función de Nochevieja. Las palomas actuaron impredeciblemente, a veces montándose en el momento indicado, a veces zureando indiferentes desde la orilla del sombrero de copa de su padre. Un par de ellas incluso salió volando del cuarto.

Sin embargo, cada vez que Papi entraba con aire resuelto al escenario, vestido de esmoquin y con su capa de terciopelo color ciruela, a Enrique le daba un pequeño vuelco el corazón. Escuchó a una mujer con un peinado de salón decirle a sus acompañantes de mesa: *¡Uuuuuuy, es igualito a ese Ricky Ricardo!* En California, nadie sabía gran cosa acerca de Cuba, a excepción de Ricky Ricardo, los secuestros a La Habana y, por supuesto, el Comandante mismo.

Armado de paciencia, Enrique logró que las palomas regresaran a su jaula, de una por una. El atardecer enrojeció el polvo flotante. Un avión de hélices despegó del aeropuerto al sur. Dio tumbos en lo alto sobre el mar antes de volver a tierra. Durante sus primeros meses en Los Ángeles, Papi había guardado una maleta lista en caso de que necesitaran regresar a Cuba a toda prisa. Escuchaba las estaciones de radio en español y tocaba boleros todas las noches antes de dormir. Leía *El Diario* en busca de noticias acerca de la caída del Comandante y mantenía su reloj adelantado tres horas, a la hora de La Habana. Después de un rato se acostumbraron a aguardar.

Su apartamento sobre la calle diecisiete daba a un callejón en el que se imponía una bugambilia rebelde. Vivían a una escasa milla de la playa, y el aire marino enmohecía las paredes y los pisos de linóleo. A Enrique le gustaba ir en patineta al muelle de Santa Mónica y mirar la rueda de la fortuna y a los mexicanos con sus cañas de pescar y sus cubetas vacías, llenas de esperanza. Papi dormía en el único dormitorio y Enrique se acurrucaba en el sofá de la sala por las noches. El rosario de coral de Mamá colgaba de un clavo encima del televisor, junto a un cartel del circo de Varadero. En el cartel, un elefante con un tocado incrustado de piedras preciosas se paraba en ancas mirando con recelo al maestro de ceremonias. Un tigre anaranjado rugía al fondo.

Enrique compartía el estrecho clóset del dormitorio con su padre. Los esmóquines raídos de Papi colgaban de manera ordenada, enormes y desamparados al verse despojados de sus abundantes carnes. Sus zapatos tenían un aspecto igualmente abatido, estacionados en doble fila junto a los tenis extra de Enrique. Sólo las camisas blancas de volantes, almidonadas y en posición de firmes, proyectaban un aire optimista.

Papi había sido famoso una vez por todo el Caribe. Se había presentado con regularidad en la República Dominicana y en Panamá y hasta la costa de Colombia al sur. El Mago Gallego. Ése había sido su nombre artístico en aquel entonces. Por supuesto, eso fue mucho antes de que muriera la madre de Enrique, mucho antes de que la Revolución Cubana se estropeara, mucho antes de que ellos abandonaran su casa de Cárdenas con sus pisos de mármol y sus contraventanas que iban del techo al piso y un ganso pinto llamado Pato que cuidaba del jardín.

Cuando Mamá aún vivía, Enrique, vestido en un pijama chino bordado y fingiendo regar un girasol que crecía lentamente, a veces acompañaba a sus padres en el escenario. Durante un año después de que ella murió, Enrique apenas pronunció palabra. Dormía en la habitación de su tía Adela, donde una luz implacable brillaba a través de las cortinas y la colcha estaba bordada con colibríes. Afuera de la ventana, unos racimos de plátanos maduraban ante sus ojos.

Su tía puso una campanita junto a su cama para que

Enrique pudiera llamarla cuando así lo deseara. Ella le traía horchata y pasteles en miniatura con mermelada de piña. Además lo mimaba, abrigándolo con varias capas de suéteres y una bufanda de lana para mantenerlo caliente. La tía Adela creía que todas las aflicciones del cuerpo podían curarse con el calor. En las mañanas Enrique se despertaba escupiendo y sin aliento, convencido de que se ahogaba. Su tía lo llevó a ver al Dr. Ignacio Sebrango, un especialista pulmonar de brazos carbúnculos, quien afirmó que la condición de Enrique era psicológica y no tenía nada que ver con la excelente salud de sus pulmones.

El temor más grande de Enrique era que pudiera llegar a olvidar a su madre por completo. Ella había muerto cuando él tenía seis y eso había sido hacía tres años enteros. Él revivía los recuerdos de ella una y otra vez hasta que éstos parecían más como una película vieja que algo real. Todo el mundo le había dicho que él era el vivo retrato de Mamá. Ambos eran de cuerpo menudo, cabello negro fino y piel color canela. Sólo sus ojos, color avellana tirando a azul, se parecían a los de su padre.

A veces Enrique jugaba con la esclava de plata de su madre con su nombre grabado, la cual él había sacado a escondidas de Cuba en su maletín de viaje, o la lanzaba sobre una de las botellas de perfume vacías de ella como en un juego de la feria. O desplegaba su abanico de Panamá, pintado meticulosamente con una imagen de la diosa hindú del amor. También había algunas fotografías. La que él más atesoraba, mostraba a Mamá sentada en la veranda de casa a la sombra de una acacia leyendo *Pasaje a la India,* su libro favorito. Más que nada Enrique extrañaba su aroma, una mezcla delicada de jazmín y sudor.

Había sobras de comida china y cuatro cabezas de lechuga marchita en el refrigerador, vestigios del breve intento de Papi por mejorar su dieta. Enrique tomó el envase de leche y se sirvió un vaso. Luego se sentó a la mesa de la cocina e intentó hacer su tarea de ciencias sociales. Le confundía la variedad de tribus indígenas norteamericanas. La historia de los indígenas de Cuba era sencilla a comparación: antes hubo taínos; ahora no había ninguno. Enrique sospechaba que su maestro del cuarto grado, el Sr. Wonder, pronunciaba mal su nombre adrede. Hacía que "Florit" sonara como una especie de hongo tropical.

Después de un año y medio en Los Ángeles, Enrique hablaba el inglés a la perfección. Su madre, quien había crecido en Panamá y era la hija del comisionado del agua de dicho país, le había enseñado a Enrique el poco inglés que sabía. Él le llevaba esa ventaja a su padre, pero eso no explicaba las tremendas dificultades que Papi tenía con el idioma. Su padre torturaba cada oración, metía a fuerzas el inglés dentro del *staccato* rápido del español cubano. Llamaba a las cosas *he* y *she*, en vez de *it*, y pronunciaba la *j* inglesa como una *y*. Contaba con un buen vocabulario, pero su velocidad y su pronunciación hacían que fuera imposible que alguien le entendiera.

Según Papi su acento era culpable de que su carrera se hubiera estancado. La prestidigitación de un mago, le dijo a Enrique, dependía por completo de su habilidad de enfocar la atención del público. Si la gente no podía entender lo que él decía —"¡En inglés!" algún borracho invariablemente le gritaba durante sus actuaciones— ¿cómo manipularla? Papi decía que la magia era en gran parte una cuestión de hacer que las cosas ordinarias parecieran extraordinarias por medio de un toque de humo e ilusionismo.

Enrique deseó que se hubieran quedado en Miami con los demás cubanos. Su padre al menos podría haber ejecutado sus trucos para ellos en español, no que los exiliados estuvieran de mucho humor para la magia hoy en día. Para ellos, el concepto de la diversión hubiera sido ver al Comandante colgado de una farola en La Habana. Pero todo el mundo les había dicho que California era el lugar idóneo para abrirse camino en el mundo del espectáculo. Papi le había insistido nuevamente que se integrara a su espectáculo de magia, pero Enrique se había negado. Le consolaba imaginarse que Mamá velaba por él desde los márgenes, exhortándolo a que dijera "no".

Últimamente, su padre hablaba de la posibilidad de mudarse a Las Vegas. Conocía a algunos cubanos de los casinos de la isla que trabajaban en "el Strip", la conocida franja de hoteles y centros nocturnos allá, como jefes de mesa en los casinos, crupieres de veintiuna o gerentes de los centros nocturnos. Papi también conocía a varios mafiosos norteamericanos que habían trasladado allí sus operaciones de juegos de azar, después de que los cubanos los echaran de La Habana. Las Vegas crecía muy deprisa, decía él, y muy pronto se convertiría en la capital mundial de la magia. ¿En qué otro lugar podía un hombre comenzar el día con cincuenta dólares en el bolsillo y acabar como un millonario al anochecer?

Enrique prendió el televisor, forzando el grueso botón selector de una estación a otra. Estaban pasando programas repetidos de Abbott y Costello por el Canal 9, pero no le llamaban la atención. Sólo lo hacían reír cuando estaba enfermo. Tenía una tos leve y le dolía la garganta. Con suerte, pescaría una gripe y faltaría a clases por una semana. Le dolían las costillas después de una pelea en el patio de recreo. No había sido gran cosa, sólo el intercambio desigual de moquetes acostumbrado con ese buscapleitos de Ocean Park. No era fácil ser el niño nuevo (casi todos los demás se conocían desde el jardín de niños), tener la piel morena y ser el segundo más bajito de la clase.

El noticiero de las seis no cambiaba mucho. Siempre que Enrique veía al presidente Johnson por la televisión, recordaba a los turistas norteamericanos que acostumbraban ir a la playa de Varadero antes de la revolución y tenían la mala costumbre de llamar *"boy"* a todos los hombres. Cada día morían más soldados estadounidenses en Vietnam luchando contra los comunistas. Enrique ya había perdido la cuenta de cuántos miles hasta ahora. ¿Por qué los norteamericanos no luchaban contra los comunistas en Cuba? ¿Cuál era la diferencia? ¿Y qué habría sido de los hombres que lucharon en la Bahía de Cochinos? ¿Por qué ya nadie los mencionaba? Enrique sospechaba de los hechos. A su manera de ver, nadie podía fiarse de nada con excepción de los números o de algo que pudieras sujetar entre ambas manos.

Sus abuelos paternos y su tía se habían quedado en Cuba por decisión propia. El abuelo Arturo se paseaba aún por la Avenida Echeverría de chaleco y reloj de bolsillo de cadena larga y la abuela Carmen se paseaba por la ciudad en una calesa y se reunía con sus amigas en la terraza de azulejos del Hotel La Dominica a comer pastelitos de guayaba. Su tía Adela sobrevivía tejiendo cobijas para bebé hechas de lana vieja. Permanecían en Cuba a pesar de la escasez, a pesar de la amenaza de otra invasión yanqui, a pesar de los huracanes y los apagones y los enfrentamientos con los vecinos intransigentes porque para ellos, con o sin comunismo, éste era todavía su hogar.

En la escuela, el mejor amigo de Enrique era un niño japonés llamado Shuntaro, quien le sacaba dos centímetros y medio de altura y tenía el mismo pelo lacio. Pasaban los sábados por la tarde en el vivero de sus abuelos en Sawtelle Boulevard, con su olor a tierra mojada y sus bulbos de azucenas soñolientas y enamoradas. El vivero se especializaba en el bonsái —el invernadero de atrás estaba consagrado a ellos— y la gente venía procedente de toda California para comprar sus juníperos y sus olmos minúsculos. Este año estaban cultivando un granado enano perfecto con un fruto del tamaño de una pelota de golf.

Los abuelos de Shuntaro escuchaban cortésmente las

historias de Papi acerca de la magia. Enrique sospechaba que no comprendían ni una palabra de lo que él les decía. Su padre les dijo —mirando a su alrededor para incluir a cualquier cliente que quisiera escucharlo— que la magia era una profesión noble y arriesgada. En el pasado los magos habían sido condenados como brujos, hechiceros y adoradores del diablo, y habían sido ejecutados con frecuencia. Era solamente en los últimos cien años que los magos profesionales habían podido trabajar sin miedo a ser perseguidos.

El héroe de Papi era Robert-Houdin, el mago francés que había inspirado a Houdini a adoptar tal nombre artístico. En los años de 1850, Robert-Houdin fue enviado por su gobierno para calmar a los nativos de Algeria con sus asombrosas hazañas. Hizo muchas cosas para impresionar a los árabes, incluso idear un cofre tan pesado que ni siquiera los más fuertes entre ellos pudiera levantarlo, así como desaparecer a un moro joven de por debajo de un cono grande de tela. Para cuando hubo terminado sus trucos, los jeques árabes se rindieron y juraron lealtad a Francia.

Según Papi, el Comandante había engañado de manera muy similar al pueblo cubano. Después de su marcha victoriosa por la isla, miles de partidarios se reunieron a celebrar en la capital. Durante el discurso del Comandante —una estratagema embustera con fines propagandísticos, se mofaba Papi— contrataron a los mejores magos para que hicieran que unas palomas adiestradas volaran sobre la multitud. Cuando una paloma se posó teatralmente en el hombro del Comandante durante el clímax de su discurso, los santeros y sus seguidores lo tomaron como una señal divina de que él estaba predestinado a gobernar Cuba.

Para Fernando Florit, todo tenía que ver con la magia. Cuando Enrique le mostró su trabajo sobre Benjamín Franklin para la clase de historia, Papi sugirió que agregara un hecho poco conocido a la biografía del inventor. En la época de Franklin, dijo él, el famoso ilusionista Baron Wolfgang von Kempelen había inventado un jugador de ajedrez automático capaz de enfrentarse a cualquier contrincante. "En 1783", alardeó Papi, "Benjamín Franklin jugó contra la máquina y ¡perdió!"

Enrique abrió la ventana de la cocina y dejó que entrara una palomilla lanuda que estaba chocando con el cristal. Un vecino, con un cigarrillo colgando de la boca, probaba el motor de su Cadillac del '57 de aletas grandes, llenando el callejón de gases del escape. Era éste un ritual nocturno que molestaba a todos en el edificio menos a Enrique, a quien le resultaba extrañamente tranquilizador. Puso la mesa, calentó el pollo estilo Kung Pao y puso a hervir el arroz, anticipando con agrado el olor familiar a almidón. Luego terminó de estudiar para su prueba de vocabulario y esperó a que su padre llegara a casa.

Fernando Florit irrumpió por la puerta de enfrente justo después de las nueve de la noche con una caja de *éclairs* de chocolate y un pañuelo de seda rosado alrededor del cuello. Entraba a todos los cuartos de la misma manera, como arrasado por una ráfaga de calor, abrumándolo todo. Las tazas y los platos, comprados de oferta en la tienda de baratijas, vibraron en el armario. Levantó a Enrique en brazos y le plantó un beso carnoso en la frente. Después, tomó su lugar a la mesa de la cocina. Enrique colmó el plato de su padre de la comida china humeante al lado del arroz recién hecho.

Su ritual no cambiaba nunca. Comían primero, hablaban después. Sin importar lo hambriento que estuviera, Enrique esperaba a que su padre llegara a casa para comer. Ya habían pasado dos horas desde la hora de cenar habitual y Papi se moría de hambre. Le enorgullecía compartir una comida, por modesta que fuera, con su hijo todas las noches. Algunos días era el único momento en que se veían. Papi estaba muy ocupado: presentando audiciones, ensayando, contratando a agentes artísticos, luchando contra la competencia y, de vez en cuando, realizando sus actuaciones.

Enrique estudiaba a su padre, sentado frente a él, como si fuera un fenómeno natural, un géiser, tal vez, o un volcán en erupción. En la escuela, el Sr. Wonder les estaba dando unas lecciones sobre la geología y la meteorología, y Enrique no pudo evitar comparar a papi con una de las muchas agresiones violentas sobre la corteza de la tierra. Imaginó a su padre ocasionando terremotos, maremotos, huracanes categoría cinco. Enrique se parecía más a su madre, callado y pensativo, prefería leer o resolver un problema de matemáticas interesante. Hacía ejercicios avanzados de álgebra y trigonometría por pura diversión. Le agradaba pensar que los matemáticos de todas partes hablaban el mismo idioma.

Papi se terminó el pollo Kung Pao y repitió arroz varias veces. Se recostó en su silla, extendiendo sus enormes muslos. —¿Cómo estás hijo? —le preguntó. Enrique se relajó, pues sabía que de su parte no se requería más que un somero *bien*. La pregunta de su padre simplemente le daba pie a éste para hablar de su día o seguir planeando su gran traslado a Las Vegas. Eso no quería decir que si Enrique tuviera algo que compartir, Papi no lo habría escuchado con una atención entusiasta.

—¿Adivina a quién conocí hoy? —preguntó Papi, temblando de la emoción—. No me lo vas a creer.

—¿A Desi Arnaz? —Enrique sabía que su padre la traía contra ese actor conguero de Santiago. El Sr. Arnaz, se quejaba Papi, insultaba la dignidad de la hombría cubana con esos berreos al interpretar Babalú. El sólo mencionar a Arnaz en su presencia era garantía de un torrente amargo de insultos.

Papi sonrió y movió tres dedos rechonchos.

—¿Tres nombres? —Enrique estaba sorprendido. Nadie en los Estados Unidos tenía tres nombres, al menos nombres que usaran públicamente. Aquí, mientras más famoso eras, menos nombres tenías.

—¿Te das? —A Papi se le salían los ojos de las órbitas de regocijo.

Enrique alzó las manos dándose por vencido.

—¡Sammy… Davis… Junior! —Su padre alargó las palabras lentamente, aplaudiendo en triunfo—. Él está buscando un número nuevo para abrir su espectáculo en el Las Vegas Sands y asistió a mi ensayo o, al menos, a medio ensayo. ¡Lo logramos, hijo! ¡Esto es lo que habíamos estado esperando!

—¿Cuándo comienzas?

—¡Comienzas! ¡Querrás decir "comenzamos"! —Papi se puso de pie, sacudiendo sus colosales caderas, y recitó un verso de José Martí: "Yo he visto en la noche oscura llover sobre mi cabeza los rayos de lumbre pura de la divina belleza".

Siempre que Papi se emocionaba, bailaba el *maxixe,* un baile brasileño que había aprendido en Río de Janeiro, y citaba copiosamente a Martí. Se sabía de memoria todos y cada uno de sus poemas y además la mayor parte de sus ensayos, incluso el prólogo al "Poema del Niágara" que comenzaba: "¡Ruines tiempos, en que no priva más arte que el de llenar bien los graneros de la casa y sentarse en silla de oro…"

De niño, Papi había memorizado pasajes interminables en latín para sus maestros jesuitas. Los curas también eran unos fanáticos de la oratoria política, forzando a sus estudiantes a recitar los discursos inspirados del presidente Estrada Palma de sus primeros tiempos (antes de que las

tentaciones de su alto cargo comprometieran sus ideales).
Desde una temprana edad, Fernando Florit había sido escogido para el sacerdocio, hasta que una sarta de jugarre-
tas grotescas —una de ellas tuvo que ver con un montón
de hostias consagradas y el perrito *terrier* de pelambre
corto del padre Bonifacio— convencieron al clérigo de
que su alumno estrella, hijo del dueño de la mercería más
próspera de Cárdenas, había sido enviado por el mismí-
simo diablo.

—¿No tiene él un ojo de vidrio? —preguntó Enrique.

—Sí, pero eso no fue un impedimento en lo más mínimo
para que el Sr. Junior pudiera evaluar mis dotes. Quedó
especialmente prendado de mis recreaciones de los trucos
de magia del siglo XIX.

—Qué bien. —Ésos eran también los favoritos de
Enrique: restituir un naipe carbonizado; caminar a través
de un muro de ladrillo; sacar premios de una cornucopia
antigua—. ¿Cuánto te van a pagar?

—Esos detalles serán resueltos a su debido tiempo, mi
pequeño contador. ¿Acaso no te he enseñado que puede
que un mago desprecie la fortuna, más nunca la oportunidad?

Enrique no ponía en duda los talentos de su padre, pero
su visión para los negocios a menudo los dejaba sin un
quinto.

—¿Cuánto tiempo te van a dar?

—No estoy seguro de lo que suele durar el acto previo
para un hombre de la talla del Sr. Junior —dijo Papi, con
un poco de impaciencia—, pero me imagino que, a lo
menos, serán unos treinta minutos.

—Podrías hacer mucho en media hora. —Enrique intentó darle ánimos, no que Papi lo necesitara. El optimismo de su padre no era una cosa frágil.

—¡Mi hijo, batiremos nuestras alas cual mariposas!

—Ajá. —Enrique removió los restos de su pollo Kung

Pao de un lado al otro del plato. Tenía las tripas revueltas. Había heredado el estómago nervioso de su madre. Su padre, por el contrario, podría haberse comido la corteza de un árbol sin sentir malestar alguno.

A Papi no le gustaba hablar sobre Mamá, pero a veces no podía evitarlo. Habían estado, dijo él, muy enamorados. Enrique recordaba a sus padres tomados de la mano y dándose besos y bailando lentamente al son de un bolero. A veces se recitaban poesía uno al otro en el pórtico de enfrente, para diversión de sus vecinos. Ahora, en sus días de mayor desesperanza, Papi andaba de un lado al otro del apartamento intentando cambiar el curso de la historia con sus "si tan sólo". Si tan sólo él se hubiera negado a dejarla hacer esos trucos tan peligrosos en el acuario; si tan sólo él hubiera consultado el pronóstico del tiempo para ese día. Si tan sólo esto y si tan sólo aquello antes de desplomarse llorando en los brazos de Enrique. Estos incidentes los dejaban a ambos exhaustos y aún así no explicaban nada.

La semana pasada Enrique encontró un libro en la biblioteca llamado *Las probabilidades*. En éste, se calculaban matemáticamente las probabilidades de incluso aquellos acontecimientos en apariencia más sujetos al azar. Las probabilidades de morir en un taxi, de nacer quintillizo o con un sólo riñón o un sexto dedo. Todo podía ser pronosticado con seguridad. El libro también señalaba que los menores descuidos, un hipo de la naturaleza, podían alterar la vida de una persona. El día en que murió su madre, una bandada de cigüeñas con apariencia de parasoles, desviadas de su ruta por fuertes vientos otoñales, había aterrizado en el Parque Colón, cerca del escenario donde sus padres hacían sus trucos de magia. Una de las cigüeñas se enredó en un cable eléctrico y murió al mismo tiempo que Mamá. ¿Cuáles eran las probabilidades de eso?

A la mesa de la cocina, Papi volvió a contar la historia

de Sammy Davis Jr., pero Enrique sólo lo escuchaba a medias. Lo que menos deseaba era volver a empezar de nuevo en otro lugar. En las fotografías de Las Vegas, todo el mundo se veía viejo y demasiado bronceado. Además allá casi nunca llovía. Leyó en algún lugar sobre la única vez en que nevó y treinta y siete personas murieron congeladas. Si él y Papi tuvieran que mudarse a algún sitio, debía ser de vuelta a Cuba, como les correspondía.

Enrique miró a su padre, quien conversaba animadamente con él en español. Papi medía un metro ochenta y pesaba la octava parte de una tonelada, pero aún así podría pasar por un muchachito. Con su cara ancha y pálida y sus dientecillos infantiles, no se veía nada raro en un par de pantalones cortos o lamiendo una paleta de dulce enorme. A manera de postre, Papi le ofreció a Enrique un *éclair* de chocolate, luego se comió los tres restantes.

—¿Qué dices si salimos a festejar con un helado? —Papi sonrió, su pelo relucía bajo el único foco de la cocina. Una pizca de crema pastelera temblaba de la comisura de su boca.

Enrique le dio un mordisco a su *éclair*. Miró hacia fuera por la ventana para buscar un rastro de luna. Se suponía que iba a haber un eclipse lunar esta noche, pero no estaba seguro de exactamente cuándo. Si escuchaba con atención, podía escuchar el suave lamento de las palomas en la azotea.

Marta Claros

Era el mediodía y las calles estaban tranquilas. Sólo las palomas zureaban y aleteaban en el tamarindo, sus alas resplandecientes bajo el sol. De vez en cuando, Marta Claros escuchaba voces cansadas por detrás de las contraventanas y los portones. Caminaba arrastrando los pies por las calles conocidas, burdamente empedradas de su barrio de San Salvador y divisó un naranjo en la cima del cerro. Estaba repleto de flores de azahar y su dulce aroma flotaba hacia ella en briznas perfumadas. El árbol crecía en el patio de la casa más linda del lugar. Marta no comprendía por qué todo el mundo se refería a ella como la Casa Azul, siendo que no era azul sino de un blanco brumoso, como cuando el sol brilla a través de las nubes en un día invernal.

Una palomilla adormilada luchaba cuesta arriba a su lado. Marta pensó en que pudiera estar lastimada y quiso adoptarla. La palomilla era tan diminuta que no comería mucho, no como los perros y los gatitos flacos que llevaba a casa y que luego su Mamá la obligaba a abandonar otra vez. Marta puso en el suelo su canasta de ropa usada —calcetines remendados, blusas, faldas y pantalones— y le tendió un dedo.

—Ven aquí, palomilla —la instó. Por lo menos no era una oruga. Las orugas la asustaban. Sus diminutos cuernos verdes las hacían parecer como unos diablos. Evitaba también las libélulas, porque todo el mundo decía que si las tocabas, amanecerías con los ojos pegados.

Marta tenía hambre pero todavía no se atrevía a ir a casa. Hasta ahora, sólo había vendido dos pares de calcetines y una blusa de algodón a la esposa del tendero. Mamá le había advertido que no volviera a casa hasta que la canasta estuviera vacía y en sus bolsillos repicaran las monedas. Si tan sólo Marta se pudiera hacer de clientes como se hacía de amigas, como Caridad y Tomasina, que jugaban con ella siempre que quería y no le hacían trampa en los juegos como sus primas de verdad.

Ella imaginó a su clienta ideal: una dama distinguida de guantes de encaje y un sombrero de ala ancha para protegerse del sol. La dama viviría sola en su casa e invitaría a Marta a pasar y le ofrecería galletas y un vaso de horchata. Después le leería en voz alta, como lo había hecho su maestra en el salón de clases, no para aprender algo, sino nada más para escuchar una buena historia. La hora se desmadejaría lentamente, como un pedazo de tela raída. Después de que Marta se volviera a servir galletas y dejara en su plato unas cuantas migajas por cortesía, la dama le preguntaría: ¿A cómo me das toda tu canasta de ropa?

Recientemente, Marta había abandonado el primer grado (con nueve años de edad había sido la mayor de su salón de clases) porque su madre necesitaba ayuda. Mamá estaba embarazada de nuevo y quiso que Marta volviera a la calle a vender ropa de segunda, "apenas usada" como Mamá le instruía que dijera a sus clientes potenciales.

Mamá había perdido a tres bebés en los últimos dos años y no quería arriesgarse a perder otro. El único bebé que había sobrevivido vivió sólo cuatro días, sus huesos suaves como el barro. Luego le dio diarrea, se le sumió la mollera y no volvió a llorar nunca más.

Poco después de que Marta abandonara la escuela, su maestra vino a su casa con un vestido de flores y sandalias blancas. Trató de convencer a Mamá de que permitiera que *nuestra Martita* volviera a clases, por lo menos hasta que terminara de aprender a leer. (A Marta le encantaba la manera en que la señorita Dora decía *nuestra Martita*, como si les perteneciera a ambas.) La señorita Dora dijo que Marta había asistido a la escuela apenas un año y que para una niña tan inteligente como ella, eso no era suficiente.

Era una lástima, además, porque Marta finalmente estaba descifrando el alfabeto y uniendo las letras para formar palabras. P-a-l-o-m-a-s. A ella le parecía un milagro el que historias completas estuvieran atrapadas en esos trazos negros irregulares, historias que los mejores lectores del salón podían recitar a voz en cuello. Lo único que no comprendía era por qué las palabras de los libros no sonaban como hablaba la gente de verdad.

—¿Uste' pagará por la comida y la medicina de mi hija cuando ella se enferme? —Mamá le preguntó a la maestra en un tono irrespetuoso que avergonzó a Marta. La señorita Dora guardó silencio—. Ah, como me lo imaginé. Entonce', éste no es asunto suyo. —La conversación terminó allí.

—¿Soñando despierta otra vez? —resonó una voz cantarina.

Era Esperanza Núñez caminando calle abajo con una canasta de mimbre a la cadera. Esperanza vendía ropa interior de dama a domicilio, más que nada a amas de casa ricas que le compraban sus calzonetas elegantes y pijamas *baby doll.* Dijo que todas sus clientas debían ser unas putas en la cama, a juzgar por sus compras. Últimamente, lo único que querían eran artículos importados de Francia que costaban tres veces más que los productos locales. Marta se preguntó qué tan lejos estaría Francia y por qué harían una ropa interior mejor que la gente aquí en El Salvador.

Esperanza se inclinó hacia adelante y Marta alcanzó a ver en su canasta un despliegue tentador de ropa íntima de seda y encaje: unas brevísimas piezas rojas y negras con ganchos diminutos y cintas que despedían un perfume desconocido. ¿Las mujeres podían ir al baño con todo eso puesto?

Un mariachi atronaba mecánicamente de una radio, tocando el tema de una novela popular. Esperanza y su madre y todas las mujeres que conocían escuchaban un programa de radio, *Amor perdido,* a las siete de la noche. Se trataba de una muchacha rica y mimada llamada Genovesa de Navarra quien, en contra de la voluntad de su familia, salía a escondidas con un hojalatero llamado Ambrosio Peón.

—¿Qué quiere decir cuando se te seca el corazón? — Marta espetó. Eso había dicho Mamá un día durante el desayuno mientras recalentaba las tortillas y los frijoles. Que un corazón se secara debía ser algo espantoso.

—Quiere decir —comenzó Esperanza, triste como Mamá—, que a veces una mujer debe aprender a fingir en el amor.

¿Pero cómo podría alguien fingir eso? Quizá era como fingir que no tenías hambre cuando en realidad sí. Marta quiso hacerle más preguntas a Esperanza, pero se quedó callada. Cuando le daba a la gente a pensar que ella no era tan curiosa, hablaban con más soltura frente a ella. Tía Matilde, la más amable y bonita de todas sus tías, le dijo a Marta que a veces una persona tenía que masticar mucho la verdad como un pedazo de carne dura para sentir alguna satisfacción.

Ahora que ya no iba a la escuela, Marta tendría que aprender todo por sí misma. Como por qué los canarios cantaban y otros pájaros no y si acaso podían hablar entre ellos. O por qué su padrastro golpeaba tan duro a su mamá que ella tenía que pedir fiado el maquillaje en polvo para taparse los moretones.

Esperanza ascendió la cuesta y tocó el timbre en la Casa Azul. Tardó una eternidad para que se abriera la reja de fierro. Apareció una mujer rechoncha. Sus ojos se veían enormes, como los de una vaca, con pestañas tupidas. Llevaba un camisón sin manga con un cuello de plumas. Si Marta la hubiera visto después del anochecer hubiera creído que la mujer era un ángel o un búho nival (había una foto de uno de ellos en la escuela), o la cresta espumosa de una ola.

El sol se sentía caliente sobre su cabeza. Si no se metía a la sombra pronto, el sol le horadaría un agujero en el cráneo, y las palabras y las ideas que se acumulaban en su interior podrían escapar. Marta se puso la canasta de ropa en la cabeza y comenzó a bajar por el cerro. Una brisa agitó el hibisco. Ella miró por encima del hombro y vio a Esperanza ofrecer un brasier negro brillante, como un bebé zopilote, a la mujer de blanco.

Esa tarde, Marta fue a su clase de catecismo para prepararse para la primera comunión a la Iglesia de la Sagrada Trinidad. Sor Concepción sólo tuvo que repetir la oración dos veces para que Marta se la aprendiera de memoria. Era como si cada palabra tuviera su lugar en una procesión, como los caballos que hacen cabriolas durante el desfile del Domingo de Resurrección. En dos domingos más, ella caminaría hacia el altar en su vestido almidonado y su velo, una novia de Cristo, lista para recibir su cuerpo.

La iglesia estaba en el centro, no lejos del árbol de su hermano. Evaristo se había ido de casa hacía dos meses. Después de vivir en callejones y de dormir en el zoológico (sus preferidos eran los perezosos y los monos de la selva), decidió mudarse a un enorme colorín pinto cerca de la plaza Barrios. Si Marta deseaba hablar con él, tenía que trepar rama por rama y alcanzarlo en la copa del árbol. Él había insertado allí una plataforma de madera y colgado un pedazo de plástico a manera de techo. Era un milagro que no se cayera y se rompiera la nuca. Evaristo era muy terco, no obstante. Había sufrido muchas golpizas de su madre, pero se fue de casa después de sólo una paliza de su padrastro.

Marta le llevó a su hermano tortillas y frijoles envueltos en una hoja de plátano, junto con un tomate que se había robado de la cocina de Mamá. Les cobraba unos centavitos extra a sus clientes para poder comprar a Evaristo algo rico de comer. Una vez le trajo un tamal de pollo con chile, otra vez una rebanada de marquesote del día anterior que consiguió por una bicoca en la panadería de la esquina. A Evaristo le encantaban los barquillos de nieve de limón, pero era imposible subírselos a su árbol.

—Voy a tener mi primera comunión en diez días, hermanito. Quiero que vengas.

Un río de gorriones fluyó ruidoso sobre ellos. Su hermano se volvió hacia las montañas, rodeadas de nubes color cenizo. Desde su percha, él veía muchas cosas: dos arrebatos de bolsas; una prostituta atendiendo a un cliente en los heliotropos (el olor a leche agria de ella se elevaba hasta su árbol); la policía haciendo una redada de un grupo de estudiantes manifestantes.

—Primero Dios —le rogó Marta—. Debes perdonar a nuestro padrastro, Evaristo. Recuerda el gran sacrificio de nuestro Señor. —Le gustaba repetir, palabra por palabra, lo que le decía Sor Concepción. De esa forma su lengua no tropezaría con los pecados por equivocación. Si Marta no conociera tan bien a su hermano, creería que se estaba poniendo colorado de vergüenza y no de enfado.

—¿Por qué no trabajamos juntos? —Ella trató de darle ánimos. Marta sabía que Evaristo lustraba zapatos de vez en cuando. Una vez lo vio cruzar la Avenida Independencia con su estuche estropeado; otra vez lustrando las botas de un hombre de negocios afuera de La Mariposa, el famoso restaurante donde servían bisteces. Sin embargo, ella no dijo nada. Su hermano tenía su orgullo. El orgullo, ella había aprendido, también era un pecado.

—¿Si tú no me ayudas, quién lo hará? Tal vez podríamos hacer flores de papel. Sé dónde podríamos conseguir un pegamento muy barato. O podríamos vender naranjas o escobas, da igual.

Evaristo apartó la mirada.

—Mamá ya tiene la panza muy grande —dijo Marta, tratando de cambiar de tema—. Ojala sea niña esta vez. —La barriga de su mamá estaba más plana que en sus otros embarazos. Todo el mundo sabe que una barriga alta y picuda quiere decir un niño y una plana y ancha quiere decir una niña. A Marta le parecía que su madre estaba más contenta esperando bebé, como si sus hijos vivos tuvieran una menor importancia para ella.

Recordó cuando Evaristo se deslizó como un renacuajo sangriento de las piernas de Mamá. Había pesado apenas mil trescientos sesenta gramos y tenía unas llagas en la cabeza que parecían picaduras de zancudos. —Éste trae un gusto por la muerte —dijo la partera. Ella permitió que Marta observara todo para que, cuando le llegara su turno, no tuviera miedo. Vivían en las afueras de San

Vicente en ese entonces, con su padre verdadero. La mañana siguiente, Papá fue a buscar trabajo a Honduras y jamás volvió.

Todo el mundo le advirtió a Marta que no se encariñara demasiado con su hermanito porque no viviría mucho tiempo. Por más que le frotaban alcohol u hojas de guarumo no se le quitaba la fiebre. Las mujeres del pueblo ya le estaban haciendo sus alas de angelito —era mejor rezar para que llegara la muerte, que dejar sufrir a un bebé enfermo— cuando Evaristo se recuperó inesperadamente. Al principio, Mamá no reportó su nacimiento, convencida aún de que moriría. Luego había tenido que mentir a los funcionarios locales sobre su fecha de nacimiento para evitar una multa de cinco colones.

Evaristo casi se muere otra vez cuando tenía dos años de edad. Ellos habían estado caminando a lo largo de la ribera lodosa, cerca del ranchito de su familia, cuando él se resbaló y se cayó al agua. Se hundió hasta abajo, abajo, abajo, con los ojos bien abiertos, atónito frente a las algas y los peces brillantes. Cuando finalmente salió a la superficie, Marta se las arregló para sacarlo a la orilla por el cabello. Se lo echó a cuestas como un costal de frijoles y lo cargó, tambaleándose hasta llegar a casa. Esa noche, Evaristo se despertó envuelto en una peste de hojas de plátano remojadas en alcanfor que lo cubrían de pies a cabeza.

—Te extraño —dijo Marta, alcanzando la mano de su hermano. Estaba sucia y callosa, pero él dejó que se la tomara. Ella le acarició los nudillos, tranquilizándolo como lo hacía con los pollos de Mamá. En casa las aves andaban por todas partes, picoteando por los cuartos y el patio de cemento donde ellas lavaban y cocinaban. Mamá permitía que los pollos durmieran en su hamaca y le había dado por criar a un pequeño chompipe en una gorrita de lana.

—Mira esto —dijo Marta, sacando un rosario rosado de plástico de su bolsillo—. Me lo saqué por recitar el Ave María diez veces sin equivocarme ni una vez.

Evaristo tomó el rosario y lo examinó de cerca, tocando el borde del crucifijo. Marta tragó saliva. Sintió que se le atoraba algo en la garganta, pequeño y afilado como un anzuelo. Hacía mucho tiempo su padre había colgado un perro rabioso del árbol de mango en el campo para que la enfermedad flotara al cielo. ¿Por qué se le ocurría eso en este momento?

—He estado rezándole mucho a las Vírgenes últimamente —dijo Marta, tosiendo un poco—. A la María Auxiliadora. La Señora del Perpetuo Socorro. La Virgen del Carmen. Es decir, ya sé que todas son lo mismo, que son una sola Virgen. Pero me gusta escuchar sus distintas historias, cómo se le aparecieron a la gente común y corriente en sus pueblos.

—¿Crees que la Virgen pueda venir a visitarnos? —preguntó Evaristo en voz baja, descansando la cabeza sobre las rodillas.

—Tal vez.

—A veces en la noche, siento como si hubiera alguien a mi lado.

—¿Crees que pudiera ser *ella*?

—No creo. Probablemente es sólo un pájaro.

¿Por qué la gente armaba tanta bulla sobre las vírgenes, de todas formas? No sólo la Virgen María, sino las mujeres comunes. En su propia familia, se armaba un escándalo cuando se descubría que la mujer ya traía el cántaro roto en la noche de bodas. La tía Matilde le contó la historia de la pobre Luz, cuyo marido la regresó a casa de sus padres en su noche de bodas. Le había sacado la verdad a golpes: que el que se le había adelantado había sido el cura de la iglesia. Por supuesto, la culpa era de Luz sin importar cuál picaflor la hubiera atrapado. Al caer en desgracia, abandonó la casa de sus padres y nadie supo nunca qué fue de ella.

—¿No extrañas escuchar la radio? —Marta sabía que a su hermano le gustaban las rancheras sentimentales, sobre todo aquella de "Mira cómo late mi corazón por ti", aunque primero muerto que admitirlo.

—Tengo mis pájaros. —Evaristo señaló un solitario, silbando su aislado fuiii fuiii en una rama cercana. Le dijo a Marta que a los solitarios les gustaba contemplar su reflejo y beber agua de los charcos callejeros, igual que los perros.

Parte de ella admiraba en secreto el que Evaristo no viviera como los demás. Ninguna de sus amigas tenía a un hermano que viviera en un árbol. Pero temía que pudiera caer en garras del Cipitío o de los cadejos u otros duendes, desprotegido como se hallaba entre las hojas. ¿Y qué decir de la Siguanaba, con su piel helada y su mano peluda, que trata de agarrar a los muchachos por las tetillas?

Marta observó dos garrobos perseguirse por el tronco del árbol. En época de escasez, la gente asaba esas iguanas, ensartándolas en un palo. Todo el mundo juraba que si cerrabas los ojos, la iguana sabía a pollo.

—Está bien, iré contigo por un rato —dijo Evaristo, devolviéndole el rosario y escurriéndose para bajar el árbol—. ¿Oíste hablar de ese mecánico en Soyapango?

¿Cómo se enteraba su hermano de las últimas noticias? La noche anterior, unos borrachos habían descuartizado a machetazos a un amigo de su tío en el zócalo del pueblo. ¿Era mala suerte o la voluntad de Dios? Su familia discutía eso siempre que alguien moría inesperadamente. Tía Patricia había perdido a dos maridos en cinco años. Ahora todos murmuraban que ella era una de esas mujeres biliosas que ocasionaban la muerte violenta de sus hombres.

—¿Conoces a Jacinto López, el muchacho que vende leña? —Marta se sonrojó, tomando del brazo a su hermano.

—Qué, ¿te está molestando? —Evaristo quiso saber.

Marta se alegró. De ser necesario, su hermano la defendería.

—Se me declaró —dijo ella.

—Entonces, ¿Te gusta?

—No tanto.

A Marta le gustaba hablar con Jacinto, no obstante. Era inteligente y chistoso y se metía a ver las películas sin pagar. Después le contaba la trama de las películas americanas de vaqueros, actuando todas las escenas. Le salían tan bien las escenas de muerte que Marta con frecuencia confundía su actuación con la realidad. Pero Jacinto estaba demasiado escuálido, como una varita en su atado de leña. Ella prefería a los hombres altos y fornidos, como su padre. Evaristo era larguirucho, pero quizá algún día sería fornido como Papá.

—Así que, ¿adónde vas cuando llueve? —preguntó Marta.

—A ningún lado en particular.

Marta no estaba mucho más seca en casa. El agua se colaba por el tejado de hojalata, y ellos tapaban las goteras aquí y allá con pedazos de plástico. Marta guardaba su vestido de la primera comunión (el vestido heredado de su prima Herlinda) en una maleta de cartoncillo de Mamá para mantenerlo seco.

—¿Sabes lo que hizo Mamá hoy?

—¿Qué?

—Escupió al suelo y me dijo que fuera corriendo a la tienda y le trajera más polvo para la cara. Dijo que si no volvía para cuando se hubiera secado su saliva, me pegaría.

—¿Llegaste a tiempo? —preguntó Evaristo.

—Sí —dijo Marta.

Evaristo

Llueve toda la noche. Los pájaros se acurrucan en la rama más gruesa. Por lo menos habrá gusanos en la mañana, dicen, bastantes gusanos. Me cuesta dormir. Todo apesta. Las flores. La caca de burro. No puedo ver las estrellas entre las nubes. La lluvia no para. Unas gototas. Pasan muchas cosas debajo de mi árbol. Sólo los pájaros ven lo que yo veo. Pero nunca se callan. Esta semilla o aquélla. Ese insecto o aquél. Las mismas peleas estúpidas. Si no quieres no me creas, pero yo digo la verdad. Acá arriba, el agua todavía se siente tibia del cielo.

(1 9 7 0)

Leila Rezvani

Antes de que su madre mandara traer al horticultor desde Londres, el jardín era un lugar más acogedor. Leila Rezvani caminaba por sus senderos cuidados, más allá de un rododendro ostentoso y una fuente pintada con palomas. Una capa fina de humedad cubría cada hoja y pétalo. Las rosas se veían perfectas, delicadas y con venas oscuras. Sin embargo, a ella el jardín le parecía decoroso y estático, como un cuarto repleto de las amigas de Maman. Ya no había ningún lugar cómodo donde sentarse, ningún lugar donde pensar o mirar las nubes. Extrañaba las palmas de dátiles y aquel granado tenaz y también los viejos álamos y los plátanos. El jardinero anterior, un enano de Tabriz, acostumbraba cultivar peonías en la tierra reseca y lograr que florecieran, cubriéndolas de paja a principios de la primavera para protegerlas de las heladas.

Cuando su familia se había mudado al norte de Teherán en un principio, su madre se quejó de que su casa estaba demasiado pegada a las montañas, que el suelo era esponjoso y las liebres salvajes se comían lo poco que ella cultivaba. Un jardín formal resultaba imposible. Leila odiaba su casa nueva porque no había nadie de su edad con quien jugar, sólo su hermano mayor, Hosein, quien detestaba a las niñas. Eso fue hace seis años. Ahora había muchas más familias en el barrio y la mejor amiga de Leila, Yasmín, vivía allí cerca. Juntas escuchaban a los Beatles y se ponían el maquillaje y los trajes de fiesta de marca exclusiva de sus madres.

El horticultor, Míster Fifield, había llegado a mediados de enero. Para mayo había logrado que el jardín floreciera con una vegetación exótica: setos de boj, hortensias azules, cornejos, azaleas, hierba doncella. No dejó lugar para las especies autóctonas. Habían desaparecido los cipreses y los ciruelos claudios, los narcisos y los asfódelos. Había ahuyentado hasta las mariposas. La vegetación foránea de Míster Fifield requería de cantidades enormes de agua, la cual se bombeaba al jardín a través de un sistema complejo de tuberías y pozos, haciendo que el padre de Leila refunfuñara, "¿Cuánto tiempo, Fátima, hasta que drenemos todo el país de agua? ¿Entonces querrás vivir bajo el mar?

Míster Fifield inspeccionó la hiedra sobre el muro trasero del jardín mientras Maman lo miraba extasiada. A Leila no le gustaba la manera en que su madre rondaba al inglés, haciéndole cumplidos, pidiendo que se le sirvieran el té y los postres en bandeja de plata. Además Maman prestaba mucha atención a su lápiz labial, de un tono rojo subido que no le iba nada bien. Y, ¿desde cuándo usaba la falda tan corta, enseñando las rodillas rechonchas como una colegiala?

—Leila, ve adentro y trae un vaso de limonada para Míster Fifield —insistió su madre—. Apresúrate. No lo hagas esperar.

Leila detestaba al inglés. Le parecía como una de esas

magnolias de tallos tiesos que él había sembrado. Sobre todo odiaba la manera cantarina en que le hablaba a su madre, alargando la primera vocal de su nombre como si le faltara el aliento.

—Ah, mi querida Fáaatima —suspiraba Míster Fifield, el cabello húmedo por su ardua labor—. *Usted* es el perfume vital de este jardín.

¿Acaso Maman era incapaz de adivinar las verdaderas intenciones de estas lisonjas vacías?

Leila a veces inventaba unos dramas usando las flores que le ayudaran a distraerse de él y del hecho de que su hermano se estuviera muriendo. Las lilas eran ciertamente aristocráticas y Leila les daba roles majestuosos. Las petunias tenían cierto aire de infamia, eran hermosas y malvadas con sus embudos embusteros. Los lirios de los valles eran chicas excitables con la odiosa tendencia a desvanecerse. Ayer Leila había aprendido la palabra *virgen* de Yasmín, que a su vez la había escuchado de una prima mayor. Le parecía muy curioso que la gente pudiera definirse por lo que era, tanto como por lo que no era.

Su hermano dormía todo el día. Ni siquiera lo despertaban las ráfagas de viento. Hosein era cuatro años mayor que ella y durante casi toda su infancia no había demostrado el menor interés en ella. No había sido cruel, sólo indiferente. Leila más que nada lo había observado desde lejos, como si fuera un dios. Desde su enfermedad, Hosein hablaba con ella con más frecuencia, haciéndole pequeños cumplidos: el azul favorecedor de su blusa; su cabello lustroso recogido en una sola trenza. Sus atenciones agradaban a Leila, pero también la incomodaban.

Ese día, más temprano, Leila le había llevado un poco de *lavash* y un té de menta, pero Hosein sólo quería los cubitos de azúcar para chupar. Dijo que era la única cosa que quedaba que realmente le sabía a algo.

Durante el ramadán, Hosein había sido exonerado de ayunar debido a su enfermedad. De todas formas no podía comer mucho sin vomitar. No obstante, el olor de sus escasas raciones de cordero y arroz hacía que todos enloquecieran de hambre y envidia. Todos los días él empapaba la cama de sudor, adelgazándose hasta quedar como un tallo de trigo. Perdió todo el año escolar y ya no regresaría a Suiza a terminar sus estudios.

Durante la Navidad, los doctores en Londres habían diagnosticado a Hosein con un tipo raro de leucemia. Le recetaron los calmantes más fuertes y le dieron cuatro o cinco meses de vida. En su desesperación, Baba trató de darle unas medicinas experimentales. Al principio Hosein se mejoró, pero después los tratamientos sólo hicieron que se pusiera más enfermo. Para cuando Baba recurrió a su hermana supersticiosa, la tía Parvin (quien recomendó a un curandero para que averiguara quién le había puesto una maldición), Leila supo que su hermano moriría. No había medicinas ni oraciones ni exorcismos capaces de curarlo.

Ninguno en la familia quería admitir que Hosein se estaba muriendo, pero ya nadie lo negaba. Leila se preguntó cómo sería estar muerto. ¿Acaso era un silencio permanente, donde nada, ni siquiera una hoja o la más leve brisa, se movía jamás?

El año entrante ella iría a Suiza para asistir al antiguo internado de Hosein a la orilla del Lago Lemán. Recibiría una mensualidad generosa y perfeccionaría el inglés y el francés (ella había asistido a la Academia Internacional trilingüe desde el jardín de niños). Los hijos de las mejores familias del mundo eran admitidos a esta escuela suiza, dijo Maman, y Leila haría muchas amistades importantes. A la larga asistiría a la universidad en Estados Unidos, como lo hubiera hecho Hosein. Pero primero, insistió Maman, Leila tendría que arreglarse la nariz. ("Sólo haremos que te limen esa joroba tan desagradable de los Rezvani y que te levanten un poco la puntita…")

Leila entró a la cocina, despertando a la cocinera de su siesta. —Maman desea una limonada para el inglés —dijo ella.

—*Besm-Allah-o-Rahman-e-Rahim* —recitó Nasrin de manera automática mientras partía y exprimía diez limones. Se veía constantemente cansada, como si su existencia misma fuera una carga. A su alrededor, las ollas de cobre relucían.

A Leila le molestaba que Nasrin citara el Corán para la más mundana de las tareas. Pulir los pisos de mármol y sacudir el polvo de cada día de las alfombras requería de recitaciones más largas. Nasrin puso las galletas y los pistachos en platos con un borde dorado y los acomodó en la bandeja con la limonada fresca. Quiso llevar los refrigerios ella misma, pero Leila insistió en cargar la bandeja.

—*Silly girl, what took you so long?* —Maman la regañó en inglés.

Leila observó mientras Míster Fifield vertía ginebra en su limonada de una petaca plateada. Le ofreció un poco a su madre y ella aceptó entre risitas. Esto probablemente continuaría toda la tarde. La frente del inglés estaba llena de manchas donde se le despellejaba la piel tostada por el sol. Detrás de ellos, el cielo esparcía una calima espesa.

Leila se preguntó si los cambios en el jardín confundían a los pájaros que habían vivido allí antes. ¿Acaso una percha era igual a otra para los pichones volteadores azules y las cornejas cenicientas? ¿Por qué las golondrinas no habían construido sus nidos acostumbrados en los aleros? Y, ¿dónde estaban los ruiseñores? A ella ahora le resultaba difícil estudiar las aves, observar sus despegues y aterrizajes entre tanto follaje extraño.

—¿Qué he de hacer con una niña floja como ésta? —preguntaba Maman, como si los pequeños defectos de

Leila fueran un tema apropiado para la conversación—. Todo el día bajo el sol, oscureciéndose la piel como una campesina. ¡Y esa nariz! Desde luego que no la sacó de mi lado de la familia.

Leila estaba cansada de escuchar acerca de la familia de su mamá: rusos blancos y cristianos que habían emigrado a Irán después de 1917 y se creían superiores a los persas. Sí, tenían la nariz más pequeña, así como todo lo demás. Según la tía Parvin, los Petrovna habían empobrecido en menos de una generación y Maman había tenido que mantenerlos a todos con su carrera de enfermera. Lógicamente, Maman lo negaba. Pero nadie negaba que Fátima Petrovna hubiera sido una gran belleza en su día. Le había tomado a Nader Rezvani, un cardiocirujano joven, la mayor parte de un año para demostrar que era un mejor estratega que sus demás pretendientes.

Leila no comprendía qué era lo que sus padres tenían en común. A la hora de la cena, Maman se quejaba de las faltas menores de la servidumbre o les informaba sobre las últimas novedades de la horticultura: las camelias estaban arraigando, el hibisco infestado por fin estaba libre de plagas. O criticaba lo que fuera que estaban comiendo: las albóndigas poco condimentadas, las brochetas recocidas, el guisado de berenjenas apelmazado. Nunca mencionaba a su hijo que moría a treinta metros de distancia.

Siempre que Baba le hacía una pregunta a Leila, Maman le restaba importancia. "No pierdas el tiempo con esta cabeza de chorlito, querido. No hace más que soñar despierta bajo el sol".

Cuando Leila quiso formar parte del equipo de natación de la escuela, Maman se rehusó alegando que el nado desarrollaba músculos poco femeninos. Leila apeló a su padre, pero fue en vano. Él dejaba todas las decisiones del hogar a Maman. Después de la cena, Baba se retiraba a su extensa biblioteca de poesía, historia y ciencias, o iba al cuarto de Hosein y le leía libros de filosofía hasta la hora de acostarse.

En las reuniones familiares, Baba cuestionaba abiertamente las políticas del Shah. Ridiculizaba el mandato real que prohibía las obras de Molière porque éstas exponían los vicios de la monarquía. Después de sus arrebatos, su familia susurraba a sus espaldas: *Nader está perdiendo el juicio. Imagínate, su primogénito, su único hijo, con una enfermedad incurable de la sangre.* Algunos especulaban maliciosamente que quizá el buen doctor era un colaboracionista, aguardando la oportunidad de entregar a los miembros de su propia familia a la policía secreta. Daba igual; sus quejas hacían que todos, incluso sus amigos, se sintieran en peligro.

Leila sostuvo la bandeja de plata mientras Míster Fifield daba mordiscos a sus galletas. Maman asentía con una timidez coqueta a todo lo que el inglés decía, sus aretes de perlas oscilando en conformidad. Le gustaba decir que las perlas traían buena o mala suerte, dependiendo de quién las usara. A Leila su voz le parecía distante, más lejana que el abejaruco que se entretenía sobre la higuera. El sol caía sobre sus brazos, calentándole la piel. Leila estudió la fastuosidad de colores a su alrededor. Si el sol ayudaba a que florecieran las cosas —maduraba los higos, sonsacaba a las violetas de sus escondites fríos y húmedos— entonces seguramente la ayudaría a crecer más rápido, reduciría el tiempo que le tomaría en llegar a ser adulta.

Más que nada, Leila deseaba poder regresar al mar Caspio. Hacía tres veranos su familia había rentado allá un chalet y había pasado un mes feliz nadando, escalando y recolectando rocas. Por las noches, Baba se sentaba en el jardín y contaba historias acerca de las constelaciones. El cielo parecía una amplitud misteriosa de terciopelo, puntuada de promesas. Después de que sus padres se iban a acostar, Hosein amedrentaba a Leila con cuentos acerca de monstruos como el Bakhtak (el que te machacaba el pecho) o el Palis (el que te lamía los pies), quienes mataban a los niños mientras dormían. Incluso Maman había parecido estar contenta aquel verano junto al mar.

En la cercanía una urraca brincaba sobre la rama de un limonero. Durante el ramadán, Leila comía limones de este árbol todo el mes. Rebanaba cada fruto a la mitad, estudiando con cuidado sus arbotantes carnosos, y exprimía la acidez en su lengua. Luego chupaba la cáscara hasta que se le escocían los labios y el interior de las mejillas. Hacía esto todos los días durante el ayuno interminable. Los limones, justificaba ante sí misma, no contaban como comida de verdad.

Baba le había sugerido que leyera para distraer los gruñidos de su estómago. Le había recomendado a Rudyard Kipling y a Julio Verne, pero sus historias le aburrían. Si los sucesos que relataban no habían sucedido en realidad, ¿para qué molestarse en leer acerca de ellos? Había demasiadas cosas que explorar en el mundo real.

La urraca miró fijamente a Leila y gañó. El lenguaje de los pájaros era algo que a ella le gustaría aprender. A veces, Leila sentía que los comprendía: sus titubeos de una fracción de segundo antes de hacerse al vuelo, sus encuentros solemnes antes de las migraciones al sur. Baba le dijo que los huesos de los pájaros eran huecos, que él podía escucharlos silbar sobre los montes Zagros cuando viajaban hacia el Golfo Pérsico.

—Ve a ver cómo está tu hermano —ordenó Maman—. Muchacha inútil, ya se pasó la hora de su inyección. ¿Qué sería de él si yo no te lo recordara? —Luego se volteó encogiendo los hombros hacia Míster Fifield y permitió que éste le besara la mano.

Leila se metió sigilosamente a la casa y caminó por el pasillo de mármol hasta la habitación de Hosein. Una luz parpadeaba en la entrada, del televisor que se quedaba prendido ya fuera que él lo mirara o no. El verano pasado todos habían visto a los astronautas estadounidenses caminar sobre la luna, pero pocos creían que hubiera sido cierto. Yasmín decía que su tío Mustafa, quien trabaja para el ministro del interior, aseveraba que todo era un engaño, que el supuesto paisaje lunar no era sino un trecho árido del desierto de Estados Unidos. Si mirabas de cerca, decía el tío Mustafa, podías distinguir lagartijas correteando sobre las botas de los astronautas.

Leila se detuvo en el baño a lavarse las manos con el jabón verde de hospital de Papá. Las cortinas de encaje del cuarto de Hosein ondearon en la brisa. Leila se acercó a su hermano, dormido en la cama, y le preparó su inyección de morfina. Su padre le había enseñado cómo calibrar la cantidad precisa del estupefaciente necesario para aliviar el dolor de Hosein, cómo inyectarlo con tal delicadeza que no le dejara un moretón. Maman, que en otros tiempos fuera enfermera, no soportaba hacerlo ella misma.

Después de humedecer con alcohol una mota de algodón, Leila la oprimió con firmeza en la parte interior del codo de su hermano. Hosein abrió los ojos y la miró detenidamente. Su cabeza parecía hinchada y frágil, como una flor demasiado grande sobre un tallo débil. Y se le resaltaban los labios, como si alguien los hubiera pegado allí torpemente. Ella imaginaba la sangre de él con esa espuma de microbios mortal. ¿Por qué su cuerpo se había vuelto contra él con tal ferocidad?

El año pasado en el hospital de Baba, Leila había visto el cuerpo de un hombre, víctima de un accidente automovilístico, acostado sobre una mesa de disección para que lo examinaran los estudiantes de medicina. A la vista se encontraban su corazón y sus intestinos, sus pulmones en forma de panal, la carne marchita entre sus piernas. Le sobresaltaba pensar que no hacía mucho, sus órganos habían funcionado de manera conjunta y armónica para mantenerlo con vida.

Hosein le pidió a Leila que se acercara, sus ojos suplicantes y cautelosos. Ella soltó la jeringa y estudió su cara. Aun estando enfermo, su hermano era más hermoso de lo que ella sería jamás. Él tenía los rasgos de Maman: una nariz recta; una cara en forma de corazón rematada por un mentón con un hoyuelo. Antes había tenido la tez rosada de una muchacha bonita y era tan alto —un "descendiente de los árboles" según la tía Parvin— que resultaba difícil verlo bien cuando estaba de pie.

Leila se inclinó hacia adelante y trató de descifrar las palabras de su hermano. En el labio superior tenía un vello aterciopelado y olía a pomada china para los músculos.

—Pronto moriré. Ya lo sabes.

—Sí, lo sé.

—Por favor, Leila. Esto no te traerá deshonra, te lo prometo.

Ella sintió un revuelo detrás de ella a medida que Hosein luchaba por descorrer las sábanas.

—Tócamela. Te lo suplico.

Leila no quiso mirar, pero era imposible apartar la mirada. El cilindro de carne se erguía optimista y resuelto, con una vida que el resto del cuerpo de su hermano carecía. Despertó su curiosidad.

—No me queda mucho más tiempo, Leila. Apiádate de mí.

La voz áspera de sus palabras cortó el aire. Leila olió la sopa de yogurt y el pollo asado de la cocina en el patio. Una maceta de geranios florecía en la repisa de la ventana. Mientras ella alargaba la mano entre los dobleces de la ropa de cama, pensó en algo que le había dicho su padre: Nada que sea humano puede resultarte ajeno. La carne de Hosein se sentía tibia y firme en su mano, y ella lo agarró con más fuerza de lo que había sido su intención. El gimió con voz débil. ¿Acaso le estaba haciendo daño?

—No te detengas. Por favor.

Leila lo sujetó. Era más que nada liso, como el tronco nudoso de ciertos arbolillos en donde resaltaban las tenues venas azules. Luego con el pulgar y el índice, ella rodeó la protuberancia en la punta, en realidad una especie de hocico, y la exprimió.

— ¿Me amas, Leila?

Ella volteó a ver a su hermano, pero su cara le resultó desconocida. Sus ojos se veían más grandes de lo normal y la mantenían cautiva, como si de alguna manera él se estuviera anclando dentro de ella. Un calor pegajoso se derramó sobre su mano, como leche de cabra, pero más espeso y acre. ¿Acaso ella hizo algo malo?

Maman la llamó con aspereza desde el jardín. Leila se apresuró al baño y se lavó las manos con el jabón de hospital. Eso la tranquilizó un poco. Pudo escuchar a la cocinera afuera alabando al Santo Profeta y a su gente con un repiqueteo de ollas y sartenes. Cuando Leila regresó a la cama de su hermano, éste se había quedado dormido. Recogió la jeringa llena de morfina y le deslizó la aguja en el brazo. En esta ocasión, no salió casi nada de sangre.

La lluvia cayó inesperadamente, sesgada. En el jardín las hojas crujían bajo el aguacero. Un taxista tocó la bocina y gritó *hijo de puta,* igual que cualquier otro día. Ella pudo escuchar el llamado a las oraciones vespertinas desde la mezquita del barrio. Esta noche habría una fiesta en casa de la tía Parvin y el tío Masud, pues su hijo cumplía dieciocho años. (Su primogénita, una hija, había muerto de difteria cuando era muy pequeña.) La tía Parvin se enorgullecía de dar fiestas al verdadero estilo parisino, con platillos franceses auténticos y petisús de postre.

Leila se pondría su vestido nuevo, uno color marfil con una falda tableada y botones de madreperla a un costado. Llevaría un ramo de tulipanes rojos.

(1 9 7 2)

Enrique Florit

Enrique estaba sentado junto a su padre en el gran salón de baile del Hotel Flamingo, mirando fijamente el escenario. Un gigantón en un vestido lila estaba dando una audición con la esperanza de convertirse en el asistente de Papi. Las piernas del hombre estaban bien afeitadas, pero su labio superior traía un bigote de tres días y su falsete era poco convincente. Quizá había sido un error anunciar el empleo en todos los diarios locales. Todo aquel que tuvo alguna vez ilusiones de ingresar a la farándula en Las Vegas y quinientas millas a los alrededores, se encontraba ahora paseándose, contoneándose, sacudiéndose, arrastrándose y pavoneándose por el escenario.

El mayor problema, pensó Enrique, era que Papi no sabía qué era lo que buscaba. Después de su caída en desgracia con Sammy Davis Jr. (el acto de magia inicial de diez minutos de Papi se había prolongado a cuarenta) y sus asociaciones quisquillosas con cantantes de antros de menor categoría, Fernando Florit había decidido contratar finalmente a un ayudante. O, como él lo proclamaba: "¡Debemos sacudirnos las maldiciones que nos han estado asolando!"

El mes pasado, su padre había probado a una mesera de tragos que medía uno ochenta de altura llamada Betty Rouze, quien había resultado ideal para su truco más reciente. Betty entraba al escenario sin nada más que un abrigo de visón hasta que Papi le disparaba con una pistola de mentiras. Cuando el abrigo quedaba hecho jirones, dejando a la linda mesera en cueros por un instante, los pedazos de piel se convertían en visones que salían corriendo a saltos. Desafortunadamente para Papi, Betty se había fugado con un vendedor de autos de Muncie, que había venido a la ciudad para la convención de Cadillac. Ahora a Papi sólo le quedaban tres semanas para ensayar su presentación con Vic Damone en el Hotel Flamingo.

—¡El que sigue! —gritó Papi.

Una enana que vestía un traje de payaso desteñido entró contoneándose al escenario. Prendió un puro y sopló unos anillos de humo que se convertían en sombras chinescas: un lobo aullando, un elefante con colmillos, un chimpancé con su cría a cuestas. Enrique codeó a su padre en señal de aprobación, pero la expresión de su padre permaneció adusta. Éste le recordó a Enrique, *sotto voce*, que lo que buscaba era un ayudante, no un competidor. La payasita enderezó las caderas de manera combativa, como diciendo, a ver si se te ocurre algo mejor que esto, amigo.

—Querida mía —dijo Papi en un tono conciliador—. Qué impresionante, pero, ¿qué más sabes hacer?

A Enrique le agradaba que su padre tratara a cada artista con respeto. De hecho, mientras más deplorable era el acto, más impecables eran sus modales. Además, su inglés había mejorado mucho, gracias a las clases intensivas de dicción que le había dado la ex Miss Arkansas convertida en crupier de veintiuna. Ahora tenía un acento sureño, igual que todos los demás. Enrique se sentía culpable al rechazar las súplicas de su padre para que volviera a actuar con él, pero no quiso acercarse a un escenario después de lo que le había ocurrido a Mamá. Tenía la sensación de que dondequiera que ella se encontrara, lo apoyaría en esta decisión.

Papi decidió tomarse un descanso para ir a almorzar y se dirigieron a la cafetería del Flamingo. Enrique pidió lo de siempre: un sándwich de queso y tomates a la plancha con papitas fritas. Su padre se comió un bistec con huevos y una malteada de vainilla. Les agradaba este lugar, no sólo porque a Papi le daban el cincuenta por ciento de descuento como mago residente, sino porque —y esto era algo difícil de conseguir en un sitio tan transitorio como Las Vegas— los trataban como si fueran de la familia.

Su mesera, Dora, le mostró a Papi su tatuaje nuevo de un perrito Chihuahua que le habían hecho en Tijuana. Dora adoraba a Papi. A partir de la muerte de Mamá, Enrique no le había conocido ninguna novia a su padre, sin embargo las mujeres coqueteaban constantemente con él. Le acariciaban la mejilla o le frotaban con ternura las rodillas descomunales —tan lisas como aquellos santos de mármol besados durante siglos, se jactaba Papi— y le sostenían la mirada con unas ansias inequívocas. ¿Acaso pasaba un rato con ellas mientras él estaba en la escuela? Que Enrique supiera, nadie más que él y su padre ponían pie en su suite del *penthouse*, a excepción del ama de llaves, una boliviana corpulenta de Cochabamba que les dejaba toallas extra.

Tras bambalinas en el Flamingo, las coristas se vestían y se desvestían desvergonzadamente enfrente de Fernando, sin un dejo de modestia. También Enrique había visto más nalgas y senos destapados de la cuenta, así como aquellas maravillosas tiras de pelaje entre las piernas de las coristas. (Su propio cuerpo era impredecible y lo mortificaba sin aviso previo. Las muchachas lo provocaban, tocándolo adrede en la entrepierna.) Pero los misterios y los placeres específicos de aquellos cuerpos lo dejaban perplejo. Su maestra del octavo grado, la Sra. Doerr, había mostrado a su salón de clases una película que supuestamente iba a satisfacer el requisito de educación sexual pero, en cambio, había sido un documental sobre el apareamiento de los urogallos de las praderas.

De vuelta en el salón de baile, una docena más de aspirantes a artista esperaba el momento de su audición. El cantinero principal, Jorge de Reyes, vino a observar la procesión de candidatos optimistas. Un cómico contó sus chistes de Pepito mientras se equilibraba sobre unos zancos temblorosos. Un aval de fianzas de tez colorada como un ladrillo se decía ventrílocuo, aunque Enrique podía leerle los labios diez filas más atrás. Desanimado, Papi pospuso las audiciones restantes hasta la mañana siguiente. Una morena clara pecosa que sostenía en los brazos un pavo real los interceptó a la salida.

—Mañana —se disculpó Papi antes de que ella pudiera decir palabra—. Mañana, te lo prometo. Vamos, hijo.

Enrique sabía cuál sería su próxima parada: el área del póquer en el Diamond Pin. El casino estaba situado en el centro cerca de las casas de empeño y los moteles que se alquilan por semana, mundos aparte de aquel Las Vegas que pretendía ser otra cosa que un lugar donde apostar. En el Diamond Pin, no se trataba de engalanar o disimular ante los turistas, no había candelabros ni piscinas en el tejado ni servicio valet de estacionamiento, sólo máquinas tragamonedas y mesa tras mesa de cualquier juego imaginable ideado para separar al hombre de su dinero.

El termómetro gigante al este de la ciudad marcaba noventa y dos grados Fahrenheit. A Enrique le consolaba la uniformidad mortal del tiempo, el azul líquido derramado del cielo. Papi tenía cierta teoría sobre el tiempo, la cual había desarrollado al estudiar mapas antiguos de América. Creía que la monotonía del clima atenuaba las emociones, a diferencia de los trópicos, con su amenaza continua de cambio. Sin embargo, esta teoría no explicaba el drama del cual eran testigos a diario en Las Vegas. No era un espectáculo muy agradable ver a un hombre perder hasta el último centavo y preguntarse acerca de su futuro. A pesar del tiempo constante, a Papi comenzaron a darle jaquecas. Se acostaba con bolsas de plástico llenas de hielo en la cabeza, se volvía cada vez más taciturno hasta que finalmente se quedaba dormido. Invariablemente, el hielo se derretía por todas partes, y se despertaba irritable y húmedo como un bebé.

El tiempo dentro del Diamond Pin también permanecía constante: fresco y oscuro como el de un acuario. El dueño, Jim Gumbel, era buen amigo de Papi y siempre lo mimaba, le pedía daiquiris de piña helados (una bebida ridícula para los clientes asiduos) y le daba la mejor mesa. Fernando Florit no era uno de los mejores clientes del Diamond Pin —había demasiados grandes apostadores para eso— pero Gumbel lo respetaba por su total indiferencia ante el dinero y por la gracia con la que lo perdía. Si se suponía que la gente debía conservar su dinero, a Papi le gustaba decir, le hubieran puesto asas.

Gumbel también cuidaba de Enrique, poniéndolo de aprendiz con los jugadores de póquer profesionales, en su mayoría tejanos, como Johnny Langston y Cullen Shaw, quienes le enseñaron mucho más que cómo barajar los naipes como un experto. Aquellos hombres creían en el póquer como otros creen en la salvación. Al final, se preguntaba Enrique, ¿a quién habría de extrañarle? Los tejanos decían que Enrique era el mejor jugador de doce años que conocieran. Le decían a Enrique que el póquer, como la vida, era un juego de suma cero: si ganabas, alguien más perdía, y viceversa. Para ganar, dijeron, se necesitaba de tres cosas: una memoria de primera, la habilidad de adivinarle el pensamiento a los demás y el arrojo: el valor de apostarlo todo cuando llevas las de ganar.

A Enrique le encantaba jugar al póquer, pero prefería la cotidianidad con su padre: comer en la cafetería del Flamingo, compartir un periódico y una taza de chocolate caliente, escuchar a Papi recitar poemas de José Martí ("Yo sueño con los ojos abiertos, y de día y noche siempre sueño..."). En la noche desconectaban el aire acondicionado, abrían las ventanas y dejaban que los aromas del desierto los arrullaran hasta quedarse dormidos.

Durante el desayuno su padre repasaba los periódicos para encontrar crímenes insólitos (basaba sus trucos más macabros en ellos), pero le frustraban el tedio del vandalismo y el vagabundeo en Las Vegas. Los delitos eran tan monótonos como todo lo demás, incluso las ejecuciones de la mafia, que enterraba a sus víctimas en el desierto de Mojave. En cambio, decía Papi, La Habana y la Ciudad de Panamá eran unas ciudades estupendas para el crimen. La combinación del catolicismo, la pasión y los celos era una receta poderosa para la imaginación violenta. Todas las mañanas, Papi arrojaba su ejemplar de *Las Vegas Review-Journal* y se quejaba de que incluso un poeta cubano menor sería capaz de cometer transgresiones más interesantes.

❦

La noche del estreno del espectáculo de su padre en el Flamingo, Enrique se arrellanó en un reservado lujoso cerca del escenario, el cual estaba cubierto con unas cortinas doradas enormes. Las meseras circulaban entre las mesas vestidas de minifalda y medias beige, lo cual hacía que sus piernas parecieran unas extremidades postizas. Enrique se excitaba de sólo mirarlas, aunque lo que sentía no era precisamente atracción. La orquesta tocaba música con un compás acelerado, nada que él pudiera reconocer. Los reflectores recorrían a la multitud mientras el maestro de ceremonias anunciaba el acto de apertura: "Directamente desde Cuba, esa isla de triste fama por el pecado y el comunismo, descendiente de la nobleza indígena, célebre por sus asombrosas hazañas de magia, desde La Habana a Buenos Aires, ¡el Hotel Flamingo se complace en presentarles al incomparable, al increíble, al inolvidable Fernando Florit!"

Papi se apareció envuelto en una bocanada de humo psicodélico y con gran fanfarria lanzó una pelota con espejos a lo alto. Amarrada a la pelota había una escalera de cuerda. Llamó a su ayudante, la morena clara con el pavo real, a quien había contratado a fin de cuentas, y la animó a que subiera hacia el cielo. Así lo hizo, ante los gritos de admiración del público, y desapareció más allá de las cortinas.

—¡Lucy! —la llamó Papi.

No hubo respuesta.

—¡Lucy, mi amor!

Silencio.

Él sacudió la escalera.

Todavía nada.

Entonces subió detrás de ella.

Muy pronto comenzaron a caer ruidosamente extremidades del cuerpo en el escenario: una pierna, luego otra, un par de hombros, un torso con lentejuelas, seguido de un cuello arqueado: todos ellos pedazos de la ayudante desaparecida. El público murmuró nerviosamente. Incluso

Enrique, quien había visto este truco innumerables veces, se puso nervioso. ¿Acaso algo había salido mal? Un momento después, Fernando Florit saltó agraciadamente de la escalera y comenzó a armar las partes del cuerpo como si fueran un rompecabezas gigante. Agitando su varita mágica llamó a Lucy por última vez y, oh sorpresa, ella se incorporó, erguida y entera, luciendo un poco aturdida.

—¿Qué hemos de esperar de la noche sino el misterio? —Papi canturreó ante un aplauso fulminante.

Le pidieron tres bises antes de que Vic Damone subiera al escenario, cantando un potpurrí de éxitos, con la sonrisa helada en los labios. Cinco minutos después, Papi se deslizó al reservado de Enrique, todavía con el esmoquin y la capa puestos.

—Así qué, ¿qué te pareció?

—Bastante asombroso. —No importaba que supiera de sobra cómo su padre ejecutaba sus trucos. Al momento, Enrique también creía en la ilusión.

Papi sonrió y pidió los dos menús especiales que había para la cena: ensalada César y sopa de langosta seguidos de costillas asadas con papas gratinadas. Estaba de un humor festivo. Los admiradores rodeaban su mesa, felicitándolo por el espectáculo. Hasta Don Rickles pasó por allí para saludarlo. —Eres todavía más psicópata que yo —bromeó y le dio a Fernando un puñetazo en el brazo. Papi confió a Rickles que estaba perfeccionando otro truco, en el cual convertiría al jefe de comedor en una llama.

De pronto, Enrique sintió que la atención se centraba en él. Vic Damone se refería a él como el cumpleañero.

—¡Hoy cumple trece años, damas y caballeros! ¡Un aplauso caluroso para el hijo del mago! —Todos voltearon a mirarlo. Un ejército de meseras marchó con una tarta Alaska al turrón en llamas. Damone cantó "Feliz cumpleaños" acompañado por el público. Papi rió y rió, orgulloso de haber asestado un golpe maestro. Enrique no sabía de dónde sacó el poco de aliento para soplar las velas.

Después del alboroto, su padre le pasó disimuladamente un pisapapeles de cristal con una fotografía poco familiar de Mamá adentro. Ella era muy joven, se veía resplandeciente en un sari color azafrán y una orquídea en el cabello. Enrique se sobresaltó de ver cuánto se le parecía. Podrían haber sido gemelos, a excepción del sari, por supuesto. Resultó que era una foto tomada en el bazar hindú de la Ciudad de Panamá cuando *ella* cumplió trece años. ¿Desde cuándo Papi se lo tenía guardado? ¿Por qué no se lo había mostrado antes?

Enrique miró fijamente la fotografía de Mamá y recordó el último día que pasaron juntos. Era domingo y él estaba sentado en primera fila viendo el espectáculo de magia de sus padres en el Parque Colón. Hacía un viento fresco y la bandera junto a la estatua de Cristóbal Colón se agitaba ruidosamente. Con la ayuda de Mamá, Papi tragó espadas de samurai, hizo aparecer peces de colores y cachorritos dálmatas, hizo malabarismos con brasas ardientes sin usar guantes y convirtió un ramo de tulipanes en una cotorra que cantó el himno nacional. Excepto por aquellas cigüeñas descarriadas —todos creyeron que formaban parte del acto— el espectáculo salía a pedir de boca.

Enrique observaba a su madre durante la función. Era menuda y curvilínea y llevaba unas medias caladas y unos tacones altos. Sus muslos se ensanchaban en la parte superior de manera favorecedora y traía una sombra azul aguamarina en los párpados. Una esclava de plata relucía en su muñeca. Enrique y su mamá cruzaron miradas durante el truco de los peces de colores y ella le guiñó el ojo juguetonamente, lo cual le causó tanto placer como vergüenza.

No fue sino hasta el número final cuando ocurrió la

desgracia. Como de costumbre, Papi ató los tobillos y los brazos de Mamá e invitó al alcalde de pies planos de Cárdenas, quien de casualidad se encontraba entre el público, a que probara la resistencia de las cuerdas. Luego Papi le amarró con mucho cariño un pañuelo blanco alrededor de la boca, el cual ella estampó con un beso rojo impenitente. Hubo un redoble de tambores mientras la acompañó a subir los tres escalones de madera hasta el borde del acuario. Haciendo alarde de su musculatura, Papi la alzó sobre la cabeza y la bajó a las aguas turquesa. A medida que Mamá se hundía hasta el fondo del tanque, su pelo se elevaba como una corona de ramas. Sus ojos permanecían impasibles mientras luchaba contra las cuerdas.

Enrique escuchó el chisporroteo antes de ver las chispas y la cigüeña enredada y el cable eléctrico grueso, como una maldición del cielo, desprendiéndose del poste y hundiéndose en el tanque donde su madre estaba casi libre de ataduras. Una vez más sus miradas se cruzaron, esta vez con un salvajismo de sentimiento tal que él se quedó sin aliento. Luego ella abrió la boca y fue cayendo lentamente hacia la parte posterior del tanque. En ese instante, Enrique supo, sin palabras ni explicaciones, el cabello erizado, la saliva convirtiéndosele en una pasta amarga en la lengua, que no había valentía ni añoranza que pudiera salvar a su madre ni regresarlos al camino que habían dejado atrás. Mamá estaba atrapada, como estaría atrapada siempre dentro de este pisapapeles de cumpleaños.

Enrique acompañó a su padre al Diamond Pin esa noche más tarde. Papi estaba en su elemento, dando palmaditas en la espalda por aquí, invitando tragos por allá. Algunos de los clientes habituales sorprendieron a Enrique con regalos de cumpleaños: tarjetas con chicas desnudas, un juego de dominó erótico (fichas panocha, lo llamó uno), y una bolsa de dos y medio kilos de pistachos. Uno de los tejanos, Cullen Shaw, que era divertido y tenía la mandíbula pronunciada y una voz para el canto que sorprendía por lo potente, le obsequió un disco con los grandes éxitos de Enrico Caruso.

En breve, Johnny Langston le dio de cumpleaños a Enrique mil dólares para que jugara al póquer. ¿Cómo podría rehusarse? Tomó asiento y miró a sus contrincantes de edad madura a su alrededor: hombres barrigones de tez pálida que llevaban puestos unos sombreros Stetson (a excepción de Danny Seltz, un empresario de alimentos congelados de Nueva Jersey, quien traía puesto su sombrero con el pompón de la suerte). Enrique tocó la esclava de plata de su madre, metida a salvo en el bolsillo para la buena suerte. Aquellos hombres eran un circo de peculiaridades y tics nerviosos. Langston tenía un vello tan tupido en el pecho que éste daba la ilusión de estar dándole un zarpazo a su nuez de Adán como si fuera una pata peluda. Shaw se relamía los labios hasta que parecía que éstos iban a desaparecerse por completo. Uno a uno, sus contrincantes le sonreían de tal forma que Enrique se puso a pensar en los animales que se comen a sus crías.

Quince manos después, no obstante, todo le estaba saliendo de maravilla. Escaleras, *fulls*, cuatro de un mismo palo. Las probabilidades matemáticas de este tipo de suerte eran asombrosamente bajas y Enrique lo sabía. Pero se trataba de algo más: su cerebro estaba trabajando a toda máquina. Era capaz de recordar todas las cartas sobre la mesa, de calcular las probabilidades sin esfuerzo, de adivinarles el pensamiento a sus contrincantes como si se lo susurraran al oído. Los hombres se hacían crujir los nudillos, se arremolinaban en sus asientos. El humo de los puros hacía que a Enrique le ardieran los ojos, pero su mente permanecía alerta. Para las cinco de la mañana, tenía en su poder más de la mitad de las fichas en la mesa. Entonces sacó una escalera de color, la primera en su vida, y se ganó el bote: veinte mil dólares.

Enrique salió del casino al amanecer. El sol era tenue y apenas mermaba el resplandor de los letreros de neón. El aro de montañas hacía guardia sobre la ciudad. Todo se veía chamuscado. Llamó un taxi y lo abordó, pasando por tiendas de empeño y *sex shops*, tiendas de baratijas y tiendas para los turistas. Los cuervos se posaban equidistantes sobre los postes telefónicos. El termómetro gigante marcaba cincuenta y ocho grados Fahrenheit. Cuando el chofer se detuvo frente a la fortaleza de concreto rosado que era el Hotel Flamingo, Enrique le dio una propina de cien dólares.

Afuera de la suite del *penthouse* de su padre, lo aguardaba una mujer alta. Su cabello era tan rubio que se veía casi blanco. Llevaba botas de vinilo al estilo gogó y un vestido calado que hacía gala de sus enormes senos.

—¿Dónde está tu Papi? —le preguntó ella cortésmente.

—Eh, todavía está jugando al póquer. —Enrique sintió calentarse por todas partes. Bajó las manos para taparse la parte de enfrente de los pantalones.

—Me llamo Lori. —Ella le dio una calada a un cigarrillo largo como un tallo y dejó que el humo se acumulara sobre su cabeza—. Supe que te ganaste unas fichas esta noche.

Enrique se encogió de hombros. En Las Vegas, ganar te brindaba privilegios instantáneos, pero perder te los quitaba igual de rápido. En realidad, era un lugar muy democrático.

—¿Quieres que te ayude a gastar un poco?

Enrique la miró incrédulo. Se imaginó llamando a Shuntaro en Los Ángeles para contarle. *No jodas, hombre, ¡se apareció sin más!* La cara de Lori era tan blanca como su cabello, a excepción de sus ojos, los cuales eran enormes y castaños, con unas pestañas tan largas que se parecía al dibujo de un venado en el librito de fósforos. Tenía los brazos lampiños y tersos. Enrique recordó algo que su padre le había dicho: La belleza es el pago por adelantado del deseo.

Cuando Lori se le acercó con esos brazos blancos y suaves, Enrique se estremeció. Esto lo mortificó tanto que tuvo ganas de salir corriendo. La piscina del hotel abriría muy pronto y por un instante tuvo la tentación de ir a nadar. Podría tener la piscina para él solo, dar varias vueltas a nado, despejarse los pulmones. En lugar de eso, Lori le acomodó la cabeza contra el colchón de sus pechos y comenzó a bailar despacio. Las mejillas de Enrique aún se sentían calientes, pero al menos su cara estaba oculta. Inhaló el sudor de ella por debajo de capas de humo y perfume.

Con delicadeza, Lori comenzó a besarle el cabello. Luego se llevó su mano izquierda a la boca y le chupó los dedos. Todo el cuerpo de Enrique se estremeció de placer y miedo. Esto no tenía nada que ver con la película acerca de los urogallos de las praderas. ¿Notaría ella al instante que él era virgen? ¿Por qué su padre nunca le había hablado del sexo? Enrique se dio cuenta, sobresaltado, de que su otra mano, la que no estaba siendo chupada, descansaba sobre la cadera de la mujer. Cuando se atrevió a levantar la cabeza, ella se inclinó hacia él y le susurró:
—¿Cómo te llamas, cariño?

Marta Claros

El grupo de marimba comenzó a tocar con un vigor renovado después de la pausa. Las luces de colores colgadas de los cipreses competían con las estrellas por atención. A la distancia, Marta pudo distinguir la presencia imponente del volcán Izalco. Se encontraba en la fiesta de quince años de su prima Anita, la hija del hermano gemelo del padrastro de Marta. La gente decía que Anita jugaba a las cartas y echaba los dados mejor que cualquier hombre, que tenía dedos suertudos. Menos mal que era mujer o hubiera llegado a ser una jugadora profesional y deshonrado así a su familia.

Había cerca de doscientas personas en la fiesta de cumpleaños cerca del lago Coatepeque, todos emparentados de una forma u otra. La abuela de Anita, la Niña Cleotilde, supervisaba las festividades desde su mecedora de mimbre en el pórtico. Marta olía el aliento a chicha de algunos hombres. Esperaba que no se armara un pleito que arruinara la fiesta. La gente solía decir que su padre hacía un aguardiente capaz de sacar a un hombre de sus casillas más rápido que un machete. Cuando era chica, Marta lo había ayudado a exprimir la caña de azúcar en el trapiche. Según las últimas noticias que Marta había tenido de él, Papá lo había perdido todo en la Guerra de las Cien Horas contra Honduras y estaba tratando de cruzar la frontera con los Estados Unidos.

La comida de la fiesta estuvo deliciosa, mejor que cualquiera de la capital, más sabrosa y jugosa, como si el aire fresco hiciera que todo tuviera más sabor. Marta se dio un atracón de arroz con camarones y chompipe asado de la mesa del banquete. Le echó un ojo al plato de galletas de almendra junto al pastel de cumpleaños, tres capas cubiertas de merengue suave y esponjoso. Quizá le podría llevar una rebanada envuelta a su hermano.

Evaristo había regresado a vivir a casa por un rato, pero se había puesto muy inquieto durmiendo en una hamaca y comiendo de un plato. Siempre que una bandada de palomas pasaba batiendo las alas, él las miraba con tal añoranza que Marta abandonó la idea de tratar de convencerlo de que se quedara a vivir dentro de una casa. Su hermano era mucho más feliz en su árbol. Cuando los días estaban claros y despejados, Evaristo se sentía parte de los cielos calientes y desteñidos. En la madrugada, el silencio y el vaivén de su árbol lo tranquilizaban, y sus hojas céreas le servían de camuflaje. Además, le encantaba el olor a jazmín nocturno, saturando el aire como las putas del centro.

—¿Bailas? —un joven preguntó a Marta, tomándola desprevenida. Tenía ojos color miel y estaba vestido más formalmente que los demás en esa fiesta, con una camisa de cuello y una corbata angosta. Tenía los labios demasiado rosados para ser un muchacho.

—Bueno —respondió Marta.

La pista de baile estaba atiborrada de gente de mediana edad, tías y tíos desconocidos de la familia de su padrastro.

El grupo musical se lanzó con el éxito "Mentiritas" y el acordeonista se lució ejecutando un solo florido. Marta divisó a su padrastro bailando con su mamá junto al aguacate. Traía brillantina en el pelo y un machete envainado a un costado. Se veían contentos de estar juntos, cosa rara.

La pareja de Marta bailaba bien, tenía un paso firme y confiado. Se llamaba Alfonso y trabajaba en la oficina de una fábrica de textiles de San Salvador. Decía que era supervisor de embarque, pero Marta sospechaba que estaba inflando un poco su puesto como lo hacen tantos hombres para causar una buena impresión a una muchacha.

—¿Traes perfume? —le preguntó a ella, oliendo el aire.

—Es agua de colonia —dijo Alfonso—, importada de Francia.

Allí estaba de nuevo ese país, pensó Marta, el mismo que hacía esa ropa íntima para sinvergüenzas que usaban las amas de casa ricas.

—¿De dónde eres? —le preguntó Alfonso.

—De cerca de San Vicente, pero he vivido en San Salvador desde que tenía seis. —Marta prestó atención para ver si detectaba cualquier señal de arrogancia. La mayoría de la gente de ciudad no sabía apreciar a aquellos que habían nacido en el campo.

—Yo creo que la niñez es más como el país de uno que el país de verdad —dijo él.

Marta dejó de bailar por un momento para pensar en esto. Le gustó cómo sonaba, aunque no estaba segura de qué quería decir. Detrás de ellos, la luna se elevó sobre el volcán. El grupo musical cambió a una tonada más lenta, más romántica. A su alrededor, las parejas se arrimaron un poco más.

Alfonso la llevó de la pista de baile a una banca de madera donde estaba sentada una joven con una pierna horriblemente hinchada. Marta quiso decirle a Alfonso cómo en el invierno ella y su hermano acostumbraban hacer trineos con las hojas de los cocoteros recién podados. Las hojas eran tan lisas y anchas que descendían de los cerros más rápido que un estornudo.

—¿Alguna vez has visto un volcán hacer erupción? —preguntó Alfonso.

Marta miró hacia el Izalco, enorme y violáceo en la distancia, e imaginó chispas volar desde su cono.

—Una vez vi cuando el Conchagua hizo erupción —dijo él—. Era de noche y parecía como si en el cielo explotaran fuegos artificiales. Y la tierra hizo *brrrrrr, brrrrrr, brrrrrr.*

—¿Te asustaste?

—Estaba demasiado lejos para asustarme. En la escuela, leí acerca de una ciudad en Italia que quedó sepultada entre las cenizas. Los arqueólogos descubrieron a la gente mil años después en las posiciones en que habían muerto: trabajando en el campo o barriendo la cocina o haciendo caca.

—¡A mí no me gustaría morir así! —rió Marta. Luego se puso seria de nuevo. Envidiaba a las colegialas de la capital que vestían uniformes azul con blanco y cargaban mochilas llenas de libros. ¿Por qué no podía ser una de ellas? Había tantas cosas que deseaba saber. Su prima Erlinda le había dicho que una de cada cien niñas nace sin ombligo o sin matriz. ¿Cómo podría Marta saber si esto era cierto?

Levantó la mano y se tocó el pelo, ondulado por la permanente que le había hecho Erlinda. Su prima asistía a una escuela de belleza y le había arruinado el cabello a su propia madre y a varias tías (a ellas les había dado por usar pañuelos y pelucas baratas hasta que les volvió a crecer el pelo) antes de convencer a Marta de que se dejara. Afortunadamente, la permanente sí agarró. Erlinda le mostró a Marta como cuidárselo con aceite de ricino y una pomada para el cabello que se llamaba Bay

Winters Community Library
Yolo County Library
708 Railroad Av.
Winters, CA 95694
(530)795-4955

**Nombre del cliente: CACHO MENDOZA,
LAURA MONICA**

Título: Vacaciones en Saint-Tropez / Danielle
Steel ; traduccin de Isabel Merino.
Identificación: 38005030237064
Devolución: 08-21-13

Título: Las caras de la suerte / Cristina Garca ;
traduccin de Liliana Valenzuela.
Identificación: 38005016372489
Devolución: 08-21-13

Número total de artículos: 2
31/07/2013 02:11 p.m.

Visit Us Online @
www.yolocountylibrary.org

Rum, y le advirtió que no usara jabón ni champú común y corriente.

—Normalmente tengo el cabello lacio —dijo Marta, retorciéndose un rizo oscuro alrededor de un dedo.

—Yo igual —replicó Alfonso, aunque el suyo no pudo haber estado más rizado, y Marta soltó una risita boba—. Tengo un radio de transistores. ¿Quieres escucharlo?

—Aquí hay música.

—Ya lo sé, pero ese grupo suena muy mal. Tocan tan rápido que todo el mundo pega de brincos como conejos. Además, hay un programa todos los domingos que toca a los Rolling…

—¿Qué hora es? —Marta lo interrumpió. Había notado el reloj de pulsera de Alfonso, su carátula de madreperla reluciente.

—Casi las siete.

—¡Ya va a empezar la novela!

—¿Qué esos dos no se han casado todavía? —Alfonso puso los ojos en blanco.

—No, eso es lo más emocionante. Que no se sabe si llegarán a estar juntos alguna vez.

—Si yo tuviera una novia, no la esperaría toda la vida. No me importaría que ella fuera descendiente de una de las catorce familias. Estás enamorado o no lo estás. No hay un término medio. Uno no puede vivir con miedo todo el tiempo.

—¿Pero no necesitarías el permiso de sus padres?

—Podríamos huir a Los Ángeles.

Marta peló los ojos. El hermano mayor de Mamá, Víctor, se había ido a Los Ángeles hacía diez años y jamás volvió. Todo el mundo decía que Víctor trabajaba toda la noche limpiando edificios de oficinas y que dormía durante el día, como un tecolote. Decían que se había casado con una mexicana egoísta, nacida allá, que se negaba a darle hijos y que lo obligaba a ponerse una funda de hule en el pene cuando hacían el amor. En la Navidad, Víctor le enviaba dinero a su familia pero no se tenían noticias de él el resto del año.

Ya nadie hablaba mucho sobre Víctor. Era como si estuviera muerto o peor que muerto, porque al menos uno puede ir a visitar a los muertos en el cementerio. ¿Cuánto tardaría su familia en olvidarla si ella se fuera?

—¿Estás pensando en irte? —le preguntó Marta.

—Sí, pero no se lo digas a nadie. Sólo te lo digo porque me caes bien.

Marta sintió un calor placentero al escuchar sus palabras, pero no lo demostró.

—Bueno, no te hagas ilusiones. Nos acabamos de conocer.

—No es eso—. Alfonso metió el puño en el bolsillo.

—Mamá dice que siempre es eso, sin importar lo que te diga un muchacho.

—¿Ella siguió sus propios consejos?

A Marta no le gustó la expresión de su cara, como si él lo supiera todo y ella nada. ¿Acaso estaba insultando a Mamá? Tal vez ella debía ir por una rebanada de pastel de cumpleaños para su hermano y alejarse de este muchacho.

Se armó un alboroto junto al aguacate. Su padrastro estaba acostado en el piso con una multitud a su alrededor. Una señora gorda con un vestido de lino puesto arrancó una hoja del plátano y comenzó a abanicarlo con furia. Alguien le pasó a Mamá un pañuelo. Ella le secó la frente, pero él ni se inmutó. Su hermano gemelo rondaba de cerca como un fantasma.

—¡Échenle un poco de agua fría!

—¡Denle en el pecho!

—¡Vayan por un doctor!

Marta se abrió paso para mirar a su padrastro. Sus ojos estaban abiertos de par en par, como el pescado que habían pescado en Chalatenango hacía dos veranos. La tía

Matilde había freído el pescado, blanco y sabroso, y lo había servido con tortillas y salsa de repollo. Marta se quedó mirando fijamente a su padrastro y no sintió nada.

—Se murió —escuchó una voz susurrar desde la orilla de la multitud.

Era Alfonso. Enseguida, sus palabras prendieron fuego y todo el mundo comenzó a repetirlas —se murió, se murió— hasta que se elevaron como el humo, más y más arriba, mezclándose con los sonidos de las chicharras, *chiquirín, chiquirín,* y elevándose hasta la misma boca del volcán. Cuando llegó el doctor, confirmó lo que ya todo el mundo sabía. Marta estudió la cara de su madre al escuchar la noticia.

Un mes después del entierro de su padrastro, Marta se encontraba trabajando un segundo turno afuera del recinto de la feria en el centro. Los vendedores chismeaban sobre el trapecista estrella del circo itinerante mexicano, un enano llamado la Pulguita. Marta ansiaba ver a la Pulguita en su traje de lentejuelas, mirarlo hacer su maroma triple y cuádruple. La gente decía que la Pulguita volaba de un extremo a otro de la carpa, bien encogido como si fuera un bebé en el vientre de su madre. Contaban los rumores que ese tal Pulguita, quien no le llegaba más allá de las rodillas a un adulto común, era bastante mujeriego, que no todas sus partes eran diminutas. Decían que había engendrado hijos y, encima de eso, normales, desde Texas hasta Tierra del Fuego.

Los boletos para el circo eran caros y sólo los más ricos del pueblo podían comprarlos. Marta había escuchado que iban a rebajar el precio en un cincuenta por ciento la noche de la última función. Pero eso todavía representaba dos días de trabajo. ¿Valía la pena ir a ver a la Pulguita? A pesar de sus esfuerzos, Marta apenas ganaba lo suficiente para seguir trabajando. Le parecía injusto que el circo vendiera su mercancía tres veces más cara que el precio de afuera, incluso las papitas fritas rancias y las linternas que se rompían al cabo de una hora.

Un grupo de vendedores esperaba a que terminara la función del circo, ansiosos por vender sus últimos juguetes y elotes con chile. Marta trabajaba un segundo turno cuando había un evento especial en el recinto de la feria: una compañía de ópera argentina, un grupo de música folclórica peruana, incluso una feria del libro a la que casi no llegaba gente. Después de vender ropa usada todo el día, Marta cambiaba por sus provisiones de la noche: rehiletes, silbatos, marionetas de payaso, lo que estuviera de moda. Había dejado de vender dulces porque la lluvia hacía que los pirulíes se quedaran pegados.

La vida se había vuelto más difícil a partir de la muerte de su padrastro. Mamá se negaba a dejar su lecho de duelo menos para hervir el agua del café. Todo el trabajo de cocinar y limpiar y ganar dinero recaía en Marta. A ver cómo lo manejas. Eso era lo que Mamá le decía todas las mañanas. ¿Era de extrañarse que soñara despierta con huir con el enano del circo?

Una luna llena iluminaba los charcos de lluvia que había caído en la tarde. El olor a cacahuates y algodón de azúcar se mezclaba con la peste a lodo. Marta se preguntaba cómo le estaría yendo a su hermano en su nuevo hogar, un baniano ubicado a tres cuadras de los restos calcinados de su antiguo colorín pinto, al cual le había caído un rayo. El pobre de Evaristo se quemó casi todo el cuello y el pecho. Si no fuera por el guardia que lo había llevado a toda prisa al hospital, su hermano probablemente estaría muerto.

—¿Qué haces aquí afuera tan tarde?

Marta se sobresaltó. Era el guardia que le había salvado

la vida a Evaristo. ¿Podría haberlo hecho aparecer con sus pensamientos? Marta lo saludó con la mano sin muchas ganas, avergonzada de su vestido raído y sus sandalias mal remendadas. El uniforme y las botas de él estaban impecables.

—¿Cómo está tu hermano?

—Mucho mejor. —Marta echó un vistazo a la pistola en el cinturón del guardia. ¿Acaso la usaba? Quizá era cierto lo que la gente decía, que se podía juzgar a un hombre por el grado del peligro al que se exponía. Pero, ¿cuál era la diferencia entre el peligro y la maldad?

—¿Todavía vive en un árbol como un mono? —preguntó el guardia.

—Encontró una vivienda mejor.

—¿Ah?

—Un baniano.

—¿Menos inflamable?

—Eso dice.

Marta había oído anécdotas horribles acerca de los guardias. La gente decía que aparecían cadáveres en los ríos, que los guardias —asesinos uniformados— eran los responsables. Un coche dio un viraje brusco al dar vuelta por la esquina y el conductor gritó: "¡Chucho hijo de puta, el día te va a llegar!"

—¿Lo conoce? —preguntó Marta.

—Claro que no —dijo el guardia con brusquedad—. Es sólo más basura de la que tenemos que aguantar todos los días.

Marta no estaba segura a qué se refería.

—¿No lees los periódicos?

—No tanto. —¿A quién le sobraban veinte centavos al día? Los periódicos tampoco publicaban algo que fuera de interés para los pobres. Papel higiénico caro eran esos periódicos, pero Marta no se atrevió a decirlo en voz alta.

—Son nuestro peor enemigo, comunistas todos y cada

uno de ellos. —Escupió al decir eso, y despotricó con un argumento tendencioso que no significaba nada para ella.

Finalmente, el guardia sacó un espejo del bolsillo de su camisa y se lo acercó al labio superior. Luego se recortó el bigote con unas tijeritas. Era el bigote más pulcro que Marta hubiera visto jamás, un rectángulo impecable.

—Me llamo Fabián Ramírez —dijo.

—Sí, me acuerdo.

—Te he tenido en la mira.

—Pero yo no he hecho nada —Marta replicó. ¿Quién se creía que era ella?

—Tranquila. No quiero decir que estés bajo vigilancia. Quiero decir que he tratado de averiguar qué tipo de muchacha eres.

—¡Yo no he hecho nada malo! —Marta sintió que el miedo le infundía vigor.

—Escúchame. He visto lo duro que trabajas. Quiero hacerte la vida más fácil. Detesto ver cómo malgastas tu belleza de esta forma. —Fabián tenía dientes pequeños y blancos, ordenados y parejos, como su bigote. Marta notó que sus cejas eran idénticas y que las aletas de su nariz eran exactamente del mismo tamaño. Algo en él resultaba poco natural, como los maniquíes perfectos en los escaparates de las tiendas.

—¿Usted no es de por aquí? —preguntó Marta.

—Soy de Apastepeque, al norte de la laguna. Mi padre siembra árboles de achiote y frijoles en una parcela allá.

—¿Y su madre?

—Su familia hacía metates. Pero la piedra volcánica duraba para toda la vida y después de un rato todo el mundo tenía uno. Así que mejor se pusieron a hacer conserva de leche. —Fabián bajó la voz—. ¿Puedo invitarte a cenar?

Si le decía que no, ¿le dispararía?

—No tiene caso salir a comer conmigo —dijo Marta—. Como casi puras tortillas de maíz con sal.

—Eso no quiere decir que no podamos comer un bistec de vez en cuando.

—¿Bistec? —Marta sintió una ráfaga de aire fresco hacerle cosquillas en la nuca. Bueno, quizá saldría con este tal Fabián solamente una vez, metería un buen pedazo de carne en la bolsa para su hermano. ¿Cuándo probaría Evaristo un bistec? Marta pensó en las flores de papel que su madre guardaba en una lata oxidada, cuánto más lindas serían unas rosas de verdad. Sí, sin duda, la posibilidad de comerse un bistec le llamaba la atención. Quizá el guardia incluso la invitaría a ver a la Pulguita.

—Lo voy a pensar —le dijo ella, dando vuelta nerviosamente a un rehilete.

—Me los llevo todos —dijo Fabián.

—¿Mande? —Marta escuchó un clarinero cantar en el tamarindo, ruidoso e insistente.

—Tus juguetes. —Fabián señaló la canasta de Marta—. Te los compro todos.

(1976)

Enrique Florit

Enrique miró sobre la mesa de la cocina a su papá, que raspaba lo que quedaba de la pulpa de su media toronja. Papi estaba vestido como la reencarnación de Ching Ling Fu, Mago de la Gran Corte de la Emperatriz de la China. Usaba una peluca calva con una trenza, unos pijamas bordados de cuello mandarín y unas zapatillas de seda enroscadas en las puntas. Hacía un mes Papi había puesto sus relojes según el tiempo de Shanghai, cambiando la noche por el día, y comenzó a dormir con un diccionario chino enorme en el pecho. Esperaba que los caracteres chinos lo fueran penetrando y poco a poco le cambiaran la identidad.

Enrique se sirvió un plato hondo de hojuelas de maíz con leche. No estaba seguro de cuándo se le había ocurrido a su padre la idea de hacerse pasar por el famoso mago del siglo diecinueve, pero sospechaba que tenía algo que ver con todas las películas de kung-fu que habían estado viendo desde que los echaron del Hotel Flamingo.

Los magos más jóvenes con espectáculos extravagantes de rayos láser y los extranjeros con números exóticos (en particular un par de alemanes con sus tigres de Bengala) estaban reemplazando a los artistas tradicionales como su padre. A sus cuarenta y ocho años de edad, Papi estaba acabado.

En la cúspide del éxito, él había ganado mil dólares al mes; lo cual distaba de calificar como la atracción principal pero era un sustento decoroso, sobre todo con el *penthouse* incluido. Ahora con suerte ganaba eso al año, en uno que otro trabajo y sustituyendo a magos enfermos en el Strip. Papi también envejecía y sufría de una serie aparatosa de problemas de salud: flebitis, gastritis (ya no podía comer chicharrón de puerco), prostatitis, gingivitis y una sed loca que él se temía pudieran ser los comienzos de la diabetes; para no mencionar la presión arterial elevada y un colon irritable. Su carne, se quejaba Papi melodramáticamente, se había convertido en una carga para sus huesos.

Ellos dos vivían en un apartamento pequeño en la parte zarrapastrosa de Paradise Road. El edificio, nombrado extravagantemente La Sirena, tenía motivos náuticos y estrellas de mar pegadas a las paredes de un vestíbulo asqueroso. Sus habitaciones del segundo piso daban a una gasolinera abandonada y a una tienda de muebles para bebé que, a saber de Enrique, jamás estaba abierta. Después de la escuela, Enrique trabajaba medio tiempo en una planta procesadora de carne para ayudar a pagar las cuentas. Repasaba teorías de la probabilidad en la mente para mantener la cordura. Sólo el primer año que Papi y él pasaron en los Estados Unidos había sido más deprimente.

Algunos de los grandes apostadores tejanos todavía llamaban a Enrique, tratando de sonsacarlo para que volviera a jugar al póquer. La oportunidad se presenta, pero no insiste, lo regañaba Johnny Langston. Pero Enrique no confiaba en su juego como antes, ni siquiera con la esclava de plata de Mamá en el bolsillo. Ya no le gustaba vivir sólo para conseguir algo en contra de todo pronóstico. No quería creer, como sus amigos jugadores, que cualquier oficio legítimo era estrictamente para los perdedores. El póquer, por lo menos como se jugaba en el Diamond Pin, era un asunto despiadado. Después de que Enrique había ganado ese tremendo bote para su decimotercer cumpleaños, esos mismos hombres que habían perdido su dinero lo habían acosado en juegos posteriores como una bola de caimanes y devorado sus ganancias.

Papi sacó un frasco de cerezas al marrasquino del armario de la cocina. Había una docena de frascos idénticos detrás de éste, alineados como un batallón de soldados. Desenroscó la tapa, metió el dedo en el jugo carmesí, y extrajo una cereza gorda y chorreante.

—Cómete una —dijo, ofreciéndosela a Enrique—. Te hará bien.

—Ya me comí un guineo.

Papi osciló la cereza sobre su boca. —¿Sabías que las mujeres chinas se refieren a su período como "el viejo fantasma"?

—Eh, no.

—Lo soñé. Te lo digo, hijo, el diccionario está funcionando. ¿De qué otra forma podría yo saber esto? —Papi comió cuatro cerezas más en rápida sucesión, luego atacó la otra mitad de la toronja—. Todo tiende hacia la circunferencia. Las cosas forman un círculo, lo bueno con lo malo. El ciclo está cambiando hacia lo bueno, lo puedo sentir. ¿Una toronja?

—No, gracias.

A Enrique no le molestaba en particular la peluca de hule de su padre o el pijama que había reemplazado al esmoquin en su clóset compartido, o incluso el acento chino postizo. (Le daban ganas de colgar un letrero alrededor

del cuello de su padre que dijera: PERSONALIDAD NUEVA
BAJO CONSTRUCCIÓN.) Éste era el mundo del espectáculo,
al fin y al cabo. Lo que no toleraba era el régimen alimen-
ticio obsesivo de su padre. El mago de la corte original
había sido alto y delgado y lo suficientemente famoso
según fotografías viejas que a Papi no le había quedado
otro remedio que tratar de conformarse a esa imagen.
Seguía a ciegas una dieta para bajar de peso tras otra, incluso la atroz dieta de la Costa Azul, que no le permitía
comer otra cosa que no fueran mejillones para el almuerzo.

Ahora, en vez de rememorar sus giras triunfales por el
Caribe, Papi hablaba extasiado de los finos bisteces añejos
de solomillo, los platos de chicharrones, las maravillas de
la *crème fraiche* y el tiramisú. Si Enrique era tan insensible
como para pedir un postre en su presencia, su padre lo
acusaba de cometer un sabotaje declarado. Papi incluso
comenzó a fumar para calmar su apetito. En realidad, se
estaba convirtiendo en un hombre poco razonable.

—Coño, carajo, mira esto —dijo Papi, señalando un artículo de la página 26 del *Las Vegas Review-Journal*—. Se
promulgó la nueva constitución cubana. ¡Ja!

—¿Me pasas la azucarera? —Enrique observaba la ira
de su padre aumentar repentina y peligrosamente.

—¡Qué desgracia! —Parecía que Papi se partiría en
dos. Cualquier cosa que apoyara la Revolución Cubana en
lo más mínimo le surtía el mismo efecto—. ¡Otra patraña
en nombre del patriotismo!

—Recuerda tu presión arterial. —Enrique dio a su
padre un vaso de agua y esperó a que se le pasara el paro-
xismo—. Además, necesitas mantener la calma. Ching
Ling Fu nunca perdía los estribos.

El gran plan de Fernando —más allá del sueño desva-
necido de una Cuba democrática— era develar su personalidad china y su nuevo físico esbelto este verano en la
arena al aire libre reservada para los conciertos de rock. El

clímax de su acto sería la recreación del truco bien conocido de coger la bala de Ching Ling Fu, una hazaña tan peligrosa que había matado a catorce magos en los cien años desde su debut. La publicidad de este reestreno, esperaba Papi, revitalizaría su carrera y acapararía la atención del público, como él lo merecía.

—¿Podrías ayudarme a ensayar más tarde?

—Quedé de ver al profesor Smedsted a las cuatro. —Enrique estaba recibiendo clases particulares de un profesor de matemáticas de la Universidad de Nevada, quien había ofrecido ayudarlo. Terminó de abotonarse la camisa de franela y recogió sus libros.

El próximo otoño haría sus solicitudes de admisión en distintas universidades. Estaba en el cuadro de honor, pero no tenía muchas actividades extracurriculares que ofrecer a los comités de admisión. Enrique sospechaba que no quedarían muy impresionados con sus habilidades en el póquer ni tampoco si recibían una recomendación, por más efusiva que fuera, del dueño del Casino del Diamond Pin. Entre la escuela, el trabajo y velar por su padre, no tenía tiempo para muchas cosas más. Ni siquiera para una novia.

Enrique soñaba con mudarse a la zona este del país, a Nueva York o a Boston, algún lugar lejos del calor de Las Vegas. Había recibido unos folletos de la universidad MIT después de haber sacado una calificación perfecta de 800 en la porción de matemáticas del examen SAT. Enrique había tomado el examen con un año de anticipación, a instancias del profesor Smedsted, sólo para ver cómo le iba. Los casinos también intentaban persuadirlo. Sabían que podían conseguirlo por poco dinero. Lo tentaban ofreciéndole varios cientos de dólares aquí y allá para hacerles trabajos de consultoría: afinar las probabilidades de las máquinas tragamonedas, tratar de descifrar los sistemas de los jugadores que ganaban constantemente contra la casa.

—La mayor parte de los trucos del Mago de la Gran Corte son simples, en apariencia fáciles, pero nadie los ha visto en muchos años —dijo Papi, poniéndose más animado—. Olvídate de esa pirotecnia sin chiste que ves hoy día en los escenarios. El público queda tan cautivado con magos de segunda categoría que han olvidado la alegría que provocan las maravillas simples.

—Tengo que irme.

—Está bien, dame un beso.

Enrique titubeó.

—¿Qué? ¿Ya estás muy grandote como para darle un beso a tu padre?

—Adiós, papá.

El encargado del edificio, el Sr. Smite, estaba afuera regando un pedazo de pasto muerto que hacía las veces de jardín. Un cuervo armaba un escándalo en una palmera mocha. La Sirena no era ni mejor ni peor que la mayoría de los edificios a su alrededor, unos adefesios con la pintura descascarada y unos tajos profundos y oxidados, todas y cada una de sus imperfecciones iluminadas por el sol. El Sr. Smite había estado casado con una ex corista, un ángel bronceado de mujer (guardaba su fotografía en su bolsillo), que había regresado a Minnesota después de pasar un año en el desierto. Aquello había sido en 1963.

—¿Cómo está el chinito? —preguntó el Sr. Smite.

Enrique agitó la mano y fingió no haberlo escuchado. No quería dar alas al Sr. Smite para que echara su sermón matutino sobre las conexiones ocultas entre el comunismo y los anillos de Saturno.

Daba la casualidad de que a Enrique le gustaban los trucos de Ching Ling Fu de Papi: escupir serpentinas de colores que se incendiaban y explotaban; extraer un palo de cinco pies de su boca; hacer aparecer platos y pasteles por debajo de un trapo vacío. Su padre también experimentaba tragando fuego —Ching Ling Fu había sido todo un maestro en ello— pero el queroseno le empeoraba la gastritis y le arruinaba los dientes. Sólo el truco de coger la bala, con lo espectacular y arriesgado que era, ponía de nervios a Enrique.

Por lo menos, se dijo a sí mismo, esto era una mejoría sobre el intento fugaz de su padre por incursionar en el cine. Papi se las había arreglado, por medio de una serie intrincada de negociaciones —a través del amigo mafioso del amigo del productor que se metía al vapor con él en el *spa* del Flamingo— para conseguir un papel en una película de presupuesto limitado de Hollywood. Había estado habla que habla sobre eso durante meses, llamándose a sí mismo el Rodolfo Valentino cubano (no importaba que Valentino hubiera sido la estrella de las películas mudas), arremetiendo contra Robert Redford ("¡Una vil marioneta de la pasión!"), imaginando su nombre en carteleras por todos los Estados Unidos. Al final, le asignaron el papel de un empleado de limpieza en una película de horror para adolescentes llamada *Miedo negro*, en la cual él arrastraba con tristeza un trapeador y una cubeta por el pasillo solitario de una escuela secundaria. No le tocó decir ni una frase.

La Secundaria Anasazi al norte de Las Vegas quedaba a poca distancia en auto. Enrique había comprado su Maverick rojo con techo de vinilo blanco con el dinero que había ganado en la planta procesadora de carne. Siempre traía la salpicadera de cromo reluciente. Enrique había sacado una beca para asistir a la escuela católica local dirigida por la Congregación de los Hermanos Maristas, pero Papi se había negado a que asistiera. Después de sus roces con los Jesuitas de Cárdenas, Papi no quiso que su hijo tuviera nada que ver, según dijo, con esos clérigos sadistas.

Cuando Enrique se hartaba de la escuela y el trabajo, conducía a Red Rock Canyon, a veinticinco kilómetros al oeste de la ciudad. Le encantaban los precipicios de arenisca, los grupos tupidos de árboles de Josué, imperturbados por el viento. Cuando el sol les pegaba a cierto ángulo parecían estar incandescentes, como en llamas. Una vez Enrique fue a Red Rock a media noche y vio una lluvia de meteoritos. Le pareció un regalo del universo sólo para él. Ninguno de sus conocidos visitaba las zonas despobladas del Mojave. Costaba trabajo imaginarse a Papi o cualquiera de los tejanos bajo la luz natural, mucho menos en la vasta naturaleza.

Últimamente, él y su padre evitaban ir al Diamond Pin. Lo de menos era que Papi pareciera y sonara como un impostor chino loco. Eso no lo hubiera detenido por un instante. Papi evitaba ir al Diamond Pin porque le daba vergüenza presentarse sin dinero. Todo el mundo en Las Vegas, hasta los crupieres de veintiuna de medio pelo, comprendían la regla de oro: Aquél que tiene el oro hace las reglas. Nadie quería rodearse de perdedores. Eso les arruinaba el juego, les recordaba las malas rachas, apagaba la abundancia que ellos sentían les correspondía por derecho propio.

Afuera hacía un calor feroz. Los naranjos del recinto universitario tenían una apariencia falsa. Las porristas practicaban sus rutinas enfrente del edificio principal, tratando de crear entusiasmo por el juego de baloncesto el viernes por la noche contra la Escuela Secundaria Henderson. Enrique estudiaba sus patadas y su vaivén, el sudor humedeciéndoles los muslos crispados. Despertaban la envidia de las demás muchachas (incluso de las inteligentes que participaban en el consejo estudiantil y el periódico) así como el deseo de todos los muchachos del campus.

Sus gustos, no obstante, iban por completo en otra dirección. En la planta procesadora de carne, Enrique tenía una fijación con su supervisora; la madre, de hecho, de una de estas porristas. Se llamaba Janie Marks y tenía treinta y tantos, era divorciada, tenía unas caderas anchas y carnosas que ondulaban debajo de su overol reglamentario. Poseía una voz áspera con un acento sureño que se dulcificaba siempre que ella le llamaba la atención cuando él no le quitaba bien la grasa a un trozo grueso de carne de res. *Riqui, cariño, deja un poco de grasa a los costados o si no, no quedará nada para asar en la barbacoa.* Enrique por lo general estaba metido hasta los codos en pedazos ensangrentados de carne. El sonido de la voz de ella aunado al olor a sangre animal y toda esa carne cruda hacía que se le pusiera tan irremediablemente dura que podría haberlo hecho en el acto con un cacho de filete.

Enrique recordaba cómo en Cárdenas todos los chicos de su barrio habían estado enamorados de su madre. No sólo era hermosa —Mamá tenía la piel ligeramente pecosa y una cinturita ceñida— sino que además, ninguna otra madre era capaz de dar una voltereta triple o hipnotizar una serpiente. Los hombres de la esquina hablaban con admiración de Mamá. Le festejaban sus curvas, su acento panameño encantador, sus manos y pies menudos. A Enrique no le gustaba que hablaran de ella de esa manera, pero no pudo haber dicho por qué. Ahora lo comprendía.

Todo el día, caminando penosamente de clase en clase, Enrique recordaba el Vía Crucis: detente, sufre, detente, sufre un poco más. Las campañas de Carlomagno. Los verbos franceses irregulares. Unos poemas que no tenían ni pies ni cabeza, carentes de puntuación. A media prueba de cálculo, lo llamaron a la oficina del director. Papi estaba en el hospital, gravemente herido, le dijo el Sr. Hunter. Enrique no esperó a que le dieran más detalles. Corrió a su auto y salió destapado, acelerando al pasarse todos los semáforos rojos de Las Vegas. Por lo menos su padre estaba vivo, seguía repitiendo en su interior. Nadie podría perder a ambos padres antes de cumplir los dieciocho, ¿no era cierto?

En el Hospital Lord and Savior del centro, una monja en un hábito anticuado acompañó a Enrique al elevador, más allá de la floristería marchita y la hilera ruidosa de máquinas tragamonedas del vestíbulo. El cuarto de su padre se encontraba en la unidad de cuidados intensivos del segundo piso. Papi estaba vendado de pies a cabeza. Un calcetín de vestir de nylon le colgaba de un pie. No traía puesta la peluca calva, y sus mechones ralos y grises se veían infinitamente más lúgubres que el hule grueso. Tenía un brazo y una pierna suspendidos con poleas en un vuelo asimétrico, y el ojo izquierdo estaba copiosamente acolchado con gasa.

Papi reconoció a Enrique de inmediato, aun con el otro ojo casi apagado por la hinchazón. —Bendito sea Dios que llegaste —dijo entre dientes—. Estoy rodeado de católicos. —Las palabras silbaron por el hueco de un diente que le hacía falta. Lo habían traído inconsciente a la sala de urgencias hacía tres horas.

La policía lo había designado como un crimen motivado por el odio y la estación local de noticias investigaba el incidente. El cantinero del Flamingo ya le había enviado una tarjeta para desearle una pronta recuperación así como una botella de tequila. ¿Cómo se había enterado Jorge de Reyes del ataque?

—¿Qué coño te pasó? —susurró Enrique.

Papi trató de encogerse de hombros pero hizo una mueca de dolor. —Como puedes ver —dijo fatigadamente—, mi corazón sigue latiendo por endemoniada costumbre.

Resulta que se dirigía a la Cafetería Armando's, donde a menudo pasaba la mañana leyendo, cuando una pandilla de muchachos adolescentes lo asaltó en un estacionamiento vacío. Iban vestidos de mujer, con trenzas tipo Heidi y vestidos de peto, y era obvio que algunos de ellos habían tomado drogas duras. Papi sólo traía cinco dólares. Se pusieron furiosos y lo patearon, le restregaron la cara en un lecho de vidrios rotos. Luego le rompieron varios huesos para que no faltara.

—Lo raro es que ahora escucho mejor —dijo Papi, tratando de levantar la cabeza—. A las hormigas caminando por la repisa de la ventana. A las liebres en el desierto. Mi cuerpo entero es una oreja gigante. Los doctores dicen que no durará, pero yo sé que sí. Piénsalo, hijo. No hay un acto de magia como éste en ninguna parte.

Enrique miró incrédulo a su padre. Apenas estaba vivo y en todo lo que podía pensar era en sacar partido de una anormalidad sensorial pasajera para ver su nombre iluminado otra vez.

—Por favor, ¿me pasas un cigarrillo? Allí están.

Su padre se veía tan vulnerable que Enrique, sabiendo que hacía mal, abrió el cajón de la mesita de noche y encontró la cajetilla Winston estropeada. Dio unos golpecitos para sacar un cigarrillo y lo prendió con el encendedor de plástico de su padre. Pensaba en cómo el más ligero error era capaz de matar a una persona. Una vuelta equivocada aquí, una palabra incorrecta allá y pum: la suerte te abandonaba. La fortuna no era algo que uno pudiera apretar en la mano como una moneda. El humo mareaba a Enrique, pero dio una calada al cigarrillo hasta que prendió. Luego lo sostuvo con cuidado a los labios de su padre.

—Menos mal —dijo Papi, gimiendo. Le temblaban los labios al exhalar—. Todavía eres mi niño bueno.

—¿Quizá deberíamos abrir la ventana?

—¿Escuchaste eso?

—¿Qué?

—Hay una palomilla en el ventilador del techo.

Enrique siguió las rotaciones lentas de las aspas de

metal. Al principio no vio nada; luego la detectó: una palomilla blanca del tamaño de un sello postal con unas marcas marrones en las alas. Por Dios, nada permanecía dentro de la normalidad en presencia de su padre por mucho rato.

— ¿Cómo lo hiciste?

—Te lo estoy diciendo, soy una oreja humana. —Papi estaba lleno de júbilo—. Puedo escuchar el sonido del sonido. Para el público, el poder de la vista es relativo, pero el oído es otra cosa por completo. ¡Ay, nada más espera a que regrese al Strip!

Enrique sostuvo el cigarrillo a los labios de su padre para que le diera una última calada antes de dar a la colilla un capirotazo por la ventana. Las montañas a la distancia parecían falsas. Todo en Las Vegas era así. Los nombres de las cosas aquí no tenían ningún significado. Una ventolera levantó polvo. Enrique pensó en la bandera del Parque Colón y en las cigüeñas que se habían desviado de su curso y en el único sombrero de paja con un listón de luto que había volado por el aire el día en que Mamá murió. Si pudiera, haría que el viento dejara de soplar por siempre jamás.

Una enfermera entró sin llamar con una bandeja de comida compartimentada. Había un tazón de sopa de cebada grumosa, pollo en alguna especie de salsa de carne, guarniciones no identificables. Ella prendió la radio sin preguntar, cambiando el botón selector a una estación de música de discoteca.

—Veo que tiene a un visitante, Sr. Florit —dijo la enfermera, olfateando el aire con recelo—. ¿Cómo se siente?

—Me hacen falta unos calmantes.

—Ya está en la dosis máxima.

—Sólo un poquito más —Papi intentó persuadirla—. Necesito descansar.

La enfermera dio vuelta a un botón y luego a otro, manipulando el suero para asegurarse de que estuviera funcionando bien. Enrique advirtió los moretones en la parte interior del codo de su padre, de donde la enfermera sacó más sangre. Además él tenía el vientre abultado, como una sandía demasiado madura. La enfermera dio vuelta a la manivela al pie de su cama que ajustaba el ángulo del colchón.

—¿No tendría unas cerezas al marrasquino? —le preguntó Papi.

—¿Cómo dice?

—Cerezas. Se lo agradecería en el alma.

Enrique deseó poder mandar a pedir comida cubana de verdad para su padre: puerco asado a la criolla con frijoles, tostones, yuca al mojo de ajo, flan de piña. Cada vez que los padres de Enrique regresaban de una de sus giras por el Caribe, sus abuelos les hacían una fiesta e invitaban a todos los vecinos. Los festejos duraban siempre hasta la madrugada.

Mamá, no obstante, prefería las épocas tranquilas. Se enfrascaba en sus novelas, releyendo sus favoritas. Enrique se sabía de memoria el comienzo de *Pasaje a la India:* "Excepto por las Cuevas de Marabar —y quedan a veinte millas de distancia— la ciudad de Chandrapore no presenta nada extraordinario". A Mamá también le gustaba recordar su luna de miel, embelleciendo los sucesos de manera distinta cada vez. Pero los hechos permanecían: después de un noviazgo de un día y una boda civil apresurada, ella y Papi salieron de la Ciudad de Panamá a bordo de un pequeño carguero destartalado cuatro días después de haberse conocido. ¿Qué había visto ella en él que la había hecho abandonar todo lo conocido?

Los padres de Mamá cuestionaron la navegabilidad del barco, así como la sensatez de su hija. El pequeño barco de vapor tenía una chimenea maltratada y una bandera hondureña en la popa. A cambio de un camarote gratuito, Papi brindaba a los marineros funciones todas las noches y una vez hizo que descendieran del cielo nublado unos azahares. Durante tres meses el barco navegó de puerto en puerto, llevando plátanos y repuestos de maquinaria en sentido contrario a las agujas del reloj por todo el Caribe, hasta que llegó a La Habana.

—¡Apaguen esa cosa! —bramó Papi al instante en que la enfermera salió del cuarto—. Ninguno de esos monigotes suecos ABBA-daba —ninguno de ellos, ¿me entiendes?— se compara siquiera con el tumbador más humilde de Cuba.

Enrique apagó la radio y recogió un libro pequeño de la mesita de noche. *Los milagreros y sus métodos* de Harry Houdini. Había estado en el bolsillo de su padre cuando los adolescentes lo atacaron. Lo abrió a la página marcada con una esquina doblada y leyó en voz alta:

> "Norton era capaz de tragarse una serie de renacuajos y sacarlos vivos. Recuerdo su ansiedad en una ocasión cuando regresaba al vestidor; parecía que había perdido una rana —por lo menos no podía dar cuentas de toda la manada— y se veía muy atemorizado, probablemente ante la incertidumbre de si iba a tener que digerir una rana viva o no…"

—¿Estás sacando ideas para tu acto de magia? —bromeó Enrique.

—Lo estoy traduciendo al español.

—¿Houdini en español?

—¿Por qué no? —dijo Papi, su pierna meciéndose en el aire—. ¡Su gloria debe arder por todos los rincones de la tierra!

A diferencia de su padre, Enrique no tenía ninguna inclinación teatral. Había actuado con sus padres en contadas ocasiones. Papi guardaba un retrato suyo de cuando era niño con la cara pintada de negro y pañales, pero Enrique no pudo recordar qué era lo que había hecho en ese truco. A veces se preguntaba si Mamá había actuado tan sólo para hacerle compañía a Papi durante sus viajes. En casa eran a menudo inseparables, susurrándose uno a otro en un lenguaje privado que Enrique no comprendía.

—Necesito preguntarte algo —dijo Papi—. Pero primero, tráeme el espejo del baño.

Enrique trató obedientemente de quitarlo de la pared, pero estaba bien atornillado en su lugar. —Lo siento, no se puede.

—Dime la verdad, hijo —dijo Papi, tratando de sonreír—. ¿Qué tan mal estoy?

Enrique no quiso desanimar a su padre, pero se rehusaba a mentirle. —Has lucido mejor en otras ocasiones.

—¿Todavía estoy bonito? —Papi le hizo un ojito con el párpado que aún le funcionaba.

—No creo que jamás te hubiera llamado bonito —rió Enrique—. Pero digamos que estoy seguro de que en un abrir y cerrar de ojos volverás a ser el mismo de antes.

Su padre quedó muy apaciguado con esto. Carraspeó y se embarcó en un monólogo acerca de las virtudes de trabajar por fuera del sistema, sin tener que responder ante ningún jefe; de cómo su vida había sido imposible en Cuba; cómo a veces lo bueno nacía de lo malo, del tumulto y la revolución, el dolor y la ruina. Comenzó a recitar el poema de Martí idóneo para todas las ocasiones: "Yo soy un hombre sincero, de donde crece la palma, y antes de morirme quiero, echar mis versos del alma. Yo vengo de todas partes…"

—¿Cuánto necesitas? —Enrique lo interrumpió.

—Cuarenta.

—¿Cuarenta mil dólares? —Enrique no le creyó.

—Me metí en un poco de problemas en el Diamond Pin —dijo—. Y este hospital no va a salir barato. No tenemos seguro, tú lo sabes.

—Santo Dios. —Enrique se sentó a la orilla de la cama

del hospital. Estaba cansado de cuidar de su padre, de sacarlo de apuros de un lío tras otro. Pero esta vez sí que la había cagado por completo. ¿Por qué no podía ser como los demás padres? ¿Por qué Papi no podía cuidar de *él* para variar? Enrique miró a su padre, desvalido y momificado, y se sintió terriblemente culpable.

El año pasado, a Johnny Langston le quedaban solamente cien dólares. En treinta y seis horas había recuperado hasta cincuenta mil dólares apostando todo su dinero en cada apuesta —veintiuna, póquer, fútbol americano profesional— calculando las probabilidades con astucia, sin sentimentalismos. Se había negado a tener nada que ver con cualquier cosa tan estúpidamente pasiva como la ruleta o las máquinas tragamonedas. En última instancia, sería recordado como un león. Era cuestión de orgullo.

—La Serie Mundial de Póquer comienza en una semana —dijo Papi, de nuevo con un entusiasmo prudente. Su ojo sin venda seguía a Enrique por el cuarto—. La entrada cuesta diez mil, pero eso no sería un problema si te decides a jugar. Conozco a mucha gente que te financiaría.
—Él respiraba con dificultad, como si el mismo aire tensara sus pulmones.

Enrique le sirvió a su padre un vaso de agua fría de la jarra de plástico sobre la mesita de noche. Se la sirvió; su padre la derramó. Enrique se quedó mirando a través de la ventana del hospital los lotes traseros y las vías del tren en el centro de Las Vegas. Unas nubes ligeras como una pluma cubrían el horizonte. Divisó las palmeras y los álamos en la cercanía, un destello de bugambilia contra el césped reseco.

Oscurecía afuera. Enrique caminó hacia la cama de su padre y recogió el vaso de agua, retorciéndolo en la palma de su mano hasta que éste le dejó un círculo rosado y húmedo. Era todo lo que podía hacer para no gritarle, para no voltear la bandeja con la comida de hospital. Los delirios de Papi lo estaban aniquilando, los estaban aniquilando a ambos. Sin embargo sus delirios se parecían tanto a la fe que le parecía cruel despojarlo de ellos. ¿Durante cuánto tiempo se suponía que debía mantener a su padre a flote, de todas maneras? ¿Qué pasaría si se fuera de Las Vegas? ¿Acaso Papi no tendría que arreglárselas por sí solo?

Enrique recordó el día en que había ayudado a su padre a sembrar narcisos en la capa de tierra mullida sobre la tumba de Mamá. A ella le encantaban los narcisos porque florecían antes de las demás flores, porque eran los primeros, decía ella, en imaginar la primavera. Enrique soltó el vaso de agua y pensó en una canción que su madre solía cantarle a la hora de acostarse, sobre un barquito que trataba, contra viento y marea, de atravesar una corriente peligrosa. "Había una vez un barco chiquito…" ¿Qué otra alternativa le quedaba? Por ahora, decidió hacer todo lo posible por mantener a su padre con vida.

Leila Rezvani

Leila deambulaba por las serpenteantes calles traseras del bazar de Teherán, donde un lánguido sol invernal apenas brillaba. Los encuadernadores ocupaban un callejón ellos solos, al igual que los merceros y los tabaqueros, los talabarteros y los hojalateros y los cuchilleros. Los olores característicos de cada callejón —pegamento, pedernal, piel, lana— impregnaban la piel de quienes ejercían su práctica. En los callejones de las alfombras, los mercaderes eran particularmente agresivos. Un vendedor le ofrecía a Leila una alfombra gigantesca tejida con el retrato del presidente Kennedy. Al ver su sorpresa, el mercader sacó en cambio una alfombra representando al Shah de joven.

Era Nochebuena y su padre había desaparecido. Hacía seis días, dos hombres con chaquetas cruzadas se habían aparecido en el hospital donde trabajaba y se lo habían llevado a la fuerza lejos de allí, antes de que él pudiera comenzar una operación de válvula del corazón. Leila había llegado en el vuelo Swissair de Ginebra esa misma noche. El director del hospital, el Dr. Karimi Hakkak había apelado directamente al Shah y mandado peticiones a las cortes y la comisaría central, pero hasta ahora sus esfuerzos no habían dado resultado. Un halo de misterio parecía rodear la ausencia de su padre.

Maman se quejaba de que en los meses recientes Baba se había pronunciado de forma más pública en contra del Shah, abandonando toda prudencia. Si no se callaba, los pondría a todos en peligro. ¿Quién no había escuchado los rumores? Se arrojaba a los prisioneros en costales llenos de gatos hambrientos, se les quemaba en vida sobre "sartenes" eléctricas. Pocos regresaban a casa, vivos o muertos. Pero Baba no había desistido al escuchar estas historias. Había replicado de mal talante que si todos sucumbían al miedo, el miedo habría ganado.

En el callejón de las especias, Leila recogió una ramita de canela y se la llevó a la nariz. Pensó en comprar azafrán y un poco de lapislázuli contra el mal de ojo. ¿Cómo era que lo familiar pudiera resultarle tan exótico al cabo de unas cuantas estaciones? Una adivina llamó a Leila desde su puesto. —¡Consejos para el corazón, bonita, consejos para el corazón! —gritaba, agitando una mano avariciosa. Sus labios eran tan gruesos como los de un camello y en sus muñecas retintineaban unas pulseras de gemas vistosas. La adivina sacó de inmediato un astrolabio y un juego de cuentas de geomancia. Antes de echar las cuentas, sostuvo un espejo redondo para que Leila se contemplara.

—Mírate —dijo con voz suave—. Mira que linda eres, *azizam*. ¡Hoy pareces la misma luna!

—No, gracias.

—¡*Bale, bale*! —Forzó el espejo en manos de Leila—. ¡Contempla este festín! Que me quede ciega si acaso miento.

Por un instante, Leila se asustó al no ver nada. Luego,

lentamente, se enfocó en su cara: las cejas de arcos pronunciados, los labios bien proporcionados, la nariz que parecía pertenecerle a alguien más: pequeña y recta, con la puntita respingada. Fiel a su palabra, Maman había convencido al Dr. Ghanunparvar, el mejor cirujano plástico de Teherán, de que operara a su hija. "No permitiré que la estigmaticen en Europa", alegó Fátima. Cuando Leila cumplió los trece años, Maman le dio unas cuantas pastillas para que se relajara. Eso fue lo último que Leila recordó hasta después de su "sorpresa" de cumpleaños.

La mañana siguiente, se despertó en el hospital, la nariz cubierta de vendajes y con catéteres en las fosas nasales para ayudarle a respirar. Durante dos días sangró tan profusamente que fue necesaria una transfusión. Pasaron otros dos meses antes de que se le bajara la inflamación. La piel de su nariz se sintió dura y tiesa por un año. Su padre le había advertido que en la vida diez mil personas intentarían decirle qué hacer, le asegurarían que ellos tenían la última palabra. Pero para saber lo que uno realmente quiere, le aconsejó, basta con sentarse a solas en la oscuridad.

—Esperas en vano aquello que más temes —concluyó la adivina—. Por eso haces de tripas corazón.

El espejo costaba el doble de lo que debía ser, pero Leila le dio el dinero sin regatear. Un vendedor de juguetes iba sin ninguna prisa con sus silbatos de barro. Si tan solo se le quitara ese dolor sordo entre las piernas, pensó ella. Hacía una semana había perdido la virginidad, pero no sabía con quién. Después de esperar más tiempo que cualquiera de las otras chicas de su internado suizo, Leila se había puesto sumamente borracha con vodka finlandesa la noche de la fiesta de Navidad. Había bailado con muchos chicos, algo que no había hecho antes, y besado sus labios hirsutos. Alguien —¿quién había sido?— había comenzado a acariciarle los senos. Cuando Leila se despertó en su cama, las sábanas estaban manchadas de sangre y tenía un sabor agrio en la boca. La lengua le sabía a la lengua de otra persona.

Ahora rogaba por tres cosas: que no estuviera embarazada, que sólo se lo hubiera hecho un chico y que quienquiera que fuera tampoco lo recordaría. La mañana después de la fiesta, todo el mundo partió para los cuatro confines del globo. Leila escudriñó los rostros de los posibles culpables —Paul Trémont, Heinrich Ülle, Giovanni Scala— pero sus expresiones no delataban nada. Había otra cosa que ella deseaba: que sus padres no se enteraran. Leila podía ya escuchar los gritos de su madre: puta desgraciada, ¿por qué quieres arruinarnos?

Leila se abrió paso hasta un café armenio y pidió té y un arroz con leche hecho con agua de rosas, para calmar su estómago inquieto. Miró mientras el mesero limpiaba descuidadamente la mesa con un trapo sucio. Después de que había muerto su hermano, ella había heredado su amor por las golosinas. Todas las tardes, Leila frecuentaba las pastelerías que quedaban cerca del internado: Le Petit Lapin, Patisserie Michaud, Café Viena. Todos los panaderos la conocían de nombre. Le guardaban rebanadas de Sacher *Torte* y tartaletas de ciruela, *éclairs, petit fours* de moca.

La música clásica persa crujía al salir de una bocina antiquísima en aquel café. Leila escuchaba el sonido de un sitar y recordó un verso de poesía que había memorizado en la primaria: "¿Cómo fue que la rosa llegó a abrir su corazón y regaló a este mundo toda su belleza?" No le parecía justo que la virginidad de una muchacha fuera algo tan preciado cuando la de un muchacho era simplemente una carga de la cual deshacerse a la primera oportunidad.

La noche anterior en el estudio de su padre, Leila había encontrado un libro de una poeta, Forugh Farrokhzad.

Leila leyó y leyó y no pudo parar hasta que llegó a la última página. Una nota en la contraportada decía que la autora había muerto en un accidente misterioso a la edad de treinta y tres años. Eso sólo había sido hacía nueve años. *Nuestro antiguo patio está solitario. Nuestro jardín bosteza anticipando una nube de lluvia desconocida y nuestro jardín está vacío.*

Afuera hacía frío y los cipreses se mecían en el viento. El aire chasqueaba cargado de electricidad, con la posibilidad de relámpagos. Los días como éstos eran considerados de mal agüero por aquellos que leían las hojas de té y por aquellos que interpretaban el poso del café. La penumbra llegaría de golpe, presionando desde las montañas, aplastando la luz de todos los seres vivientes. Leila pensó en la reina Soraya, la segunda esposa del Shah, de quien él se había divorciado por no haberle dado un heredero. El dinero que ella gastaba al ir de compras era algo legendario. Su tercera esposa, Farah Diba, no era nada distinta. Ir de compras era como la mayoría de las mujeres ricas de Teherán ocupaban sus días.

Habría un rebaño de éstas en casa de su tía Parvin esta noche. Los preparativos para los días de fiesta seguían su curso, a pesar de la desaparición de Baba. (En sus círculos, se celebraban tanto los días festivos cristianos como los musulmanes.) ¿Cómo era posible que dieran una fiesta faltando él? Los cuencos de plata característicos de su tía, rellenos de ramitos de jazmín invernal, decorarían las mesas de banquete a intervalos regulares. Los invitados le mentirían a Leila, dándole esperanzas sobre su padre. Pero en cuanto ella se volviera de espaldas, comenzarían a chismear: ¿De qué le sirvieron esos gestos vacíos, eh? ¡Mira cómo ha hecho sufrir a su familia! ¿Qué tiene eso de honorable?

Leila paró un taxi por la calle.

—A la comisaría —dijo ella. Leila no estaba segura de lo

que podría hacer una vez que llegara allí, pero no estaba bien que ella anduviera nada más vagando por la ciudad mientras su padre estuviera desaparecido.

La comisaría era imponente y dilapidada a la vez, como la mayoría de los edificios gubernamentales. Se preguntó si las sentencias crueles que aquí se dictaban tenían algo que ver con el desdeño que la policía sentía de sus compatriotas. Era horrible tener que vivir a la altura del miedo.

—¿Quién manda aquí? —Leila le preguntó al recepcionista.

—¿Qué tipo de queja tiene? —Él apenas levantó la vista de un fajo de documentos que olía a moho.

—Mi padre ha desaparecido —Leila escuchó el temblor de su voz y deseó que no resultara demasiado evidente.

—Por el pasillo, a la izquierda.

Leila no tuvo que ir muy lejos. Ocupando casi todo el corredor de mármol había una larga fila de gente que sostenía fotografías de sus seres queridos. Su silencio hacía eco contra las paredes peor que cualquier maldición que pudieran haber lanzado. Leila se formó detrás de una mujer madura cubierta con un chador, que acunaba una foto escolar de un muchacho adolescente contra el pecho. Él vestía una camisa blanca recién planchada y lucía los primeros indicios de un bigote.

—El mayor —susurró ella y se le llenaron los ojos de lágrimas.

—¿Cuánto lleva esperando?

—Desde el miércoles.

—¡No puede ser! —exclamó Leila y todo el mundo se volvió a mirarla. Quiso hacerle más preguntas, pero la multitud la silenció con la mirada. Su situación era precaria y ellos no querían que una intrusa arruinara su oportunidad de obtener una audiencia con el Departamento de Personas Desaparecidas.

Leila se disculpó con la señora, hizo una pequeña reverencia y dio marcha atrás. Trató de imaginarse a sí misma describiendo a Baba ante los presuntos investigadores. Sí, su padre era de complexión y de altura regulares, medianamente guapo, de manos y pies de tamaño ordinario, pero no había nada ordinario acerca de él. Para comenzar, Baba no tenía paciencia con la gente que no había ganado por sí misma su posición social. Por supuesto, eso eliminaba a la mayoría de las personas en su círculo, con sus quién-conoce-a-quién y su amiguismo mutuo. Evitaba a la familia real como a la plaga.

¿Tenía su padre la más mínima esperanza contra sus enemigos? Si tan sólo pudiera callarse la boca o pedir una disculpa, podría salvarse. ¿Pero cuáles eran las probabilidades de que eso ocurriera? El mismo Shah tendría que tener un ataque al corazón y mandar llamar personalmente a Nader Rezvani para que lo atendiera. Baba nunca se negaría a salvar la vida de un hombre, incluso la de alguien a quien despreciara. Sólo entonces se le otorgaría el perdón.

El resplandor de la tarde invernal hizo que los árboles se vieran desteñidos. ¿Adónde debía ir ahora? ¿Con quién debía hablar?

Un taxi se detuvo junto a Leila y el chofer le preguntó:
—¿Adónde la llevo, señorita? —Era un señor de edad, bien afeitado, con acento de provincia.

—Al cementerio —ordenó ella.

El chofer dio vueltas por la ciudad, al parecer en círculos, hablando entre dientes. Las bocinas de los autos resonaban por las calles atestadas y demasiado angostas. Se movían tan lentamente que ella bien pudo haberse ido caminando. Leila bajó la ventana y asimiló los olores del fin de la tarde en Teherán. "¡Fortalezca sus músculos con una brocheta de hígado y riñón!" un vendedor prácticamente le gritó al oído. Otro pregonaba naranjas y limones dulces del norte.

La ciudad estaba creciendo tanto que Leila apenas la reconocía. Los proyectos de construcción se extendían en todas direcciones: centrales eléctricas, fábricas de productos electrónicos, hospitales flamantes. El Shah también estaba importando a un sinfín de expertos: ingenieros hidráulicos de Grecia, electricistas de Noruega, mecánicos de Italia, choferes de camión de Corea. Pagaba por todo esto con el dinero del petróleo, mientras que en las provincias los campesinos todavía quemaban estiércol de vaca como combustible.

Cuando Leila estuvo en casa la última vez, había acompañado a su padre en un paseo por los Montes Alborz. Habían pasado por distritos nuevos que todavía olían a pintura y a cemento fresco. Las laderas de los cerros estaban salpicadas de chalets estilo suizo. Tomaba una hora escapar de la ciudad y finalmente respirar un poco de aire limpio. Baba le contó que los ricos abordaban el jet de Lufthansa diario por la mañana, comían en Múnich, y volaban de vuelta a casa a tiempo para la cena. Otros pagaban porque los cocineros del Maxim's les prepararan y les enviaran el almuerzo desde París. Y la costa del Mar Caspio estaba congestionada de mansiones nuevas de mal gusto y clubes de campo. Baba decía que le repugnaba ver cómo incluso sus amigos que antes habían sido moderados hubieran cedido a la histeria del exceso.

En la calle Nejatollahi, el chofer viró bruscamente para evitar un perro muerto. Las familias pobres del campo habían instalado carpas cerca de las mezquitas locales. Un huesudo caballo gris jalaba de una carreta destartalada que se desbordaba de cachivaches atados con un cordel. El taxi pasó por la Catedral de Sarkis, que los armenios habían construido para sí mismos, su cúpula ennegrecida por los cuervos. Los parques estaban vacíos a excepción de los árboles desnudos y el césped ralo, pero las tiendas y los cafés estaban abarrotados de gente.

Leila no se dio cuenta hasta ahora cuánto había echado de menos Teherán, por lo menos la parte antigua de la ciudad, con sus calles laterales llenas de polvo y sus corrupciones cotidianas. En las ciudades suizas todo era tan pulcro como un sello postal. Hacía un mes, un chico de su internado había sido arrestado por orinar contra un tulipero en el centro del pueblo. El muchacho, Ömer Özguc, era hijo del embajador turco. Las relaciones entre ambos países se habían vuelto sumamente tensas a raíz del incidente.

El cementerio, un desorden de lápidas y senderos llenos de ortigas, parecía más grande de lo que Leila recordaba. No le fue fácil encontrar la tumba de su hermano, aun con la ayuda del encargado, quien estaba lisiado. No había regresado desde el entierro de Hosein hacía seis años. Los gemidos le habían resultado insoportables y Baba se había negado a soltar la tapa del féretro. Ahora sólo había un silencio y un manto de hojas secas.

Baba había envejecido visiblemente después de la muerte de Hosein. Era como si los años hubieran aguardado pacientemente en algún rincón de su cuerpo, para luego abalanzársele de repente. A sus cincuenta y cuatro años, parecía más bien como de setenta. Incluso comenzó a hablar como un anciano, reviviendo su pasado y mirándolo a través de una lupa. Antes de que lo arrestaran, Baba pasaba las noches leyendo historias de la época Qajar, volviendo a contar esos relatos como si le fueran propios. En el internado, Leila se horrorizó al descubrir que la historia persa no existía.

Hacía treinta años, dijo Baba, las familias campesinas solían traer a sus familiares enfermos al hospital donde él trabajaba y acampar en la sala de espera. Los doctores y las enfermeras tenían que andar con mucho cuidado entre los tapetes desenrollados, las estufas de carbón y una que otra cabra. Todo el mundo fumaba y hablaba en voz alta, iban y venían a su antojo a todas horas de la noche. Querían ver con sus propios ojos la suerte que correrían sus seres queridos. ¿Qué daría ahora, pensó Leila, por escuchar a Baba contar esas historias de nuevo?

Maman también había cambiado. Había abandonado su jardín, lo había dejado sin atender y sin cultivar. Los pozos se habían secado y la fuente pintada con palomas se desmoronaba bajo el sol. Hoy día, Maman vivía para el espejo. Se dedicaba a preservar su belleza con cremas caras y uno que otro estiramiento facial en Londres, y a encontrar un marido idóneo para Leila. Esta noche un joven interesante asistiría a la fiesta de la tía Parvin, un estudiante de física en los Estados Unidos que estaba aquí de vacaciones de invierno. Tenía a un hermano idéntico, dijo Maman, una característica afortunada.

¿Cómo podría andar de casamentera en un momento como éste?

Una higuera esparcía su escaso manto sobre la sepultura de su hermano, la cual estaba atestada de fruta podrida. Las semillas resaltaban torpemente de la pulpa como dientes chuecos. Una enredadera rebelde daba vueltas por el tronco, despidiendo un aroma acre que lo impregnaba todo. Leila imaginó a toda su familia muerta, enterrada junto a Hosein, sus huesos ahuecándose lentamente, sometiéndose a la garra silenciosa de la descomposición. Por un instante, sintió ganas de rayar cada uno de sus nombres en la tierra reseca.

—¿Todavía estás allí? —Leila pateó el borde de la tumba de su hermano, desplazando un terrón de tierra. Recordó su último día juntos: el revuelo de las sábanas de la cama de Hosein, su calidez firme en su mano, su mirada que aún la habitaba. Ciertas cosas, decidió, no podían ser borradas. En el internado, a Leila le gustaba ponerse la ropa que su hermano había usado: sus camisas de seda y sus pantalones de gimnasia, sus lustrosos calcetines marrones desgastados en el talón. De esta forma, lo mantenía cerca de ella.

El viento sopló con fuerza contra el saco de lana de Leila. *Leilaleilaleila.* Una hoja flotó más allá de su cara, dispersando las palabras. Una lagartija delgada y enlodada, esperaba al pie de la tumba. Ella escuchó de nuevo su nombre, pero nada se movió a su alrededor. Los insectos saqueaban en silencio lo que quedaba de la fruta.

—Ayúdanos, Hosein. Por favor ayúdanos a encontrar a Baba —imploró Leila—. Dime que no está muerto. Dime que nos lo devolverán muy pronto.

¡Jac! ¡Jac! Leila levantó la vista, esperando a medias alcanzar a ver el Pájaro de la Verdad. En lugar de eso vio a un tordo marrón opaco de plumas tupidas cantar desafinadamente. ¿Qué hacía aquí en medio del invierno glacial?

Un exceso repentino de luz dispersó el azul frágil del cielo, luego desapareció por completo. Unas gotas de lluvia le salpicaron el cuero cabelludo. Leila desenvolvió su rama de canela y la puso sobre la tumba de Hosein, asegurándola con una piedra. La higuera se despojó de su última sombra. Luego ella se apresuró de vuelta al taxi que la aguardaba.

—A casa —le dijo al chofer—. Quiero irme a casa.

Marta Claros

Marta disfrutaba de la quietud en casa de la Sra.
Sheffield después del repiqueteo incesante de
la fábrica de calzado. Durante las últimas dos
semanas, la fábrica había estado en plena marcha, tratando de cumplir con un pedido enorme de botas para el
ejército. Marta pasaba doce horas al día, seis días a la semana, grapadora en mano, pegando cientos de suelas de
cuero a esas botas tiesas y brillantes. Le mareaban el hedor
a pegamento, el calor y la repetición tediosa. Era un alivio
pasar un rato tranquilo limpiando la casa de la Sra.
Sheffield.

Había conocido a la Sra. Sheffield afuera de la embajada británica, en donde su esposo era el cónsul general.
Marta esperaba el bus cuando la señora inglesa dio un
traspié y cayó a su lado, rompiéndosele un tacón. Marta
fue en su auxilio y le compuso el zapato con el pegamento
que usaba para el trabajo a destajo fuera de horas.
Hablaron por unos minutos —el español de la Sra.

Sheffield era excelente— y ella acabó ofreciendo a Marta un trabajo limpiando su casa todos los domingos. Fue este día de trabajo extra, pagado en dólares, lo que le permitió ahorrar el dinero suficiente para salir del país.

Marta habría querido seguir vendiendo ropa y juguetes usados en la calle, pero su esposo no se lo permitió. Ahora que era una mujer casada, insistió, no podía andar vendiendo su cuerpo junto con su mercancía de arriba abajo por todos los callejones de la ciudad. Pero ella se negaba a quedarse en el apartamento todo el día, esperando a que él regresara a casa y le diera de mala gana unas cuantas monedas para ir al mercado. A ella eso le resultaba más insoportable que aquel trabajo que le acalambraba las manos en la fábrica.

Además, ella necesitaba el dinero. Si había aprendido algo de su tía Matilde, era la necesidad de procurarse su propio sustento. Qué sorprendido estaría Fabián cuando se despertara mañana y descubriera que ella se había ido. No se le ocurriría que ella o, para el caso, cualquier otra mujer, pudiera dejarlo. Pero hacía mucho que Marta había decidido dejar de romper su corazón contra el de él.

Cuando se había casado con Fabián, dos días después de cumplir los dieciséis, Marta había hecho los votos en serio, con todas las intenciones de quedarse con él para siempre. Fue una ceremonia sencilla en una iglesia. Marta llevaba una corona de jazmines con su velo y la bastilla de su traje de novia estaba bordada de lentejuelas y perlas de fantasía. Incluso Evaristo, a regañadientes, había bajado de su baniano para asistir a la boda. Marta pensó que al casarse con Fabián, su futuro estaría asegurado.

Nada resultó como ella lo había deseado. Esto no quería decir que su esposo no le gustara, en un principio: la sorprendía dándole regalitos, le compraba nieve de coco o un par de tenis para su hermano. Nadie le había dado eso antes. El hecho era que Fabián le había prometido a Marta dos cosas que ella quería desesperadamente: salir de casa de Mamá y tener a su propio hijo. La tía Matilde le advirtió que no se casara con un guardia (sólo su mamá pensaba que él era un buen partido), pero Marta no hizo caso.

Hoy era su segundo aniversario. Se suponía que iban a salir a cenar, pero Marta prefirió pasar hambre a escuchar a Fabián quejarse del precio de una comida en un restaurante. Pensar que una vez ella se había dejado influenciar por su promesa de comprarle un bistec jugoso. Marta se dio cuenta de que era demasiado propensa a caer bajo la tentación de comodidades fácilmente obtenidas. Todo tiene su precio, su tía se preciaba de decir, y tenía razón. La verdadera dote de una mujer era la que llevaba por dentro.

Marta sintió una pesadez en el abdomen. La llegada de su regla había puesto a su esposo de mal humor, como si ella no fuera fecunda por gusto. Fabián había tenido a unos gemelos en el campo cuando era adolescente, de manera que el problema no era con él. Nadie de la familia de Marta había tenido dificultades al concebir, así que era un misterio por qué ella no podía embarazarse. Marta contempló a los niños que veía viviendo en las calles, niños vagos que no tenían quién cuidara de ellos, y deseó poder adoptar a uno. Había una pandilla de niños, no mayores de ocho o nueve, que hurgaban entre los botes de basura de la fábrica buscando sobras de pegamento. ¿Quién podrían llegar a ser si fueran amados? Pero Fabián se rehusaba, según dijo, a traer perros callejeros a casa.

El año pasado, Marta había consultado con un ginecólogo caro al otro extremo del pueblo; el Dr. Canosa le dijo que ella estaba perfectamente bien, que su infertilidad era algo mental. ¿Pero cómo podría ser algo mental el *no* tener un bebé cuando era en todo lo que podía pensar? Se aseguró de tener relaciones con Fabián con regularidad, aunque muy pronto él mostró más interés en la lucha libre que pasaban por la televisión ya tarde por la noche que en ella. El amor se evaporó al no haber hijos que los mantuvieran unidos.

Marta tampoco sentía aquellos placeres vertiginosos que hacían que otras mujeres se derritieran. El bigote de Fabián le raspaba la cara y sentía que él la magullaba por dentro. Estaba cubierto de un vello grueso y su pene oscilaba tanto hacia la izquierda cuando estaba erecto que Fabián tenía que detenerlo en su lugar con ambas manos. A Marta le daba demasiada vergüenza preguntarle a alguien acerca de esto. Todo el acto le parecía bestial, como perros copulando por la calle. Para Marta, el sexo era incómodo pero felizmente breve. Si había placer alguno, éste residía en la expectativa de concebir un hijo.

Su tía había recomendado que Marta visitara a una curandera en Ilobasco. Habían ido juntas en autobús a casa de doña Telma, cuyas vigas del techo estaban atestadas de murciélagos chillones. Después de una consulta corta, doña Telma le dijo a Marta que tenía unas cicatrices que le bloqueaban el descenso de los óvulos. Le ofreció a Marta una bolsita de hierbas para que las mezclara con el agua de la tina, pero no le hizo ninguna promesa. "Tu caso es delicado, hija", y cariñosamente le deseó buena suerte.

A Marta le gustaba el olor a limón de la cera para muebles de la Sra. Sheffield, la manera en que echaba espuma rápidamente y hacía que la madera brillara como una cicatriz en la piel. Más que nada le gustaba el limpiador del inodoro, un líquido azul especial que no tenía más uso que ése. Trapear las losas del piso también era pan comido, no como los pisos de tierra apisonada que Marta acostumbraba barrer en casa de Mamá, rociándolos de agua para que no se levantara tanto el polvo.

Apenas el mes pasado, Marta había instalado un piso de linóleo en la cocina de su madre (el resto de la casa todavía tenía pisos de tierra). Era color aguacate con un diseño dorado estampado. Fabián estuvo furioso de que ella se hubiera gastado el dinero en ese piso, pero a Marta no le importó. Estaba orgullosa de que fuera su propio dinero, ganado en casa de la Sra. Sheffield, el cual había hecho posible este piso nuevo. Su patrona le había dado unos casetes en inglés y una grabadora de segunda mano. Los casetes no tenían ningún sentido para Marta, pero de todas formas disfrutaba del ritmo de las oraciones.

Afuera, una bandada de periquitos pasó volando como rayo clamoroso. Marta pensó en su hermano trepado en su baniano. Evaristo había quedado muy afectado después de presenciar otro secuestro el domingo pasado. Un grupo de soldados arrastró a una pareja joven que gritaba y la metió en una furgoneta. La mañana siguiente, Evaristo encontró sus cuerpos mutilados botados detrás del almacén principal sobre el Paseo General Escalón. Reconoció a la pareja por la ropa y por el crucifijo de filigrana que la muchacha llevaba al cuello.

Marta trató de hacer que su hermano le jurara que no se lo contaría a nadie. —No te busques problemas, hermano. Dios castigará a los asesinos, no te preocupes—. Los cuerpos aparecían por todas partes, insistió él, cabezas en un lugar, extremidades en otro. Evaristo veía todo desde su árbol, todo lo que se suponía que nadie debía de ver. Pero, ¿a quién contarle? ¿Quién le creería? En el noticiero, la derecha culpaba a la izquierda y la izquierda culpaba a la derecha, pero nadie era aprehendido ni enjuiciado. Si los soldados lograban matar a todos los pobres, pensó Marta, ¿quién desbrozaría los campos o cultivaría el café o molería el maíz?

En la fábrica de calzado, una mujer llamada Sandra Mejía estaba tratando de organizar a los trabajadores para

pedir un día laboral m
creía ella que estaban
Sandra era guerriller;
biera dicho Fabián —
días. Todos llamaban ;
pre estaba lista para
Cuando Marta le reve
dia, Sandra escupió e

Cuando estaban re
almuerzo a Fabián, d
Salvador donde su p
Marta vio un cerdo
en el hocico y juró
cerdo. Fabián no pu
mano. Luego transf
de guarnición en la
ban a la baraja o di
chaban el mismo c;
Marta dedujo que a

Pero Sandra Me
la gente en los cuar
métodos eran cad
viva, forzada a trag.. ..,
a fuego lento hasta convertirse en cenizas. Fabián decía
que los ciudadanos que no se metían donde no los llamaban, no tenían nada que temer. Marta sabía que esto no
era cierto. Mucha gente inocente estaba siendo asesinada.

No podía imaginar a su esposo torturando a alguien.
Pese a toda su bravuconería, era un hombre cobarde. Sin
embargo, decía que la única manera digna de morir para
un hombre de verdad era en el campo de batalla. Los hombres categorizaban las cosas de maneras que Marta no
comprendía. Fabián confesó finalmente que lo habían
asignado al pelotón de fusilamiento. Dijo que el miedo estimulaba los riñones y que casi todos los prisioneros se

meaban encima antes de morir. Marta se imaginó a los prisioneros alineados contra el paredón, hombres y mujeres jóvenes, con los ojos vendados, su esposo apuntándoles. Ésas eran sus órdenes, su trabajo, de la misma manera en que su trabajo era pegar zapatos y limpiar la casa de la Sra. Sheffield.

Marta abrió las puertas del balcón del dormitorio de los Sheffield. El cielo estaba despejado después de tantos días lluviosos. Quizá la ciudad estaría libre de mosquitos esa tarde. El hombre que vendía rollos de tela a crédito pasaba con su pregón. Marta sacudió las almohadas de la cama matrimonial extra grande. Había fotografías en las mesitas de noche enmarcadas en plata, hijos y nietos en Inglaterra, todos con las mismas mejillas sonrosadas. A Marta le costaba trabajo distinguir entre los adultos y los niños.

Sintió un retorcijón inesperado en el estómago y dejó de barrer, recargándose en la escoba. A Marta le gustaba a veces fingir que estaba embarazada y comía lo suficiente para dos (había subido veinte kilos desde su boda). Tomaba tanta leche que le provocaba indigestión. Marta le rezaba a la Virgen de Guadalupe todas las noches para que guiara a su hijo, ese pequeño vagabundo, hacia su vientre. *¿Ay, mi angelito, estás perdido?* Imaginaba una cadena de montaje de bebés en el cielo, dormidos y esperando el alumbramiento. ¿Cuándo le llegaría su turno?

El baño principal estaba pintado de un color verde menta. Los nardos se veían alegres en su jarrón chino, esmaltado vivamente con libélulas. El espejo dorado era lo suficientemente grande como para que toda una familia se mirara simultáneamente en él. Marta se observó mientras se quitaba la faja (un regalo de cumpleaños de Esperanza, la vendedora de lencería) y se acomodó en el asiento del retrete a medida que comenzaba a caer el primer hilo de sangre. Cogió un pequeño coágulo y se lo untó en el pulgar, buscando algún indicio de su hijo. Luego dejó una huella digital en el espejo.

De camino a casa, Marta trató de memorizarlo todo: las calles empedradas que subían por las laderas, los volcanes haciendo guardia sobre la ciudad, los huérfanos de las esquinas mendigando. Estudió las golondrinas dando vueltas y cayendo en picada alrededor del baniano de Evaristo. El viento del norte hacía temblar la copa del árbol y los benteveos cercanos —*cuio, cuio*— anunciaban la muerte con su canto fuerte como un clarín. Éste era su último día en El Salvador. Mientras más pronto se fuera del país, mejor sería para ella y Evaristo. Su padre había intentado cruzar la frontera dos veces, pero lo habían pescado y deportado ambas veces. Se desconocía su paradero.

Marta se instaló debajo del baniano de su hermano y gritó hacia las hojas: —¡Baja, hermano! ¡Necesito hablar contigo!

Un momento después, Evaristo apareció colgado de cabeza de una rama. Su pelo era ralo y lo que quedaba de su ropa estaba hecha jirones. Sus pies, renegridos de tierra, se curvaban alrededor de la rama como si fueran garras. Marta le ofreció a su hermano unas cuantas tortillas, pero Evaristo no tenía hambre. Dijo que los guardias habían echo una redada de colegialas en la parada del autobús ese día, las habían llamado comunistas y putas. Dijo que haría todo lo posible por averiguar quiénes eran las muchachas y memorizaría sus nombres.

—No te metas, te lo suplico —le susurró Marta, estrechando a su hermano. Evaristo emitía un olor intenso, perturbador, uno que ella temía no se quitaría con ninguna cantidad de jabón—. Mira. —Le enseñó una llave y se la puso en la mano reseca y agrietada—. Ésta es para tu apartado postal en el correo central. El número es el siete cuatro uno. ¿Puedes recordarlo?

Los ojos de Evaristo estaban a medio cerrar, como si estuviera escuchando una voz que venía de lejos. Se rascó el pecho y dejó caer la llave al suelo. Marta sacó un cuadrito de tela de algodón a cuadros de su bolsa y cosió un bolsillo en la pretina del pantalón de su hermano con unas puntadas gruesas y negras. Luego le metió la llave. Evaristo le sonrió con la comisura de un lado de la boca.

—Revisa el apartado una vez al mes —le instruyó Marta, tratando de no sonar tan impaciente como se sentía—. Primero Dios, te mandaré llamar muy pronto. —Le dio un abrazo, esta vez más fuerte, y suficiente dinero como para que le durara varios meses. Todo el cuerpo de él parecía encogerse a medida que se trepaba de nuevo a su baniano. Ella deseó que él se echara una siesta. Por lo menos eso le daría una hora de paz.

Esa noche Marta miró por la ventana de su apartamento en la Calle Sur. Unas consignas políticas cubrían las paredes de la primaria católica de enfrente. Habían pasado cinco minutos del toque de queda. La vendedora de pan de Santa Tecla se apresuraba por la acera con la última canasta de hogazas en la cabeza. Un solo clavel daba vida a su despliegue. Marta pensó en bajar las escaleras corriendo para comprar pan para su viaje cuando —¡*Ra-ta-ta-ta-ta-ta-ta-ta-ta*!— la canasta se ladeó y una cascada de hogazas cayó al pavimento, como si pasaran cien años. Ay, ¿qué sarta desventurada de días habría llevado a esa pobre mujer a esa suerte?

Fabián regresó a las diez, oliendo a chicha y a cerveza. Fabián se emborrachaba en los peores días de los fusilamientos. (Su otro trabajo era blanquear el paredón para borrar las huellas de los muertos.) Para él era más aceptable emborracharse que llorar, lo cual Marta lo había visto hacer una sola vez, en el entierro de su abuela. Sin decir una palabra, Fabián la empujó a la cama y le levantó la falda, ignorando sus protestas. Cuando le bajó los calzones y vio la sangre, agarró su pistola y se la apuntó entre las piernas.

—¡Puta! ¡Estás matando a mis bebés!

Al principio Marta no reaccionó. Se percató de una hilera fina de hormigas, como letritas negras, marchando por la pared hacia la cocina. Aguardó, calmando sus nervios, luego le sonrió. *Dámela, dámela, mi niño.* Marta alargó la mano para tomar la pistola, con los ojos fijos en los suyos, y desprendió cada uno de sus dedos. Cuando tuvo ambas manos aferradas a la pistola, Marta dio tres pasos atrás deliberadamente. Luego apuntó con cuidado, con mucho cuidado, y le disparó en el pie a su esposo. Marta acercó su cara a poca distancia de la cara afligida y sudorosa de Fabián: —A partir de este momento, mis piernas están selladas para ti. ¿Entiendes? Ya no me puedes usar para tus cochinadas.

Ella limpió la pistola, juntó sus cosas y salió por la puerta. El autobús nocturno a Guatemala salía en menos de una hora.

❧

Marta nunca había visto un cielo tan oscuro. No había luna y las estrellas parecían esconderse en los dobleces negros de la medianoche. El silencio era tan absoluto que Marta temía que la vida misma se hubiera retirado de estas partes. En cualquier momento podría cruzar la frontera entre un mundo y el siguiente, imperceptiblemente, como la muerte.

El coyote dijo que una noche como ésta daba buen amparo, que aun las luces más feroces de los yanquis no podían penetrarla. Marta buscó su rosario en el bolsillo y tocó otra cuenta. Era el de plástico rosado que había usado para su primera comunión. *Dios te salve, María, llena eres de gracia.* Marta sabía que lograría cruzar la frontera. Tenía que hacerlo. Con la ayuda de la Virgen, lograría cruzar, se establecería en Los Ángeles, luego mandaría buscar a su hermano. Ése era su plan.

El coyote los guió en un ascenso por la montaña que Marta apenas podía distinguir. Sus olores la envolvían. Salvia y mezquite, la tierra sedienta, los acechantes cactos secos como el polvo. Marta imaginó el aroma de la lluvia. Imaginó unos pinos floreciendo aquí, un zapote echando raíces. A la tía Matilde le gustaba decir que el agua se elevaba a los cielos por medio de ríos invisibles que después llovían sobre la tierra. Los ríos tenían corrientes tan fuertes que acarreaban peces y ranas y víboras en sus profundidades.

Había otras personas cruzando, como ella. Una pareja de Oaxaca con su bebé enfermizo, envuelto en el sarape de su padre. Unos hermanos de Tapachula, ambos bizcos. Una nicaragüense, Dinora Luna, quien aparentaba tener cuarenta y tantos, pero dijo tener cincuenta y tres. La única concesión de Dinora a la edad era su cojera, el resultado, dijo ella, de que su camioneta se rodara a la cuneta afuera de la Ciudad de Panamá en 1966. Ella culpaba al comisionado del agua de ese país —un amante celoso cuya hija había huido con un mago cubano— de haber averiado su camioneta. Epifanio Carranza había sido su amante durante años, dijo ella, y él le había puesto una casa frente a la playa con servidumbre de tiempo completo sólo para ella. Pero cuando Dinora le dijo que iba a casarse, intentó matarla.

—Se me quedó la pierna inmovilizada bajo el tablero durante nueve horas —dijo, encogiéndose de hombros.

Dinora le dijo a Marta que había pasado contrabando de un extremo a otro de Centroamérica: licor, tabaco, maderas preciosas de la selva tropical. También ella dejaba atrás a un marido, su tercero, y la violencia que asolaba su país. Marta no podía ver bien a Dinora en la oscuridad, sólo escuchar su voz. Era como hablar con los muertos.

En la parte más empinada del ascenso, Marta siguió de cerca a la nicaragüense. Sus cuerpos se delineaban nítidamente contra la oscuridad, su respiración era agitada, sus blusas se humedecían de sudor. Marta tomó jugo diluido de su cantimplora pero eso apenas sació su sed. Tenía que dosificarse dando traguitos o le darían ganas de vomitar.

A pesar de su cojera, Dinora era una cabra vieja de pie seguro. El coyote les había advertido que no desplazaran ninguna piedra que pudiera desatar una avalancha. Dijo que la patrulla fronteriza tenía unos aparatos que eran como unas orejas gigantes que atrapaban todos los sonidos errantes del desierto, que era peligroso hasta estornudar. El más leve ruido podría acarrear helicópteros, perros de ataque, hombres de pelo amarillo de dos metros de altura.

Marta se preguntó qué sucedería si ella muriera y se convirtiera en parte de esta tierra. ¿Acaso sus huesos pasarían el tiempo lentamente, como el corazón grueso del mezquite? ¿Cuánto duraría la noche si ella fuera una piedra o un gavilán dando vueltas perezosamente en lo alto? El aire era frío, pero ella se sentía afiebrada. A su alrededor, nada se movía. Un frío repentino se elevó desde sus pies. Alguien, sospechó Marta, debió haber muerto en ese mismo lugar. Recordó los rostros de los pasajeros en el autobús que partió de El Salvador, el estandarte de polvo blanco que los recibió en Guatemala. ¿Cuántos de ellos habrían llegado hasta acá?

Cuando el grupo de Marta alcanzó la cima de la montaña, el coyote se negó a dejarlos descansar. A ella le temblaban las piernas por el ascenso y todavía ni siquiera iban a medio camino. Parte de ella quería dar marcha atrás, pero le atemorizaba cruzar el desierto sola. El coyote les explicó que necesitaban llegar al puesto de control, a veintisiete kilómetros de distancia, antes del amanecer. Un camión los estaría esperando para llevarlos a Mexicali, donde irían amontonados de tres en fila en la sección falsa abajo del contenedor. Luego proseguirían a California. *California.* Marta trató de pronunciarlo de la manera en que lo había escuchado en sus casetes en inglés. *"Peaches and oranges are only two of the many fruits grown in the fertile Central Valley of California."*

—¿Tienes hambre? —Dinora le ofreció a Marta un puñado de almendras. La nicaragüense las comía sin hacer ruido, partiéndolas con los dientes delanteros—. Te dan fuerza.

Marta intentó coger unas almendras, pero se le enredó la mano en el rosario —estaba enrollado alrededor de un pan dulce del día anterior envuelto en papel encerado— y las nueces se desparramaron por el suelo.

—¿Católica o evangélica? —preguntó Dinora.

—Católica.

—Gracias a Dios. Estoy harta de los evangélicos. —Dinora respiró hondo y se trepó a una saliente rocosa—. Agarraron a todos mis hijos. Ahora no hay quien los haga entrar en razón. No puedo prender mis velas ni hacer mis pruebitas sin que me acusen de hacer el trabajo del diablo.

—¿Velas? —Marta masticó una almendra, arenosa y ligeramente dulce. Tenía antojo de la horchata del vendedor de la Plaza Masferrer, el mismo que había muerto al verse enredado en un tiroteo entre los guerrilleros y el ejército.

—Para adivinar el futuro —dijo Dinora—. Lo aprendí de niña.

—¿Podrías adivinar mi futuro?

—Por supuesto, amorcita. Pero no creo que nuestro líder nos deje jugar con cerillos.

Marta rió. Le caía bien esta Dinora, a pesar de su hablar sacrílego. Quizá podían juntarse, compartir un cuarto en Los Ángeles para no gastar tanto. Marta tuvo una visión repentina en que se vio a sí misma vendiendo globos, docenas de ellos atados con cintas de colores vistosos. A su alrededor, todo el mundo llevaba máscaras de carnaval.

—Te va a ir bien. No necesito una vela para adivinar eso —dijo Dinora con bondad—. Tienes un instinto para los sueños.

—Cállense —las regañó el coyote—. ¿Quieren pasar el resto de sus días en el infierno?

—Estamos más solas que la muerte aquí —dijo Dinora entre dientes.

Hacía muchísimo frío en la montaña y Marta se apretó más el rebozo. ¿Qué pasaría si comenzara a nevar y quedaran enterrados vivos? El año pasado había visto un programa por la televisión sobre un avionazo en los Andes. De pura desesperación, los supervivientes se comieron la carne de sus compañeros muertos. No podía imaginarse un pecado peor. Marta frotó de nuevo las cuentas de su rosario. *Bendita eres entre todas las mujeres y bendito es el fruto de tu vientre.*

La mexicana comenzó a sollozar en la cresta más abajo y Marta supo sin preguntar que su bebé había muerto. A pesar de las amenazas del coyote, enterraron al niño en la ladera, haciendo una cruz de palos. Su padre cavó el hoyo con las manos. Marta se paró junto a la pequeña tumba y rezó en silencio. Quiso llorar, pero no le salieron las lágrimas. Durante las siguientes dos horas, nadie dijo nada.

Podría morir aquí como este niñito, pensó Marta, y nadie sabría dónde encontrarla. Sólo Evaristo sabía de sus planes y prometió no contarle a nadie. Hasta que Mamá se enterara, creería que Marta había sido secuestrada por el ejército o asesinada por su esposo, sobre todo si él le contaba cómo ella le había disparado en el pie. No, decidió, a Fabián le daría demasiada vergüenza admitir lo que había sucedido.

Era sorprendente lo fácil que había sido abandonar todo lo que ella conocía: su familia, su país, sus hábitos, sus pertenencias. Desde ya éstos se alejaban flotando, como los globos que imaginó vender. Pero quizá recordar era tan sólo una forma de olvidar, de escoger entre una cosa y otra, de convertir el verde en amarillo, el día en noche. Si era verdad que dejaba atrás todo lo conocido, ¿podría también dejarse a ella misma atrás?

Marta escuchó el graznido de los cuervos a la distancia. Imaginó su plumaje lustroso, la extensión de sus enormes alas. Buscó el lucero del alba en el firmamento, rezándole para que le diera buena suerte en su travesía. Luego recordó algo que le había dicho su tía Matilde: Niña, siempre hace más frío antes del amanecer.

Evaristo

La tierra retumba. Todo se derrumba. Los edificios, los árboles, los cables eléctricos, el cielo mismo. Ya no hay luz. Los pájaros están callados. Ni un perro ladra. Me aferro al tronco de mi baniano y siento temblar sus raíces. Espero y espero a mi hermana, pero no llega. Dice que me va a mandar traer muy pronto, que Dios encontrará la manera. Pero yo ya no creo. Marta cree. Cree con las plantas de sus pies. Pobre hermana. Hoy se acaba el mundo. Me duelen los brazos de tanto agarrarme. No sé. No sé cuánto más pueda esperar.

(1 9 7 9)

Marta Claros

Eran las once de la mañana y Marta se sentía cansada después de haber pasado casi toda la noche en vela con la doctora. Sacó el periódico sucio del fondo de la jaula de los canarios más grande y limpió el plato de su comida, enjuagándolo con agua tibia. Luego rellenó el plato de espinaca picada. Su patrona tenía distintos tipos de canarios, cada uno con sus propias necesidades alimenticias. Cantando al unísono, sonaban como un coro de iglesia disonante. Marta había estado cuidando de estas aves en Beverly Hills por más de dos años. Se suponía que eran la única responsabilidad de Marta, pero la doctora requería de más cuidados que todas las aves juntas.

Su canario favorito, Benny, era con mucho el cantante más entusiasta. Marta lo había adiestrado para que cantara en el momento oportuno. A la una, a las dos y a las tres, le ordenaba, agitando las manos como una directora de orquesta. A Marta le encantaba cambiar el agua de baño de Benny y lo miraba chapotear alegremente. Reía al imaginarlo con una toalla en miniatura y una pastilla de jabón.

Marta prosiguió con su rutina matutina en la pajarera del patio trasero. Había un dejo de jazmines en el aire y la glicinia zumbaba de abejorros. El loro gris africano parecía estar triste. Ayer se había arrancado casi todas las plumas. Cuando Marta le hablaba —se llamaba Homero— agachaba la cabeza y la sacudía a propósito. ¿Cómo sabía que ella se iría para siempre?

Los pinzones diamante de Gould estaban enamorados y cotorreaban continuamente, lo cual enfadaba al guacamayo bandera llamado Waldo. Las peleas interminables entre los agapornis de rostro color durazno inquietaban a las demás aves. Sólo las cotorras de Kramer —había once de ellas— se quedaban relativamente calladas.

Marta había comenzado a soñar en los distintos idiomas de las aves: gorjeos y trinos, chillidos y gritos, todos ellos una señal de necesidad y desagrado. Era algo que ella comprendía ahora, tan fácilmente como las imitaciones que hacía el mainá del Himalaya de todo: un portazo, el ladrido del perro del vecino, el silbido de una tetera. Marta picó una papaya y medio plátano para el desayuno del loro tucumano y se lo sirvió en su tazón a rayas. Luego le cortó las alas a las cotorras de Molina de mejillas verdes y alisó sus plumas alborotadas. Por hacer este trabajo, Marta se ganaba cuarenta dólares al día. Al principio le había parecido una fortuna, hasta que se dio cuenta de lo poco que podía comprar con esto aquí.

Un dolor punzante le subía por las pantorrillas. Se había lastimado al cruzar, agazapándose bajo el alambrado cerca de la frontera con Arizona. Marta sospechaba que tenía un nervio dañado, pero la doctora, una cirujana vascular jubilada, le dijo que no tenía nada. (¿Por qué los doctores siempre le decían eso?) Si tan sólo pudiera conseguir un poco de manteca de iguana y frotársela en las piernas, se sentiría mucho mejor.

Esa mañana, Marta notó unos cortes recién hechos a lo largo del brazo de la doctora. Era zurda, así que los cortes —cincuenta o sesenta tajos— aparecían en el derecho. La doctora había dejado el cuchillo, manchado de sangre, en el fregadero de la cocina. Marta no comprendía por qué alguien podía hacerse daño a sí mismo adrede. Pensó en los prisioneros de El Salvador que eran obligados a usar capuchas recubiertas con químicos tóxicos, hasta que se sofocaban y morían.

Hoy leyó en el periódico que un sacerdote que se había pronunciado en contra de la violencia había sido asesinado mientras oficiaba la misa. Sus feligreses se habían volcado a las calles en señal de protesta, caminando en círculos, mirándose entre sí con incredulidad. Primero sonaron las campanas de una iglesia, luego de otra y de otra más, hasta que la ciudad entera cobraba vida con la noticia. El día de su funeral, tía Matilde se formó a las cinco de la mañana para presentarle sus últimos respetos y no desfiló ante el cadáver del sacerdote hasta las dos de la tarde.

Marta estaba en la cocina de la doctora y revisó el contenido del refrigerador. Ya no había tortillas y la doctora se había terminado el resto del queso. Eso era todo lo que su patrona comía: cubitos de queso, como si fuera un ratón. La doctora tenía platos distintos para los lácteos y la carne, pero los platos sólo acumulaban polvo en la alacena. Dijo que era un pecado comer cualquier cosa que se alimentara de la basura, lo cual incluía el cerdo y los mariscos. Marta estaba de acuerdo con los cerdos, pero no iba a renunciar a su arroz con camarones.

Marta había bajado quince kilos desde que trabajaba en Beverly Hills y ahora usaba talla 44. Ya casi nada le sabía bien. Después de cuidar de las aves, también había dejado de comer aves de corral. Cómo le gustaba antes el pollo rostizado. ¿Qué más quedaba para saborear? Era curvilínea y de pechos generosos, pero se le estaban adelgazando las piernas. El dueño de la fábrica de vestidos, Frankie Soon, le dijo que se estaba empezando a parecer a esas gringas flacas de la televisión.

Era a causa de Frankie que ella había recortado sus días de trabajo con la doctora. (Dinora trabajaba en la fábrica y le había conseguido a Marta un trabajo de medio tiempo allí.) Al principio Marta sólo trabajaba los sábados para ganar un poco más de dinero. Luego comenzó a trabajar por las noches y también algunos domingos. A veces, ella y su jefe eran los únicos en la fábrica.

Marta era una costurera buena, rápida y confiable, nunca una puntada chueca. A Frankie le agradaba su trabajo y encontró maneras de probar sus habilidades y su lealtad. Le daba proyectos para llevar a casa y le pedía consejos sobre las demás trabajadoras de la fábrica. Le dijo que sólo confiaba en ella. Finalmente, después de dieciséis meses, Frankie la convenció de que trabajara para él de tiempo completo. El lunes ella comenzaría su empleo nuevo en la fábrica de vestidos Back-to-Heaven en Koreatown.

Marta les había tomado cariño a las aves y no quería abandonarlas por completo. Además, la doctora le había prometido a Marta que le conseguiría la tarjeta de residencia legal como especialista en el cuidado de aves. A Marta le gustaba cómo sonaba eso, nítido y profesional. Pero la doctora la agotaba con sus exigencias, y todavía nada de *green card*.

Una cosa que Marta pensaba hacer cuando se fuera de Beverly Hills era inscribirse en unas clases de inglés. Siempre que intentaba palabras nuevas —*chair, yellow, tissue*— se sentía como si estuviera luchando contra el tráfico con su lengua. No era fácil hallar el tiempo para estudiar. Al igual que en su país, los pobres hacían aquí todo el trabajo pesado. Sin ellos no habría quien trapeara los pisos en Bel Air, regara los jardines en Brentwood o preparara la cena en Pacific Palisades.

Marta barrió las hojas y las plumas que habían caído en el patio y se preguntó de qué manera estar en El Norte la había cambiado. ¿La reconocerían sus amigas, las vendedoras de San Salvador, si la vieran entre la multitud? Cuando se veía en el espejo, Marta veía otra versión de sí misma. Sí, de esa forma tenía la cara y el lunar en el cuello era el mismo. Híjole, pero la expresión de sus ojos. Era indudable que algo había cambiado por completo.

La mayor parte del tiempo, se sentía muy sola en Los Ángeles. Marta había trabajado de día y de noche durante casi tres años, pero todavía no tenía dinero suficiente para mandar traer a su hermano. La semana pasada había visitado a Dinora, quien vivía con la familia de su hermana en Lincoln Heights, y habían ido al porche de atrás para que le leyera la suerte con sus velas adivinadoras. Dinora le vaticinó un gran amor, pero cuando encendió una vela azul para Evaristo, ésta siseó y despidió un humo negro. Eso pasa a veces, dijo Dinora, abanicando el humo para que desapareciera.

Dinora animó a Marta a jugar a la lotería, pero Marta se mostró reacia a apostar siquiera uno o dos dólares. Su amiga tenía suerte. En dos ocasiones, Dinora había ganado cincuenta dólares. La única vez que Marta jugó, apostó un dólar a una serie de números que se le apareció en un sueño —5, 17, 19, 28, 30, 41— pero perdió el dinero de todas formas.

Un colibrí se sostenía en el aire cerca de la bugambilia, indiferente a las aves enjauladas a su alrededor. Marta se preguntó si acaso los canarios envidiaban la libertad del colibrí. ¿Qué preferiría ella? ¿Estar bien alimentada y cómoda en una jaula o tener la libertad de matarse trabajando? Marta estudió la pajarera del patio trasero con sus hileras sin propósito de aves extravagantes. Se parecían a tantas amas de casa ricas, aburridas detrás de sus barrotes de metal. Quizá ella optaría por trabajar, sólo que no tan duro.

El día estaba calentando y las aves necesitaban agua fresca. El mainá del Himalaya imitaba un avión que volaba en lo alto. Marta llenó una jarra con el agua cara que el hombre de la camioneta vistosa entregaba en botes de 40 litros. La doctora gastaba una fortuna en esta agua para sus aves, pero hacía que Marta tomara agua de la llave. Paciencia, paciencia. Para sobrevivir este día y todos los siguientes, paciencia es lo que ella más necesitaría.

Marta no se explicaba por qué su jefe la había invitado a cenar. Desde luego que Frankie Soon no lo haría para despedirla, después de que ella sólo había estado trabajando de tiempo completo por un mes. Había despedido a otras sin previa advertencia; Yanett Hernández y Paquita Cruz, para nombrar sólo a dos. Pero ella era su mejor empleada y él lo sabía. Era cierto que ella se había estado quejando con él de todo últimamente, desde los retretes atascados y la luz insuficiente hasta el salario mísero. A las demás mujeres les daba demasiado miedo decir cualquier cosa, de modo que ella lo decía a nombre de todas. ¿Acaso la correría sólo por esta razón?

Marta sospechaba que Frankie pudiera tratar de ponerla de su lado, hacer que dejara de defender a las demás trabajadoras. Bueno, él se daría cuenta muy pronto de que ella no era tan fácil de comprar. Marta recordó a Sandra Mejía, la muchacha a quien apodaban "la Canaria" en la fábrica de calzado de San Salvador. Según Evaristo, Sandra había sido secuestrada por los guardias en el mercado central y nunca se volvió a saber más de ella.

En la fábrica de vestidos Back-to-Heaven, corría el chisme mientras las mujeres se apresuraban a completar un pedido de dos mil faldas de flamenco. Era difícil coser bien las dos hileras de volantes. Si las puntadas estaban demasiado apretadas, la parte de abajo salía fruncida e impedía el movimiento de la falda; demasiado sueltas, y los volantes colgaban sin vida. A la hora del almuerzo Dinora se puso una de las faldas, negra con lunares rojos, dio vueltas y zapateó. —¡Ándale! —la animaban las mujeres, dando palmas al compás.

Frankie entró furioso y puso fin a la diversión: —¡Basta ya de bailar! ¡De vuelta al trabajo! —Luego señaló a Marta—. ¡Tú! —dijo, enfrente de todas—. Tú saldrás a cenar hoy conmigo—. Fue imposible concentrarse después de eso. Las suposiciones acerca de las intenciones de Frankie rebotaban por la fábrica más rápido que una bandada de golondrinas. A medida que transcurrió la tarde, la opinión generalizada entre las mujeres era que su jefe barrigón, de modales bruscos, estaba enamorado de Marta.

—¡Qué tonterías! —replicó ella. Pero en secreto se preguntaba si sería cierto. Toda la tarde, miró con disimulo a Frankie a través de la partición de vidrio de su oficina. Si no lo examinaba demasiado de cerca, parecería más como un latino acomodado que un coreano. No era mal parecido para su edad y tenía mucho dinero. Le podría ir mucho peor que Frankie Soon. Después de todo, era un ciudadano americano, lo que significaba que cualquiera que se casara con él también llegaría a serlo. ¿Cuántos años tenía Frankie, de todas maneras? Nadie lo sabía con seguridad. Marta estudió el color negro poco natural de su pelo y concluyó que se lo pintaba. Debía tener unos sesenta, decidió, y ser todavía vanidoso a los sesenta.

Sus compañeras de trabajo decían que a Frankie le gustaba apostar en serio y que iba a Las Vegas dos veces al mes. Que era un donjuán e insistía en que sus novias se empolvaran la nuca. No importaba que tuviera una esposa en Corea. Marta era de su tipo, insistió Nora, pechugona y de cara bonita. Por lo general prefería a las mujeres jóvenes, luego les escribía un cheque de despedida cuando había acabado con ellas. Era bueno que un hombre se sintiera culpable, concluyeron las mujeres.

Que Marta supiera, Frankie no le había faltado el respeto a ni una sola de las ciento cuarenta y dos mujeres que trabajaban para él. Pero eso no quería decir que les pagara muy bien. Antes de chequear tarjeta al final del día, un grupo de trabajadoras, encabezadas por Dinora y Vilma, se acercaron a Marta y le pidieron que usara su influencia para que les diera un aumento. Por supuesto que su jefe podía pagarlo. Vivía en una mansión en Long Beach, decían, conducía un Cadillac con bandas laterales de oro, dormía en un colchón relleno de plumón de ganso, la parte más suave de la pluma.

Marta recordó la vez en que ella le había ayudado a su padre a reencordar la cama de un vecino con carretes de cáñamo. Papá era bueno con las manos y la gente acudía con frecuencia a pedirle consejos. Todo el mundo respetaba a José Antonio Claros. Ahora ignoraba si estaba vivo o muerto. Se preguntaba cuán distinta hubiera sido su vida si papá no los hubiera abandonado. En el campo habían sobrevivido sin electricidad, cultivado todo lo que comían, tallado sus propias cucharas y cuencos. Una bicicleta les había parecido un lujo inimaginable. Nadie le daba mucha importancia a eso porque todos vivían de la misma manera. ¿Hacía cuántas vidas había sido eso?

❧

El restaurante se hallaba en un pequeño centro comercial sobre Olympic Boulevard. No se veía en nada distinto de docenas de otros restaurantes en este tramo. Marta estudió los letreros en coreano. Le gustaba la angularidad de sus letras, cómo cada palabra parecía estar bien construida, como una casa de ladrillo. El alfabeto español no parecía ni con mucho tan resistente. Oscurecía y el cielo era una plaga de morados y anaranjados. Las puestas de sol de aquí no tenían nada que ver con las de El Salvador. En su país, el aire no estaba tan contaminado como para provocar un colorido tan químico.

Frankie la esperaba en la butaca del fondo, sonriendo de oreja a oreja. Se puso de pie y la invitó a sentarse. Marta se dio cuenta con un respingo de que nunca había visto a su jefe sonreír. En la fábrica, todo tenía que ver con los negocios. Aún así, sus dientes eran demasiado perfectos como para ser otra cosa que no fuera una dentadura postiza.

Había un asador de carbón construido sobre la misma mesa, la cual estaba hecha de una madera dura que repelía las termitas. El mesero encendió el carbón con un muñequeo del encendedor de plástico, luego les sirvió dos tazones de col agria que a ella le supo un poco a curtido de repollo.

—¿Estás tan descontenta trabajando para mí? —preguntó Frankie, sirviendo a Marta una copa de vino de arroz.

—*Nosotras* podríamos estar más contentas —dijo ella, incluyendo a propósito al resto de sus compañeras de trabajo. La bebida era espesa y amarga—. Por favor, prefiero una Coca.

Frankie llamó al mesero. A Marta le agradaban los sonidos del idioma coreano. Le daban ganas de imitarlo, de deslizar sus propias vocales de arriba abajo por esa misma cuesta resbalosa. Un momento después, llegó su bebida acompañada de una docena de platos pequeños. Marta probó primero la sopa de soya con almejas tiernas. Todo estaba caliente y picante. Una comida completa de todo esto y seguramente tendría que mandar llamar a los bomberos.

Frankie le mostró cómo sostener los palillos y la felicitó por su destreza. Luego, le rellenó el tazón de arroz con pedacitos de carne escogidos.

—¿Por qué saliste de tu país? —preguntó él.

Su mirada la incomodó, como si él pudiera adivinar sus pensamientos. Marta había oído decir que había gente que podía hacerlo sin que te dieras cuenta.

—Ya te lo dije. ¿Por qué me vuelves a preguntar? —El calor del asador era sofocante.

—¿Te sucedió algo malo?

—No —dijo ella con firmeza.

—Entonces, ¿por qué no tienes hijos? —insistió Frankie, con la boca repleta de carne de res adobada.

A Marta empezaron a saltársele las lágrimas a pesar de sí misma. —No es asunto tuyo.

El humo oscureció momentáneamente el rostro de Frankie. Soltó los palillos y se acercó a ella. Tenía la cara roja por el vino y el calor. Parecía una linterna, de aquellas antiguas que se encendían con aceite. —Entonces, permite que te cuente mi historia.

Marta se recostó en el asiento y bebió su Coca. Frankie le dijo que había crecido en una granja donde cultivaban el alforfón, trabajando hombro con hombro con sus padres en el campo. Había sido un estudiante aplicado y a la larga ingresó a la Universidad de Seúl. Allí se hizo amigo de muchos escritores y poetas, y tenía veleidades de escritor, aunque nunca escribió más de unos cuantos versos rimados. Le contó todo esto lentamente, deliberadamente, como si lo hubiera estado ensayando durante mucho tiempo.

Luego, para sorpresa de Marta, Frankie se limpió la boca con una servilleta y recitó: —"Yo volveré de nuevo al cielo con el ocaso, juntos, sólo nosotros dos cuando una nube nos dé la señal". Lo escribió mi mejor amigo. Fue asesinado por la policía secreta. Creían que era un espía comunista.

Marta no estuvo segura de qué pensar. Si ésta era una treta para ganar su simpatía, no cedería. Con o sin poema, necesitaba seguir en pie para las mujeres de la fábrica.

Frankie relató cómo la policía persiguió después a todos aquellos que se encontraban en la libreta de direcciones del poeta, cómo a él lo torturaron durante siete meses en el sótano del cuartel general, usando agua y choques eléctricos.

—Por esa razón —continuó— no pude tener hijos. Así que quizá no seamos tan distintos, después de todo. —El dolor se elevó de su piel como un vapor.

—Pero tienes a una hija en Corea —aseveró Marta. Lo había escuchado de boca del contador de la fábrica, quien enviaba dinero a la esposa y la hija el día primero de cada mes. Marta no iba a permitir que le mintiera.

—Sí, ella es hija de mi esposa por su primer matrimonio. Vinieron conmigo a Los Ángeles, pero no se quedaron. En menos de un año regresaron a Seúl. Yo… ya no puedo volver a mi tierra.

Marta sintió lástima por Frankie. Pero se resistía; aún había mucho de qué quejarse. Las mujeres contaban con ella para que les dieran un aumento, para que les consiguiera por lo menos cinco centavos más por prenda. Al final de la semana, esos centavitos se irían acumulando. Pero Marta no tuvo el valor de hablar acerca del trabajo justo entonces. Llenó una crepa de tiras de carne y espárragos y se la comió, como si fuera un taco. Estaba deliciosa, no tan picante como las almejas, y pidió unos limones aparte. Frankie pidió más arroz y vino.

—Sé que estás ahorrando dinero para mandar traer a tu hermano.

—¿Quién te lo dijo? —A Marta no le agradaba la idea

de que él la estuviera espiando. ¿Acaso había sido una indiscreción de Dinora? Pero era cierto. Ya tenía ahorrados casi mil dólares para el pasaje de Evaristo. Necesitaría otros mil para un coyote de primera. No podían correr ningún riesgo. Evaristo era frágil, había quedado muy afectado por todo lo que había visto. Después de que el sismo del año pasado lo tumbara de su árbol, apenas sobrevivía.

Frankie metió la mano en el bolsillo y sacó una cartera de lona. Contó diez billetes de cien dólares y los deslizó del lado de la mesa de Marta. Ella se quedó mirando el dinero. ¿Por qué se lo daba?

—Para ayudarte con tu hermano.

—No, no puedo aceptarlo. —Marta sabía lo fácil que sería para ella meterse el dinero en la bolsa, hacer arreglos para que Evaristo la alcanzara. Era impensable que no se hubieran visto en tres largos años. ¡Qué bien conocía el diablo su debilidad! Sentía las manos hinchadas por la tentación, como unos guantes rellenos. ¿Era en esta dirección adonde apuntaba su vida? ¿Hacia este viejito coreano del otro confín del planeta? Mañana lo volvería a consultar con Dinora, le pediría que prendiera unas velas en su nombre.

—¿Dónde aguardan aquellas cosas que todavía no existen para nacer? —le preguntó Frankie.

—¿Cómo dices?

—¿Hace cuánto que te conozco?

—No tanto, quizá año y medio. —Marta se comió otra crepa rellena; ésta se había entibiado en su plato. Notó los diamantes en el anillo de Frankie. ¿También eran falsos, como sus dientes?

—Eres una buena mujer. Creo que podríamos envejecer juntos.

—Tú ya estás viejo —dijo Marta con brusquedad. Si lo que buscaba era una querida, que lo olvidara.

—Ni tan viejo —se defendió él.

—¿Cuántos años tienes? —lo desafió ella—. Dime la verdad.

—Cuarenta y dos —dijo Frankie sin titubear. Luego comenzó a reírse.

Marta miró a su jefe —los ojos castaños descoloridos, el pelo color negro betún y las manchas de la vejez en sus manos cuidadas— y tampoco pudo evitar reírse.

Enrique Florit

Era el viernes siguiente al Día de Acción de Gracias, el día de juego más grande del año, y Enrique se encontraba jugando al póquer en el Diamond Pin. Las Vegas estaba inundado de gente de afuera, campeones en sus lugares de origen listos para oponer fuerzas con los profesionales. Enrique miró a los demás jugadores alrededor de la mesa y no reconoció a nadie. Ésa era una buena señal. Esperaba despacharse su dinero rápidamente y proceder a los juegos de alto riesgo. Ahí estaba la verdadera diversión, no trabajando como un burro entre estos jugadores domingueros. Eran pasadas las cuatro. Todavía había mucho tiempo.

Frente a él, vacilante como un girasol, un hombre de cuello alargado traía puestos unos guantes amarillos acolchados y lentes oscuros, trataba de no dejar ver sus intenciones. A la izquierda de Enrique había un tipo que vestía un traje color marrón con solapas de terciopelo y a su derecha, una mujer que lucía un sombrero de fieltro y un rostro ajado y sonrosado. La mujer dijo que era una ortodoncista de Oregón y se refería a sus fichas de póquer, de manera ridícula, como su ching-chang.

Enrique se entretenía pensando en las dos y medio millones de manos de cinco cartas posibles en una baraja. Pero eso no mitigaba en nada el póquer deprimente que se jugaba hoy. Sus compañeros de mesa respondían cada vez que subía la apuesta, jugaban manos mediocres, perdían unos cuantos cientos de dólares, luego corrían al otro extremo del casino para tratar de recuperar sus pérdidas en la veintiuna o en los dados. No tenían ni idea del juego. Lo más enervante era cuando estos jugadores de medio pelo tenían suerte y confundían eso con la habilidad. Pero como a Jim Gumbel le gustaba decir, eran los de abajo los que mantenían en acción la economía del póquer.

Gumbel se encontraba al margen de la acción, hablando con su socio, quien traía un rollo grueso de tabaco dentro de la mejilla. Últimamente, los auditores de impuestos habían estado frecuentando el Diamond Pin y se hablaba de clausurarlo. Gumbel disipó calmadamente los rumores. Enrique tampoco estaba preocupado. Después de todo, el hombre había sido antes un forajido en Texas (una copia de un cartel que rezaba SE BUSCA de 1952 colgaba de su oficina) y eso no había sido ningún impedimento. Gumbel no perdía el tiempo en deliberaciones absurdas. Si no se trataba del póquer, no le interesaba.

Enrique decidió saltarse el siguiente juego y conseguir algo de comer. Iba ganando tres mil dólares y necesitaría mucho más que eso para asistir a la universidad. Lo habían aceptado en MIT, pero Papi le había rogado que lo postergara por un año, de modo que en el ínterin Enrique jugaba un poco y daba unas clases de matemáticas en la universidad pública de la comunidad. *¿Para qué quieres ir a sepultarte bajo la nieve, hijo? Eres un chico muy listo. Lo que fueras a aprender allá, lo puedes aprender igual de fácil aquí conmigo.* Un año se había prolongado a tres —principalmente porque tenía que seguir sacando de apuros a su padre de un desastre financiero tras otro— y todavía no tenía el dinero suficiente como para soltar amarras.

En la cafetería del Diamond Pin, Enrique se disponía a almorzar cuando se armó un alboroto en las mesas de dados. Alguien estaba teniendo una racha de buena suerte y la multitud se congregaba a su alrededor. Enrique alcanzó a ver a la mujer afortunada. Era despampanante, distinta a cualquier otra persona que hubiera visto jamás. Y eso que veía a muchas beldades en Las Vegas. Un cántico surgió alrededor de ella: ¡Lei-la! ¡Lei-la! ¡Lei-la!

Enrique se acercó y la observó a cierta distancia. La mujer era menuda y de piel color caramelo, perfecta desde todos los ángulos, con un halo de cabello suelto y lustroso. Usaba bluyines ajustados, un suéter de cachemira beige y arracadas. Trató de descifrar su acento, pero no pudo ubicarlo. Normalmente, Enrique no se acercaba a las mesas de dados. Ese juego no era mucho mejor que la ruleta. Pura suerte y nada de habilidad. Los jugadores de dados, por más que hablaban de sus "sistemas", simplemente tenían o no tenían suerte.

Leila continuó con su buena racha por otros diez minutos antes de que los dados se volvieran en su contra. Enrique se unió al gentío que la animaba a seguir adelante. Todo el mundo sentía la agitación. Sólo él permaneció callado. Enrique quiso decirle a la tal Leila que se detuviera y que canjeara sus fichas, pero supo que sería inútil. Ella se estaba yendo a pique. Era como mirar una perla disolverse ante sus ojos.

—Los juegos de azar son una rama de las matemáticas —Enrique se atrevió a decir cuando ella se alejaba de la mesa de dados—. Cada vez que duplicabas tu apuesta, duplicabas la ventaja del casino.

—Gracias por el consejo, pero es un poco tarde. —Leila

se dirigió a una máquina tragamonedas e insertó una moneda de veinticinco centavos. No tuvo suerte. Le siguieron otras monedas en rápida sucesión.

—No sé si te hayas dado cuenta, pero estas máquinas no son unos generadores aleatorios imparciales. Las tragamonedas están programadas para un solo propósito: generar ganancias para los casinos. Sé lo que te digo, yo ayudé a diseñarlas.

Eso le llamó la atención, pero Leila sólo se llevó las manos a las caderas y se dio media vuelta. Enrique notó cómo se le ceñía el suéter de cachemira al busto como una segunda piel.

—Mira, juega dentro de los límites mínimos hasta que vayas ganando, luego liquidas y te cambias a otra máquina —dijo, tratando de no clavarle la mirada—. Las posibilidades de que obtengas un premio más grande irán en aumento.

Enrique se dirigió al cajero y volvió con cincuenta rollos de monedas de veinticinco centavos en una cubeta.

—Vamos a comenzar —dijo.

—¿Por qué haces esto? —preguntó Leila.

—¿De quién es el dinero en la cubeta? —Enrique se dio cuenta de que ella se sentía cada vez más intrigada. Todos esos años de jugar al póquer —de estudiar las expresiones de los rostros, el movimiento traicionero de algún músculo— estaban dando frutos.

—¿Te apuntas entonces?

Veinte minutos después, Leila era ochocientos dólares más rica.

—Así que, ¿a qué te gusta jugar? —le preguntó ella. Un olor a jardín salvaje emanó de su cabello.

—Al póquer.

—¿Has tenido suerte alguna vez?

—A veces. Pero se trata de adquirir la destreza necesaria de modo que la suerte tenga menos importancia. El póquer se parece más a las carreras de autos que a los juegos de azar. —Enrique recordó lo que Johnny Langston solía decirle: Olvídate del dinero en el bote, muchacho. Ya no es tuyo. Lo que tienes que preguntarte es: ¿Cuáles son las probabilidades a mi favor? Luego no permitas que nada te detenga.

—Así que, ¿cuáles son las probabilidades de que te invite a almorzar? —preguntó Enrique.

—Como mil en una.

Él rió. —¿Qué tal si añado un truco de magia?

—Tus probabilidades están mejorando, pero sólo un poco.

—¿Y un recorrido de Las Vegas?

—Comencemos con el truco —dijo ella, desconcertada.

Enrique se detuvo a pensar por un minuto. ¿Qué haría su padre?

—No te vayas. —Corrió a la cafetería, pidió una taza de té y la llevó adonde estaba Leila en la sala del casino.

—¿Azúcar? —preguntó él.

—Por supuesto.

Él roció dos sobrecitos en el té humeante.

—Pruébalo. Asegúrate de que no esté demasiado dulce. —La taza repiqueteaba contra el plato mientras él se la ofrecía.

Ella dio un trago y se la devolvió.

Enrique revolvió el té lentamente, sosteniendo la taza en ambas manos, y susurró unos versos de José Martí: —¡Ve! ¡Que las seis estrellas luminosas te seguirán y te guiarán, y ayuda a tus hombros darán cuantos hubieran bebido el vino amargo de la vida! —Luego convirtió el té de la taza en monedas de veinticinco centavos.

—¿Cómo lo hiciste? —Leila estaba asombrada.

—Para ti. —Enrique sonrió y vació las monedas en sus manos. Por primera vez en la vida, ser hijo de un mago le había sido de utilidad—. ¿Ahora podemos ir a comer?

Leila cedió sin decir palabra.

—Huevos fritos y pan tostado —ella le dijo a la mesera del delantal a cuadros, quien la inspeccionó de cerca.

—¿Cocidos por ambos lados?

—Sí.

—¿Y para usted?

—Sándwich de queso con tomate a la plancha.

—¿Otra vez?

—Qué demonios. —Enrique le hizo una seña para que se fuera.

A Leila se le entumeció la espalda y se hizo hacia adelante, como si fuera a alzar el vuelo. A Enrique se le ocurrió invitarla a la primera función de Papi en el Stardust. Tenía un truco nuevo, en el cual convertía a voluntarios del público en una bandada de gansos. En lugar de eso, Enrique le contó sobre otro jugador de póquer que estaba de visita, un comerciante de peletería de aspecto angelical de Saskatchewan a quienes todos llamaban el Ángel Funesto debido a su toga artificiosa y su mirada impasible.

—¿Te fijaste en cómo esa vieja bruja me estaba inspeccionando? —interrumpió Leila. Sus manos trazaban el aire con gestos delicados—. Me da tanta rabia. A veces finjo ser hindú para evitar las preguntas estúpidas.

—¿Qué tipo de preguntas? —A Enrique le encantaba el registro sombrío de su voz.

—Acerca del ayatolá. ¿O acaso no sabes que él te ha declarado el enemigo número uno de Irán?

—¿A mí, personalmente? —bromeó él, pero a ella no le hizo ninguna gracia.

La mesera se volvió a aparecer con la orden. Leila remojó con ganas su pan tostado en la yema, ignorando el tocino carbonizado que ella no había pedido. Una de sus tías, dijo ella, había curado el cuello dislocado de su marido con aplicaciones de pan seco y yema de huevo. Su tía Parvin tenía un remedio para todo: jaquecas, dolores en las articulaciones, cálculos biliares, visión doble. Ella no consideraba indigno usar sanguijuelas o ventosas de ser necesario.

—Algunos creen que todo se puede arreglar —dijo Leila—. Es una visión un poco mecánica de la vida, ¿no te parece?

Antes de que Enrique pudiera contestar, Leila dejó caer el pan con asco. Dijo que ni el pan tostado ni el huevo tenía un sabor específico, un sabor que decía, Éste es un huevo, éste es un pedazo de pan. —En Irán, el pan se hornea en un agujero en el suelo, a diez pies de profundidad, y tiene una forma redonda y plana que dice, que grita: ¡Soy un pan!

—¿Echas de menos tu tierra?

—¡Bah! —Leila se sintió avergonzada—. ¿Qué importancia tiene el pan, de todos modos?

Enrique dio un mordisco a su sándwich gratinado. Se había enfriado y ahora se solidificaba hasta convertirse en plástico. Quiso decir que la comprendía perfectamente. Los menores detalles —el nombre de una calle en español, el sabor de la mermelada de piña— eran capaces de catapultarlo a una vida que ya no existía.

—¿De dónde dices que eres?

—De una tribu en el Ártico llamada los Pedersags. En farsi quiere decir "Tu padre es un perro".

—Debo sentirme halagado de que no lo hayas intentado conmigo —rió Enrique.

—Sí —dijo Leila, mirándolo de frente—. Debes.

Enrique se puso tan nervioso que siguió hablando sobre un programa acerca de la naturaleza que había visto sobre las nutrias en Alaska, una de tantas noches en que no podía conciliar el sueño, pensando en cómo estaba malgastando su vida. En el programa, las nutrias flotaban boca arriba cascando almejas sobre su vientre con toda calma. ¿Qué pasaría si todos fueran tan autosuficientes?

—Tu cabello, es hermoso —le gritó, prácticamente.

Leila inspeccionó la chamarra de gamuza con flecos que llevaba él y su camisa al estilo del viejo oeste con botones de madreperla, lo cual era su ropa más elegante. Luego observó sus bluyines planchados y sus botas de piel de víbora de cascabel. Ella probablemente creía que él era una especie de vaquero. ¿Le agradaba lo que veía? Enrique no sabría decir. Sus sentidos se hallaban desorganizados ante la mirada de ella.

—¿De dónde eres? —preguntó Leila, rompiendo el hechizo.

—De Cuba. Soy cubano.

Luego, sin ninguna razón en particular, Enrique le contó de la vez que tenía tres años y saltó de la ventana del segundo piso de la casa de sus abuelos en Cárdenas, decidido a volar. Corrió la voz del "milagro" y todo el barrio se amontonó en la cocina de sus abuelos. La tía Adela predijo que Enrique se convertiría en el próximo papa. "¡Imagínate! ¡Un papa cubano!" Ese mismo año, su tía se vio obligada a pelear en Playa Girón y se le quedó metida una esquirla en el estómago que apuntaba al norte como una brújula después de cada comida.

—¿Te gustaría haberte quedado? —preguntó Leila.

—A veces. Pero probablemente me encontraría peleando en Angola o en cualquier otra parte. —Enrique sintió que se le hinchaba la garganta—. Así que, ¿en dónde vives?

—En Los Ángeles.

—Yo vivía en Santa Mónica cuando era niño. ¿Y por qué en Los Ángeles?

—Por la universidad —Leila titubeó—. Y por mi prometido. Vamos a casarnos en dos semanas.

Enrique siguió la trayectoria del rápido descenso de su corazón.

—¿Estás comprometida?

—Salimos para Teherán el viernes próximo. Vendrán cientos de personas a la boda, parientes que ni siquiera sabía que tenía.

—¿Qué te trae por aquí entonces?

—Se podría decir que estaba probando suerte.

—¿Y? —Enrique se estremeció, presintiendo más dolor.

—Hasta ahora, muy bien.

Coño, lo estaba volviendo loco. ¿Qué tipo de chance tenía con ella? Los mismos principios se aplicaban al amor y al póquer, se recordó Enrique, o al menos eso decían sus amigos tejanos. *El mundo es de los audaces.*

—¿Te puedo invitar a cenar?

—Todavía no terminamos el almuerzo —bromeó Leila.

—Esta noche es el Concurso Internacional de Baile de Salón en el Tropicana. ¿Bailas? —Tenía que pensar en algo para mantenerla cerca.

—¿Vas a competir?

—Lo haré si tú vienes. —Enrique le ofreció una sonrisa suplicante.

—¿Cuál es tu especialidad?

—El *maxixe*. Es un tipo de baile brasileño. No es muy conocido fuera de Río de Janeiro. En realidad, mi padre es el que va a competir. Es un bailarín sensacional. Me encantaría que lo conocieras.

—¿Que lo conociera o que bailara con él?

—Por lo general no hay mucha diferencia entre lo uno y lo otro.

—Me gustaría ir, pero necesito regresar a casa. Mi prometido estará preocupado.

—¿No le importó que vinieras a Las Vegas? —Enrique dedujo que las cosas no podían estar tan bien entre ellos si estaba aquí sola.

—Hicimos un trato —dijo Leila.

—De ojos que no ven…

—Más o menos. Pero aún me espera de vuelta esta noche.

—El miedo no hace excepciones, entonces.

—¿Qué?

—Déjame llevarte.

—¿A *L.A.*?

—¿Por qué no? —Enrique se alegró de repente, como si estuviera jugando al póquer con comodines. ¿Cuáles eran las probabilidades de tenerla para él solo durante el trayecto de cinco horas? Bajas, calculó, sumamente bajas. El que un mono escribiera la palabra Hamlet en una máquina de escribir (una de 15.625.000.000) tenía mejores probabilidades.

—No estoy segura…

—Mírame a los ojos —insistió él.

—¿Ahora qué? ¿Me vas a hipnotizar?

—Confía en tus instintos.

Leila lo volvió a inspeccionar, luego le ofreció su brazo. Enrique, jubiloso, la guió por el laberinto de máquinas tragamonedas relumbrantes, hacia la salida. Por el camino se toparon con Papi, quien entraba por la puerta vestido en su atuendo completo de Ching Ling Fu. ¿Qué diablos hacía él en el Diamond Pin tan temprano?

—Mi hijo, ¿qué tal? ¿Y quién es este encanto de mujer a tu lado? —canturreó, haciendo a un lado los muchos acentos que había adoptado y regresando a su acento cubano original. Papi extendió la mano y tomó la de Leila, plantándole un beso lánguido en los nudillos—. No te he visto por estos lares, mi amor. Es un placer conocerte.

—Creí que dijiste que eras cubano —Leila acusó a Enrique.

—Lo somos. Éste es sólo un disfraz. Es decir, mi padre es un mago y éste es su personaje escénico. —Enrique le lanzó una mirada de desesperación a su padre—. Papá, ayúdame.

—Sí, preciosa. Debajo del barniz de sofisticación del Mago de la Gran Corte de la Emperatriz de la China se encuentra alguien, aunque no lo creas, aún más intrigante. Aquí —dijo Fernando, apretando la mano de Leila sobre su pecho tapizado de brocados—, yace un hombre desconsolado, un hombre exiliado, un hombre cuyas aventuras por los mundos incivilizados llenarían muchos tomos. ¿Acaso te he dicho, joya mía, que tengo el oído de una liebre del desierto?

Esto ya era demasiado para Enrique. El oído de su padre había regresado a su estado normal hacía años, incluso antes de que saliera del hospital. De hecho, probablemente ya se había quedado medio sordo para entonces. No importaba que Papi fuera obeso o que se le notaran las cicatrices a través de la capa gruesa de maquillaje escénico. Cuando de mujeres se trataba, él era cien por ciento cubano.

—Voy a llevar a Leila de regreso hoy a Los Ángeles— dijo Enrique herméticamente—. *Se casa* en dos semanas.

—¡Pero eres tan joven! Ay, yo estuve casado una vez con una mujer maravillosa. La madre de mi hijo, en realidad. Todo lo que hago es en memoria suya.

Enrique quiso decir: incluso echarle los perros a otras mujeres. Pero se quedó callado. Quizá si guardaba silencio, todo terminaría más pronto.

—¡Mi amada palomita! —su padre comenzó a sollozar—. ¡Mi riachuelo de miel! ¡Cómo la extraño! —Sus lágrimas dejaron unos pequeños surcos por el maquillaje.

—Pobrecito —dijo Leila, dándole unas palmaditas en el hombro con su mano libre.

—También era mi madre —intervino Enrique lastimeramente. No podía creer que estuviera compitiendo con su padre por la compasión de una mujer. Ambos estaban cayendo cada vez más bajo—. Tenemos que irnos. Papá, por favor, suelta la mano de Leila.

Su padre levantó la mirada con tristeza. —¿Quizá pueda acompañarlos? Tengo unos asuntos pendientes en Los Ángeles.

—¡Vete al coño! —espetó Enrique—. Es decir, no. No, Papá. Necesitas quedarte aquí. ¿Recuerdas el concurso de baile de salón esta noche?

—Sí, por supuesto —Papi se enderezó—. Mucha gente cuenta conmigo.

—¿Los jugadores también le apuestan al baile? —preguntó Leila.

—Aquí todo el mundo le apuesta a todo —dijo Enrique, abatido—. Hasta para adivinar cuántos sobrecitos de azúcar hay en un tarro.

—Soy el predilecto para ganar el tercer lugar —ofreció Papi modestamente.

—Pero probablemente ganará el primero. Casi siempre lo logra. —Enrique se sentía más caritativo ahora que su padre había renunciado al viaje.

—Requiere de virajes de sumo refinamiento —agregó Papi, haciendo vibrar las erres y guiñándole un ojo a Leila—. Pero necesito una inspiración. Y tú, luz brillante del Oriente, festín para mis ojos cansados, eres mi inspiración. ¿Acaso eres géminis?

—Vaya, pues sí, así es.

—¡Lo sabía! Tal como mi hijo. ¿El veinte de junio?

Leila parecía sorprendida. ¿También es astrólogo?

—Bueno, querida…

—Pura coincidencia —interrumpió Enrique.

—¿Me harías el honor de asistir al concurso? —Papi se aventuró a decir—. Contigo entre el público, mi ruiseñor, ¿cómo no podría bailar mejor que nunca?

Enrique comenzó a quejarse, pero Leila lo interrumpió.

—Me encantaría —dijo ella.

—¿Y qué hay de tu prometido? —tartamudeó Enrique.

—Puede esperar un día más.

—¡Qué maravilla! Sabes, diosa mía, estás en las mejores manos con mi hijo —Papi añadió generosamente—. Es un hombre de carácter, un hombre ejemplar. Sobre todo, es sincero. Digno de confianza, amable, merecedor de todo el cariño…

—No exageres, papá.

—¡Flotas por encima de todo! ¡Hijo de mi alma!

—Okey, ya nos vamos —dijo Enrique, dirigiendo a Leila rápidamente hacia el impacto brillante de la tarde.

—¡Sé tierna con él, bella mía! —les gritó Papi—. ¡Él es mi mayor tesoro!

—Es guapo —dijo Leila una vez que estuvieron afuera.

—¿Guapo?

—No, lo digo en serio. Se parece a ese tal…

—Por favor, no vayas a decir que a Ricky Ricardo.

Después de la cena en el restaurante de la pérgola del Flamingo, Enrique acompañó a Leila al concurso de baile de salón en el Hotel Tropicana. Su padre les había reservado una mesa de primera fila. Enrique estaba acostumbrado a espectáculos deslumbrantes en Las Vegas, pero la escenografía selvática y aquellos concursantes ataviados con lentejuelas y plumas sobrepasaron por mucho sus expectativas. Papi se veía más elegante que la mayoría en su esmoquin blanco con solapas color ciruela. Sus zapatos eran negros y cegaban por lo brillantes, para así destacar mejor sus intrincados pasos. Su pareja era una brasileña diez centímetros más alta que él. Su nombre escénico era la Víbora, y Enrique pronto se dio cuenta del por qué. En el punto culminante de su rutina, ella suspendía horizontalmente a Papi entre sus poderosos muslos y lo hacía girar.

En la agitación del concurso, los achaques de su padre

se evaporaban por completo y se movía como un hombre varias décadas más joven. Hizo girar a la Víbora sobre la pista de baile, luego la elevó sobre su cabeza mientras ejecutaba una serie de piruetas vertiginosas. Cuando finalmente se detuvieron —Papi estaba equilibrado esculturalmente en las palmas de las manos de la Víbora— la multitud enloqueció, se trepó a las mesas y manifestó su aprobación a voz en cuello.

Leila se dejó llevar por la excitación del momento y se torció un tobillo al tratar de encaramarse en una silla con sus sandalias de tacón doradas. Papi sopló besos en su dirección, los cuales ella devolvió con avidez. Enrique estaba impresionado con su padre, por supuesto —¿cómo podría no estarlo?— pero lo embargaba una sensación creciente de resentimiento. ¿Cuándo sería *él* la estrella del espectáculo? ¿Acaso era tan imposible escapar la sombra de su padre? ¿Qué mujer habría brincado en una silla por él?

Enrique no quiso esperar hasta el final del concurso, pero Leila insistió en quedarse. Como cabe esperar, Fernando Florit y la Víbora ganaron el primer lugar con una mención especial por su "creatividad extravagante".

Cuando Papi se acercó a su mesa, sosteniendo todavía su trofeo, Leila le echó los brazos al cuello y le dio un beso.

—Te salió muy bien, como siempre. —Enrique trató de generar un poco de entusiasmo. Sean cuales fueren sus sentimientos, el talento de su padre era innegable.

—Gracias, hijo. No pude haberlo hecho sin ti. ¡Y fue una inspiración doble contar con la presencia de nuestra linda rosa del desierto de Arabia!

—Leila es de Irán, papá. No es lo mismo.

—Bueno, ¿qué van a hacer ustedes ahora?

Enrique titubeó. Eran casi las tres de la mañana. ¿Trataría Papi de entrometerse en su cita?

—¿Por qué no van a nadar?

—¿A nadar? —preguntó Enrique.

—Para refrescarse, antes del largo camino de vuelta.

—Qué buena idea —dijo Leila—. No tengo nada de sueño. ¿No nos acompaña, Fernando?

—No, no, querida mía. Ya me he esforzado lo suficiente por una noche. Pero te deseo un buen viaje y —se inclinó para besarle la mano, la frente todavía brillante de sudor—, cuentas con mi veneración eterna.

❧

Una hora más tarde, después de comprar trajes de baño en una tienda de regalos abierta las veinticuatro horas, Enrique y Leila se aventuraron a la piscina del Hotel Flamingo. Estaba cerrada pero el celador, que conocía a Enrique desde que era niño, les abrió la reja. Leila se veía estupenda bajo los restos de la luz de luna, su rostro como la caoba, sus ojos oscuros fijos en los de él. ¿Por qué lo ponía tan nervioso? ¿Por qué no podía sentirse tan a gusto con ella como lo hacía su padre?

—¿Tendrás que regresar a tu tierra para siempre? —preguntó Enrique. Habían estado hablando de la revolución en su país.

—Tal vez. —Leila decía que su mayor temor era que todo el mundo se viera obligado a nadar en un mar dividido otra vez, como en los viejos tiempos: los hombres por un lado; las mujeres por el otro, vestidas en metros de nilón negro. Más que nada, quería nadar libremente en el Mar Caspio. Su familia había pasado allí un verano feliz cuando ella tenía nueve años. El mejor caviar provenía del esturión de esas aguas, dijo ella, y lo habían comido a diario durante semanas.

—¿Caviar todos los días? —Enrique no lo pudo creer, aunque sabía de algunos grandes apostadores de Las Vegas que podían hacer alarde de lo mismo. Notó las líneas bronceadas a lo largo del cuello y las muñecas de Leila y resistió el impulso de pasarles la lengua.

—¿Buceas?

—¿Cómo lo supiste?

Enrique señaló sus muñecas.

—Ya veo por qué eres tan bueno en el póquer.

—¿Adónde buceas?

—Principalmente en San Diego. Una vez en Baja California. Allí todo el mundo me hablaba en español. —Leila se encogió de hombros. Luego le contó sobre la vez en que había visto una cría de tiburón leopardo sobre la costa de Rosarito. Un cardumen enorme de pececillos también divisó al tiburón y aquel se dio vuelta al unísono, como si estuviera orquestado—. ¿Crees que se turnen entre ellos para actuar como líder?

—Pececillos: ¿democracia o dictadura? —Enrique dijo en su mejor voz de locutor de noticias, pero Leila no se rió. Parecía estar preocupada. Él daría un año entero de su vida por poder leerle el pensamiento.

Enrique la miró nadar de un extremo a otro de la piscina. Ella favorecía el estilo de pecho, pero también nadaba de dorso y de costado. Tenía más gracia de la que le correspondía a un ser humano. Pudo haberla observado el resto de sus días. Si tan sólo tuviera las agallas de besarla. Pero no podía hacerse a la idea del hecho de su matrimonio inminente. Éste era el tipo de vacilación que Papi calificaría de derrotista, aun de antipatriótica. Todo hombre cubano, sin importar su aspecto o posición social, creía que aun la mujer más inaccesible estaba a su alcance.

Al amanecer, finalmente se pusieron en camino. Enrique le abrió la puerta a Leila (se sintió aliviado de haber limpiado su Maverick el día anterior) y esperó hasta que ella se hu-

biera acomodado antes de cerrarla. Las chicas americanas
siempre hacían comentarios sobre sus buenos modales
—Papi decía que ésta era la única cosa que jamás le fallaba
a un hombre— pero Leila parecía estar acostumbrada a
que la trataran como a una reina. Pasaron por cigarrillos,
cerveza y unos totopos picantes de una tienda cercana
abierta las veinticuatro horas.

A las afueras de la ciudad, a Enrique le dieron ganas de
hacer una parada en el Estudio de Tatuajes Sol. Sintió deseos de que le chamuscaran el nombre de Leila en el hombro con letras persas, pero no quiso ahuyentarla. ¿Acaso
los tejanos se hubieran atrevido a hacer algo parecido? Sí,
coño. ¿Qué tipo de hombre era él entonces? En lugar de
eso Enrique le habló a Leila sobre la ingeniería mecánica.
Resultó que ésa era la carrera que ella estaba estudiando
en la universidad, especializándose en robots de fábrica.
Leila estaba en su penúltimo año en UCLA, el mismo
lugar donde su prometido estudiaba un doctorado doble
en física nuclear y física de aceleramiento de partículas.

Enrique trató de no sentirse tan desdichado. El hecho
era éste: Leila estaba sentada a *su* lado en este instante.
Cualquier cosa podía suceder en cinco horas. También
había logrado que su padre no viniera y lo arruinara todo.
Eso en sí ya era una victoria. Enrique necesitaba concentrarse en maximizar sus posibilidades. Ya se las ingeniaría
para lo demás más tarde. Sospechaba, no obstante, que
aun los sistemas predictivos más exactos podían verse
arruinados frente al amor.

Era un día despejado. Las nubes estaban apiladas en lo
alto y había mucho espacio entre ellas. En la cercanía, un
tren avanzaba lentamente camino a Salt Lake City, más
allá de un grupo polvoriento de nopales. Los perros ladra-
ban contra el alambrado de una casa derruida, toda ella
desolación y olvido. De vez en cuando se les cruzaban por
el camino unas plantas rodadoras. Enrique conducía por

el carril derecho, tan lentamente como le fuera posible sin despertar sospechas. Quiso que el viaje durara lo más posible.

Leila jugueteó con la radio, tratando de encontrar una estación con las noticias. Tenía curiosidad de saber dónde iban a acabar el Shah y su esposa. Había perdido la cuenta de cuántos países se habían negado a darles asilo desde que habían huido de Irán. Muchos de sus parientes también estaban abandonando el país, sin estar seguros de si alguna vez regresarían. Leila dijo que su padre había sido torturado por la policía secreta del Shah, que tenía áreas de la espalda cubiertas de unas cicatrices horrorosas.

Dijo que sus amigos iraníes en Los Ángeles perdían el tiempo comparando sin cesar a los dos países, en alegatos que no llegaban a ningún lado, avivados por los cigarrillos y el té. Había llegado el punto en que ella apenas soportaba escuchar los casetes de música clásica persa de ellos. Demasiada nostalgia era como comer demasiadas golosinas, dijo ella. Luego te daban ganas de vomitar.

Enrique pasó por un vagón-restaurante con una bandera estadounidense gigante que colgaba fláccidamente de su mástil. Había varios camiones estacionados con el motor encendido, las salpicaduras lucían la misma silueta en cromo de una mujer desnuda. Una pila de grava ocupaba la mayor parte del extremo norte del lote. Todo el mundo hablaba de vivir el sueño americano, ¿pero qué había de sus estragos? ¿Acaso ésa no era la historia más común?

—La tarjeta de residencia legal, la *green card*. Es lo único de lo que habla la gente aquí. Pero aun si lo resienten, no quieren volver a su tierra.

—¿Son difíciles de conseguir? —preguntó Enrique.

—La mejor manera es casándose con un ciudadano americano. —Leila encendió un cigarrillo y sopló el humo por la ventana. Su boca formó una O rosada perfecta mientras soplaba—. Pero eso cuesta dinero.

—¿Cuánto?

—Dos mil dólares. Más fácil que enamorarse, ¿no?

Leila dio vuelta al botón selector de la radio otra vez, cambiando con rapidez de una estación a otra, cantando canciones al azar, moviéndose al compás enfundada en su suéter de cachemira beige. Enrique tuvo que hacer hasta lo imposible por mantener la mirada fija en la carretera. Era sorprendente que Leila se supiera muchas de las letras. Cantaba fatal, pero gracias a su acento las palabras sonaban elegantes de algún modo.

Well, I woke up this morning, and I got myself a beer
The future's uncertain, and the end is always near . . .

Enrique se estaba enamorando perdidamente. ¿Acaso sus padres no habían quedado comprometidos al cabo de un día? Quizá los noviazgos breves eran algo genético. En 1956 Papi había estado en la Ciudad de Panamá para presentarse por una semana en el Teatro Darío cuando se fijó en Mamá en el bazaar hindú del centro. No le quedaba claro qué era lo que había sucedido después, pero esa misma noche, Sirena Carranza llevó a Fernando Florit a su casa y lo presentó ante sus padres como su prometido. Cuando ellos protestaron, Sirena amenazó con quemarse viva en una pira como las viudas de la India.

—Quiero enseñarte algo —dijo Leila, tomando un par de calcetines marrones desgastados de su bolso. Dijo que eran de su hermano difunto, que ella los usaba cuando presentaba sus exámenes universitarios—. Supongo que no me funcionaron muy bien ayer.

Enrique sintió curiosidad por saber más acerca de su hermano, pero temía despertar una pena profunda. Sabía lo imposible que era lograr que los muertos parecieran como si alguna vez hubieran estado vivos. El tiempo lo vencía todo. Quiso contarle a Leila sobre su madre, sobre la cara que había puesto antes de morir. Pero aun eso se había desleído y sólo le quedaba un vago recuerdo.

El año pasado, Papi había intentado contactar a Mamá por medio de clarividentes y médiums de todas las etnicidades; el último había sido un brujo croata que tenía su oficina detrás del Caesars Palace. (El brujo aseguraba que Houdini había contactado frecuentemente a su amada esposa difunta de esa manera.) Nada funcionaba. El último día de San Valentín, Papi comenzó a escribirle unas cartas de amor barrocas a Mamá. Mantenía las cartas en orden cronológico en carpetas de papel Manila en caso de que alguien —es decir, Enrique— le cuestionara alguna vez su devoción. Pero Enrique sospechaba que las cartas eran, al igual que todo lo que tenía que ver con Papi, principalmente para impresionar a los demás.

—¿Te gustaría ir a bucear? —preguntó él de repente.

Leila bajó el vidrio y una ráfaga de aire desértico entró por la ventana. Destapó una cerveza y tomó un trago largo, asegurándose de que la bolsa de papel camuflara la lata. Luego encendió otro cigarrillo. —¡Sí, claro!

Enrique rebasó una camioneta *pickup* que iba a sesenta y cinco kilómetros por hora. Sentía que la sangre le corría por las venas por lo menos el doble de rápido. Quiso decir algo, cualquier cosa, pero no pudo dar forma a las palabras. La radio pasó a la estática y luego resurgió como una estación de música *country western*.

> *I walk for miles*
> *along the highway*
> *Well, that's just my way*
> *of saying "I love you."*
> *I'm always walkin'*
> *after midnight*
> *searchin' for you . . .*

—Es bonito por aquí —dijo Leila, unos mechones oscuros de su cabello volándose en el viento.

Enrique había conducido antes por este tramo de la carretera I-15 con gente que lo consideraba un páramo. No sabían apreciar los cambios sutiles del paisaje, la manera en que la luz reclamaba la más leve sombra. No advertían las matracas del desierto o los chaparrales o los destellos de cuarzo en las barrancas. No sabían que un aguacero era capaz de depositar tres centímetros de lluvia en una hora, dando lugar a inundaciones repentinas o que el desierto florecía en toda su gloria durante la primavera.

Esta mujer era algo demasiado bueno como para ser verdad. ¿Qué pasaría si se hiciera a un lado de la carretera y le rogara que se fugara con él?

Leila se quedó dormida durante la hora siguiente. Enrique saboreó el lujo sencillo de mirarla con detenimiento. En dos ocasiones comenzó a tocarle el cuello, las lomas suaves de sus hombros, pero se contuvo. ¿Qué pensaría ella si se despertara? Leila se movió y lo miró, momentáneamente desorientada. Enrique le contó historias sobre lagos fantasmas de la región, como Coyote Lake e Ivanpah Lake, para nombrar sólo a dos. Le gustaba el hecho de que los cartógrafos se molestaran en mencionar algo que ya había desaparecido hacía mucho tiempo.

—¿Cuántos años tenías cuando murió tu mamá? —preguntó Leila con vacilación.

—Seis.

—¿Qué pasó?

—Fue culpa de mi padre. —Le sorprendió la vehemencia en su voz.

—¿Él la mató?

—No exactamente.

En lo alto, un par de gavilanes de cola roja volaban en círculos. Podrían haber hecho jirones el cielo, dejado caer tiras azules ondulantes de éste sobre el techo blanco vinilo de su auto. Enrique amaba este tipo de halcón, la forma en que sus garras parecían humear triunfantes siempre que conseguían su presa. A diferencia de la gente, las aves eran poco complicadas. Todo lo que hacían tenía un motivo. Su supervivencia dependía de ello.

En el medio segundo que le tomó a Enrique señalar los gavilanes a Leila, escuchó unos bocinazos frenéticos. Avistó el camión de transporte pesado por el espejo retrovisor, alcanzándolos a toda velocidad con su poder bruto, sin frenos. El espejo parecía enmarcar aquel momento para el recuerdo posterior. Enrique tuvo un destello de algo que su padre le había dicho: Cada latido de tu corazón tiene dos posibilidades, seguir o detenerse.

Le dio al acelerador y viró el volante. El camión arañó la parte trasera del Maverick —él sintió la manga gruesa de aire a medida que éste los rebasaba— lo cual los hizo girar interminablemente antes de expulsar el auto de la angosta carretera al polvo del desierto. De puro milagro, aterrizaron sobre cuatro ruedas. A su alrededor no había más que luz y un silencio ensordecedor.

Leila se encontraba desplomada contra la ventana del copiloto. Le salía sangre de la nariz y tenía una cortada en la mejilla como una costura rosada. Seguía tocándose la nariz con las yemas de los dedos.

—¿Te sientes bien? —Enrique le tomó la mano y se la besó, probando su sangre.

Leila cerró los ojos. Tenía el rostro pálido y húmedo por todas partes. Enrique tuvo que contenerse al máximo para no besarla. Se asomó por el parabrisas estrellado. El camión se había volcado a doscientos metros enfrente de ellos. A esa distancia parecía un juguete, a excepción de que le salían llamas y humo por los costados. Quizá el chofer había muerto en ese instante.

Justo entonces las puertas traseras del camión se abrieron de golpe y docenas de monos salieron a gatas, chillando y corriendo a refugiarse en el desierto como una manada de liebres trastornadas. Un mono, pequeño y pardo, tenía el brazo roto y éste estaba retorcido de una manera salvaje a la altura del codo. Enrique seguía mirando al mono a medida que éste se escabullía hacia el auto, chillando y parloteando para sí. Luego brincó en el cofre del Maverick, pelando los dientes, antes de unirse a los demás monos en el desierto. Pero, ¿adónde podían ir? No había árboles donde esconderse, sólo los árboles de Josué, en los cuales era imposible ocultarse.

Enrique pensó en cómo las energías aleatorias alcanzaban un punto común antes de explotar. El azar entrecruzándose con la historia y la lógica y las expectativas razonables. El conocimiento prohibido hecho visible, inconspicuo y divino, mientras los dioses negaban toda responsabilidad. A fin de cuentas, todo se medía contra la tela de fondo del misterio. Ciento doce macacos rhesus que debían haber estado meciéndose en la selva de la India, pero que en lugar de eso estaban destinados a unos laboratorios de investigación al sur de California habían sido liberados en el desierto de Mojave. ¿Qué carajos eran las posibilidades de que eso sucediera?

Segunda Parte

Una estrella blanca cayó en el jardín,
Inesperada, insólita. Suerte,
flecha, flor, fuego…

—LUCIAN BLAGA

(1981)

Marta Claros

Estaba oscuro cuando Marta se despertó y se dirigió al gallinero en el jardín trasero. Los primeros atisbos de luz encendían el cielo, como si el día llegara desde lejos. Marta caminó más allá de la pérgola con la bugambilia y los rosales que había sembrado el verano pasado. También cultivaba hierbas, por sugerencia de Dinora Luna, para tener a la mano remedios contra las malas intenciones de los demás: romero, limoncillo, chiles, menta. Sus aromas combinados hacían que Marta se sintiera segura.

Era en contra de los estatutos municipales tener pollos dentro de Los Ángeles, pero Marta no era la única en el barrio que los criaba. Se podía sobornar con huevo fresco a aquellos que no tenían pollos, de modo que no había mucho riesgo de que la pescaran. Marta entreabrió la puerta del gallinero y se agachó para meterse bajo el cloqueo suave de las gallinas.

Buenos días, señoras. ¿Cómo amanecieron? Respiró el aroma

acre del heno y de la muda de plumas. Si tan sólo se pudiera acomodar entre ellas, conocer el dolor placentero de poner un huevo. Su cuerpo parecía tan tacaño en comparación.

Marta fue de nido en polvoriento nido, buscando los huevos con cuidado debajo de las gallinas. No había nada de Carmen ni de Elsa. Nada de Malva, Hortensia o Pura. Nada de la generalmente prolífica Verónica. Sólo quedaba Daisy. *No te asustes. Así, así.* A Marta le disgustaba tener que molestar a Daisy, pero no quería que ésta creyera que podía renunciar por completo a una inspección. Al acercarse Marta, la gallina le picoteó con fuerza los nudillos. No le dolió pero le sacó una gotita de sangre, como si de su piel hubiera brotado una fuga lenta.

¿Tienes algo para mí, preciosa? Marta deslizó la mano debajo de la gallina rojiza y sintió los contornos de un huevo perfecto. Lo recogió, aún tibio del cuerpo de Daisy, y se lo llevó a los labios. Con cuidado, Marta se pasó el huevo por la cara y el cuello, bajando por el pecho y el vientre y entre las piernas. Rogó que se le pegara un poco de la fertilidad de Daisy.

Frankie se quejaba con Marta acerca del número de huevos que ella recolectaba. No era normal, dijo él, dejarlos sobre almohadas mullidas por toda la casa. Él tampoco sabía de nadie más que les hiciera ropa. Los huevos, dijo él, son para comer. Marta se defendía. Por lo menos no dormía con los pollos, como su mamá solía hacerlo. ¿Qué tenía de malo que les hubiera comprado una cuna y una cobija para bebé?

—Mujer loca, ¿qué estás haciendo? —exigió Frankie cuando vio la cuna llena de huevos. Marta se negó a contestarle. ¿Había que explicarle que la forma suprema del amor era la obligación?

En los barrios prósperos de Los Ángeles, los parques estaban llenos de bebés que eran encargados a las nanas para que ellas los criaran. Marta supo de una mujer embarazada en Santa Mónica que hablaba abiertamente de tal vez abortar a su bebé, el segundo. Después de que nació la niña, no la nombraron por seis meses. Según Celestina Pulayo, que trabajaba a dos puertas de esa familia, la madre se refería a su hija simplemente como "el bebé de la nana".

Recientemente, varias de las trabajadoras de Frankie habían renunciado para conseguir empleo como nanas en el Westside. El día era largo, pero el trabajo fácil. No era difícil cuidar de uno o dos niños. Dependiendo de la familia, se podía ganar mucho dinero, trescientos dólares a la semana o más, sobre todo si tenías licencia de conducir y hablabas bien el inglés. Cundían las anécdotas de familias que se peleaban por las mejores nanas, sobornándolas con aguinaldos de Navidad o vacaciones en Hawái.

A veces surgían problemas inesperados. Una conocida de Marta se enamoró tanto de su jefe divorciado que le robaba la ropa interior y bailaba con sus trajes vacíos en el dormitorio principal. Silvia Camacho había comprado un sombrero idéntico al de su patrón y hacía que su esposo se lo pusiera cuando hacían el amor. Marta no podía imaginarse que algo similar le pasara a ella. No era tan romántica. En realidad, ni siquiera estaba segura de que hubiera estado enamorada alguna vez. Sólo una cosa sabía con certeza: anhelaba tener a un bebé entre sus brazos.

—Mamacita, tómalo con calma —dijo Frankie, tratando de disuadirla—. Has estado trabajando desde que tenías cinco años.

Pero Marta no quería quedarse en casa sin un hijo propio. Sólo Evaristo la comprendía. Le preguntaba sobre sus pollos y se maravillaba ante el tamaño y la solidez de sus huevos. Gracias a la generosidad de Frankie, Evaristo había cruzado la frontera a salvo. Comía con ganas y además estaba subiendo de peso. Bien aseado, era un hombre guapo. Al atardecer le gustaba treparse al eucalipto del jardín trasero. Se quedaba allí durante horas, contemplando el barrio sin hacer ruido.

Desde que era niño, la gente había dicho que Evaristo no estaba bien de la cabeza. Pero sólo porque no hablaba mucho no quería decir que fuera estúpido. Evaristo se lo guardaba todo. Le había contado a Marta sobre los cadáveres recientes desparramados por los parques y los basureros de San Salvador, los rostros acuchillados hasta verse convertidos en pulpa o quemados con ácido de batería, la médula espinal expuesta. Una vez Evaristo se había topado con una pila de cadáveres, unas mujeres mutiladas que habían sido amontonadas con cuidado detrás de un restaurante de mariscos, todas ellas vestían bluyines americanos.

El primer día que Marta había llevado a su hermano a trabajar en la fábrica, casi hubo un motín entre las mujeres. "¡No nos dijiste que parecía artista de cine!" "Se parece al actor de *¡Hoy! ¡Mañana! ¡Nunca!*" No lograron dar ni una puntada de trabajo esa semana y Frankie tuvo que despedirlo. Evaristo estaba ajeno al caos. Más que nada, su mirada se desviaba hacia la única ventana sencilla de la fábrica, donde las frondas de una palmera lo atraían de manera más convincente que las mujeres a su alrededor.

A continuación, Evaristo intentó limpiar oficinas por las noches, como el pobre tío Víctor; "pobre" porque su tío se había caído por el hueco del elevador y se había matado. La compañía de seguros del edificio le dio a su esposa mexicana dos mil dólares por su vida. *¡Qué desgraciados!* Marta acompañó a Evaristo en su ronda: limpiar ceniceros, desempolvar escritorios, restregar retretes con desinfectantes que le escocían las manos.

Esta existencia muy pronto hizo que Evaristo se sintiera deprimido, comiera poco y durmiera todo el día. *Necesito estar afuera, bajo un cielo azul.* De modo que Marta lo instaló a que vendiera cajas de naranjas y mangos a granel a la salida de las autopistas. También le consiguió un trabajo para los domingos, repartiendo volantes para anunciar un lugar de autoservicio que vendía pollo frito para llevar, para lo cual tenía que vestirse de payaso y andar en zancos. Pero Evaristo carecía de empuje y lo corrieron. Finalmente, a instancias de Marta, comenzó a vender crucifijos por las calles.

No se sabía cómo iba a resultar el día. El cielo estaba nublado y los vientos primaverales habían amainado. Sólo una astilla azul brillaba a través del tapiz de nubes. Marta llevaba los huevos de Daisy en una mano y caminó hacia la casa, sintiendo un sabor metálico en la lengua. Se detuvo a admirar sus girasoles, los cuales medían ya casi dos metros de altura. Qué optimistas se veían, como si el agua y el sol no fueran a faltarles.

Al otro lado de la calle, un vagabundo escarbaba los basureros buscando latas de refresco para reciclar. Las urracas de los matorrales chillaban y peleaban en un laurel; otra de ellas despedazaba una bolsa de plástico en la alcantarilla. El perro pastor alemán de junto perseguía al mismo gato callejero. El día de hoy, el Sr. Haley pintaba su pórtico de un color anaranjado brillante. Marta lo saludó con la mano y él a su vez agitó el rodillo, salpicando el suelo de pintura. Ella recogió los periódicos: uno en coreano para Frankie y uno en español para ella. *El Diario* reportaba que trescientas personas habían sido asesinadas cerca del Río Sapo en la provincia de Morazán. Un niño de nueve años había sobrevivido al esconderse en un framboyán. Salía una foto suya en el periódico, donde se veía pequeño y asustado. A Marta le recordó a su hermano cuando era niño.

La luz de su dormitorio estaba prendida. Seguramente Frankie estaba haciendo sus rituales matutinos: inspeccionándose las encías, ejercitando los músculos faciales; para prevenir su colapso, decía. Marta estaba convencida de que era un hipocondríaco. Frankie juraba que moriría de una hemorragia cerebral o de un ataque al corazón (era cierto que tenía muy alto el colesterol) o, peor aún, de alguna enfermedad que no pudiera pronunciar. Revisaba su testamento con frecuencia, explicando en detalle sus preocupaciones: *Al Sr. Soon se le asegurará una muerte tranquila, sin paroxismos de dolor.* A Frankie le dio por matar moscas obsesivamente, creyendo que eran portadoras de enfermedades mortales. Pero Marta no toleraba el uso de insecticidas en casa.

—¡Nos vas a matar a los dos! —protestaba ella.

Para su último cumpleaños —según Frankie cumplía cuarenta y cinco; Marta sospechaba que más bien eran sesenta y cinco— ella le había comprado un cachorrito Chihuahua para que se distrajera. El perrito de tres kilos llamado Pablo resultó ser todo un éxito en la fábrica, las mujeres le daban de comer las sobras del almuerzo, y fue adoptado como la mascota oficial de Back-to-Heaven. Marta deseó que Frankie se llevara al perro y se fuera temprano a trabajar para que ella pudiera irse de compras en paz. En lugar de eso, él la interceptó en la cocina vestido todavía sólo en ropa interior y calcetines.

—¿Otro huevo? —preguntó Frankie con recelo. Él había estado tomando y jugando al póquer en Gardena la noche anterior, y se veía tembloroso.

Marta siempre adivinaba cuando Frankie perdía dinero, aunque él no le comentara de sus ganancias o pérdidas.

—Sí, mi amor.

—¿Me lo preparas?

—Ahí tienes tu avena. —A Marta le enterneció el pecho

lampiño y flácido de Frankie. Casi podía hacer de cuenta que él era su bebé—. ¿Qué te dijo el Dr. Meyerstein?

—Odio la avena.

—Recuerda tu corazón, mi vida.

—Hijo de la gran puta —gruñó Frankie.

Marta se hizo la que no lo oyó, sonriendo en su interior. Su chinito ciertamente sabía maldecir divinamente en español. Ella se sentó a desayunar: tortillas de maíz, los frijoles de anoche, una porción de crema. Después de que Frankie se fue al trabajo, ella se subió a la camioneta flamante que él le había regalado para el Día de San Valentín. Era azul claro y tenía aire acondicionado y asientos envolventes. Marta encendió la radio y le cambió a su estación favorita. Conducía por el carril de baja velocidad, para así prestar más atención a la edición matutina de *Pregunta a la psicóloga*.

Era un programa escandaloso. Noventa y nueve por ciento de las que llamaban eran mujeres que se quejaban de sus maridos infieles. Marta a menudo discutía en voz alta con la Dra. Dolores Fuertes de Barriga, la psicóloga en vivo, que era como un disco rayado en cuanto al tema: cómo los secretos destruyen las relaciones. ¡Qué tontería! Si Marta había aprendido algo, era a mantener un secreto. Dejar que un hombre supiera todo lo que estaba en tu interior era pura insensatez. ¿Para qué regalar tu poder a cambio de nada?

Cuando Marta se frustraba con la psicóloga, cambiaba el dial a ¡*Salvado*! en la estación a.m. de radio cristiana. La presentadora, una monja colombiana de las Hermanas de la Caridad, entrevistaba a gente cuyas vidas habían adquirido un nuevo rumbo gracias al Señor. Esta mañana Gonzalo Echevarría, un borracho y mujeriego, empleado de una tienda de muebles económicos, dio fe de cómo había recibido el golpe celestial la mañana del Domingo de Resurrección pasado. Gonzalo juraba que ahora estaba sobrio, era un buen marido y que lo habían ascendido a subgerente en la tienda de muebles, la cual, dicho sea de paso, iba a tener un remate de sillones reclinables de piel este fin de semana.

Marta se dirigió al centro, al distrito de compras al mayoreo, al callejón que vendía artículos religiosos. Necesitaba abastecerse para todas las bodas y primeras comuniones de la primavera. Evaristo vendía rosarios, crucifijos, broches para el mal de ojo y santos para el parabrisas (el San Antonio que cabeceaba era uno de los favoritos) afuera de las iglesias del sector South Central. Marta le compraba cosas por docena, regateando enérgicamente con los vendedores, en su mayoría chinos. Sabía que ellos la respetaban por no conformarse con un precio demasiado alto. Véngase a trabajar con nosotros, bromeaban con ella.

Los crucifijos de la vitrina de Sid Wong tenían el veinte por ciento de descuento. A Marta no le gustaban las representaciones fosforescentes de Cristo, pero Evaristo insistía en que éstas eran las que mejor se vendían, sobre todo después de la misa mayor en la Iglesia de Santa Regina. (Ese sacerdote era famoso por sus descripciones horripilantes del infierno.) Marta se lamentaba de que Frankie fuera ateo y que su hermano no hubiera puesto un pie en la iglesia desde la boda de ella. La iglesia de su barrio era particularmente bonita, con sus azucenas en Semana Santa, y los curas le ponían mucho empeño a sus sermones. Quizá podría convencer a Evaristo de que volviera a la misa. Quizá le serviría de curación. Ella podría escogerle un santo en quien concentrarse, alguien que lo protegiera.

Marta vivía con el miedo de que la policía arrestara a su hermano. Sucedía en las esquinas de las calles todos los días. Cuando Evaristo desapareció dos días el invierno pasado, ella estuvo convencida de que estaba muerto o en la cárcel. Resulta que una mujer, que ahora era su novia, lo había recogido en Crenshaw Boulevard y lo había llevado a su casa. Marta sospechaba que, a pesar de ser bien parecido, Evaristo había sido virgen. La mujer, Rosita Cueva, era de Juchitán y lo más probable es que fuera bruja. ¿De qué otra forma hubiera podido cautivarlo de tal manera?

Había un puesto en el centro que vendía las mejores chucherías contra el mal de ojo. También había medallones esmaltados de la Virgen María y Marta decidió comprarse uno. Si lo usaba de día y de noche, quizá la Virgen se apiadaría de ella y la bendeciría al darle un bebé. No importaba que según Frankie él no pudiera tener hijos. Sucedían milagros todos los días. Allí estaba el caso de aquella mujer que había quedado preñada por su esposo estéril una hora antes de que él fuera asesinado, cuando alguien le disparó desde un auto.

Frankie también deseaba a un bebé, pero Marta sabía que lo decía más que nada por ella. Su única condición era que su hijo tendría que asistir a la escuela coreana.

—¿Quién lo ayudará con la tarea? —preguntaba Marta.

—Yo —él prometía y ella le creía.

Desde aquella primera cena con Frankie, él no había sido más que bondadoso con ella. Distaba mucho de la perfección —a decir verdad, en el fondo era un niño— pero no había ninguna malicia en él. Frankie era como la caña de azúcar que él cultivaba en la parte de atrás: quebradizo por fuera pero pura dulzura por dentro.

Las mujeres de la fábrica —a excepción de Dinora, quien defendía a Marta— chismeaban celosamente acerca de su unión. Que él no se podía casar con Marta porque tenía una esposa en Corea y el divorcio era imposible. Bueno, ella tampoco estaba divorciada oficialmente de su esposo. (Había escuchado decir que Fabián se había vuelto a casar con una muchacha del campo, lo cual lo convertía en bígamo además de pendejo.) Marta se prometió a sí misma que mandaría pedir los papeles para anular el matrimonio por la iglesia como era debido.

En marzo pasado, ella y Frankie se habían mudado a su propia casa. Era estilo *Craftsman* antiguo, construida en los años veinte, y estaba muy derruida. Tenía un agujero en el techo y la mitad de los pisos de duela estaban podridos, pero Frankie había regateado hasta conseguir un buen precio. Decidieron arreglarla poco a poco. Además, él había puesto el nombre de ella en las escrituras, aunque no estaban casados oficialmente. La parte oficial la tenía sin cuidado. En lo concerniente a ella, Frankie era su esposo. Cuando se iba a apostar y a tomar, con dos condones metidos en la cartera, a ella no le importaba tanto. La mayor parte del tiempo, los condones se quedaban justo donde él los había puesto.

Marta se detuvo en un pequeño restaurante para comer algo. La variedad de cosas que se ofrecían en el pizarrón la tentaban: hamburguesas con queso y chilaquiles, sopa ramen, pupusas, *chow mein*, caldo de cabrito. —Me da un *chow mein* y una horchata —pidió. En Los Ángeles, era posible convertirse en alguien distinto de quien habías sido en un principio. Podías ir de pobre a rico y otra vez de vuelta, aprender a hablar otro idioma, acostumbrar tu lengua a especias diferentes. Podías comprar un bistec a ochenta y nueve centavos el medio kilo. Eso no hubiera sido posible en su tierra. ¿Quién soñaba en ir más allá de lo conocido? En El Salvador, cada generación repetía los patrones de la anterior. Incluso su hermano tenía la oportunidad de comenzar aquí una vida nueva. Si él pudiera lograrlo, pensó ella, cualquiera podría hacerlo.

Marta se terminó su *chow mein* y pidió una rebanada de pastel de manzana con helado de vainilla. Tuvo la tentación de llamar a la psicóloga de la radio y preguntarle acerca de un sueño de Frankie. El domingo, él se había vuelto a despertar con lágrimas en los ojos. Había soñado que su madre molía cebada en el patio trasero, sus pechos oscilando, su cabello blanco y ralo. El sol se ponía como una calabaza podrida y su choza recubierta de lodo tenía cuatro puertas. Le ofrecía a Frankie una bola de arroz con sal. "Debes irte ahora", le decía, pero Frankie no sabía adónde se suponía que tenía que ir.

Frankie siempre soñaba con su madre en las noches en que él y Marta hacían el amor. También hablaba dormido, tan fuerte y lastimeramente que Marta creía que él podría salir corriendo y matarse. Frankie era un amante tierno, más niño que hombre. Olía a talco filipino. Tenía un testículo del tamaño de una bellota y el pene lleno de cicatrices, como un hueso hecho añicos alguna vez. *Mamacita,* le susurraba a Marta, los ojos húmedos de emoción, recostando la cara en su cabello. *Mamacita mía.* Pero Marta sentía más paz que excitación entre sus brazos.

Por lo general, a Frankie le chorreaban una o dos gotas de sangre y de orín de la punta del pene. Marta consultó a yerberos en Washington Boulevard acerca del maldeorín de su marido, pero nada le servía. Cuando escuchaba la radio y oía a una mujer calenturienta hablar extasiada del sexo, Marta se sentía confusa y resentida. ¿Por qué ella no sentía esas cosas? Todo lo que sentía era una soledad en su cuerpo que nunca desaparecía. Si tan sólo pudiera ser más como Dinora. Su amiga no podía pasar mucho tiempo sin el sexo —tenía un límite de cinco días— y se las arreglaba para enganchar a hombres que la adoraban y pagaban por las alacenas nuevas de la cocina. Hacía malabares con un par de ellos a la vez, llevando la cuenta de sus idas y venidas en una libretita. Cuando Dinora se cansaba de ellos, los despedía sin congoja ni rencor.

Dinora había intentado darle lecciones a Marta acerca del sexo. "¿Has chupado alguna vez a un hombre?" —le preguntó ella con desparpajo. Marta palideció ante tal sugerencia. (Su tía le había dicho que sólo las prostitutas hacían eso.) "¿Acaso Frankie te ha lamido alguna vez el coño?" ¿Estaba loca Dinora? Marta se moriría de la vergüenza. "Bueno, mi hijita, ¿que nunca te acaricias tú sola?" Por favor. Si eso era lo bueno del sexo, entonces Marta nunca lo experimentaría.

En Maple Avenue, una brisa tibia le enredó el cabello y revolvió un montón de periódicos atados con un cordel. Dos hombres pasaron por allí con unos haces de rosas de tallos largos para la venta en el mercado de mayoreo. Un par de frondas que se habían caído de una palmera se desplazaban por la calle como dos garras extra grandes. Marta caminó al estacionamiento y guardó sus compras en la parte trasera de la camioneta. Se habían terminado sus días de viajar en autobús. En Los Ángeles, ella lo sabía, los autobuses separaban a los pobres de todos los demás.

Era cierto que Frankie no era tan rico como decían las mujeres de la fábrica. No había ninguna casa grande en Long Beach, ningún colchón de plumas de ganso, ningún Cadillac con bandas laterales de oro, sólo un Buick viejo con ventanas eléctricas. Pero la casa en Forty-fifth Street era cómoda, y todo lo que sembraban en su jardín felizmente se daba. Marta se acomodó detrás del volante y comenzó el camino de regreso a casa, *su* casa. ¿Qué más podía pedir?

Evaristo

Cuesta respirar aquí. El aire está espeso por el humo. Todavía me arden las cicatrices del pecho. Nada me es familiar. Sólo el gris de las mañanas, el azul de las tardes. Voy al norte pensando en que es el sur, al poniente cuando creo que voy al oriente. El tránsito acelera las horas. Las naranjas saben a limones de un momento a otro. Los anuncios me torturan con sus mensajes secretos. Cómo brillan con sus mentiras bonitas. Hay demasiado que decir, demasiado que contar. Éste muerto y ésa y aquél. Pero, ¿dónde están los cadáveres? Encuentro la paz, finalmente, en la cama de una mujer que huele a hojas nuevas. Quizá ella, quizá sólo ella me salvará. En el ala doblada de la noche.

Enrique Florit

Enrique tenía una sensación vidriosa y los ojos abotagados por el calor de la tarde, mientras se tomaba otra cerveza en un bar junto al muelle de Kingston. El Xaymaca tenía paredes de bambú, unos cordeles de luces anémicas y un *reggae* tan fuerte que parecía encoger aún más el lugar. Una calavera de plástico decoraba un extremo del mostrador, al cual estaban pegadas miles de conchas. El cantinero, Tacky Watson, proveía a sus mejores clientes con *ganja* del lugar. Para asombro de Enrique, Tacky le dijo que Ching Ling Fu era famoso en Jamaica. Por lo visto, todo el mundo había visto al Mago de la Gran Corte por la televisión hacer sus trucos en el show de Johnny Carson.

—*Mon*, ¿cómo es que atrapa la bala con los dientes? —le preguntó Tacky. El insistía en que Papi había sido el invitado de Johnny la misma noche que Bob Marley, razón por la cual toda la isla había estado en sintonía. Que Enrique supiera, su padre nunca había salido en el show de Johnny Carson, mucho menos la misma noche que Bob Marley. Pero Tacky seguía recordando ese momento como si fuera la cúspide de la historia jamaiquina reciente.

El descubrir que su padre fuera una celebridad aquí deprimió a Enrique y le dio por fumarse una buena cantidad de la mota de Tacky. Después de su primer porro del tamaño de un puro, Enrique estuvo cada vez más convencido de sus propios poderes visionarios, de su Ojo Avizor, y adoptó el dialecto rastafariano. *"Yes, man, I-n-I move ina mystic, ina cosmic,"* fue su respuesta a la pregunta de Papi por larga distancia, *"Hijo, ¿estás bien?"* Enrique había llamado a su padre después de quedarse varado en Kingston hacía dos semanas. Lo habían botado de un crucero casino y aguardaba el momento oportuno o al menos intentaba encontrar un disfraz convincente, antes de tratar de abordar otro.

Mientras tanto Papi había sufrido su propio desastre en México. En la convención anual de la Hermandad Internacional de Magos en Guadalajara, había sido arrestado por tener en su posesión la piel de una especie u otra de un conejillo de Indias en vías de extinción. Las autoridades mexicanas lo pusieron en libertad sólo después de que ochenta y seis magos protestaran en la Plaza de Armas, tomaran como rehenes al teniente de alcalde y a su secretario de prensa, a quienes con mucha ceremonia habían serruchado en dos.

Sin inmutarse, su padre iba en camino a un congreso de magos en Buenos Aires. Después de intentar un acto nuevo que resultó ser un desastre, en el cual se había hecho pasar por un oficial prusiano, Papi había decidido resucitar su rutina de Ching Ling Fu y darlo a conocer internacionalmente. No importaba que su salud fuera de mal en peor y que su circunferencia se ensanchara cada vez más. Provisto de una serie de analgésicos y enzimas digestivas, había convencido al mejor sastre de Las Vegas

—Mario Buccellato proveía servicios a los principales mafiosos de la ciudad— de que le cosiera unos paños elásticos dorados a su túnica china y que le sacara la cintura a sus pantalones bombachos. Preparado de esta manera, Fernando Florit se puso en marcha.

Hasta ahora, disfrutaba de un éxito moderado ejecutando su truco de atrapar la bala por los teatros rurales de Centroamérica (excepto en Panamá, donde el clan Carranza se aseguró de que no pudiera presentarse) y tenía planes de probar suerte en Venezuela ese año más adelante. Papi había terminado la llamada con una floritura alentadora de Martí: "De gorja son y rapidez los tiempos. Corre cual luz la voz; en alta aguja, cual nave despeñada en sirte horrenda, húndese el rayo, y en ligera barca el hombre, como alado, el aire hiende".

En el Xaymaca, Tacky intentaba equilibrar un huevo en la frente. Dijo que el huevo lo ayudaba a recordar sus sueños. Enrique asintió comprensivamente. Una parte de su cerebro escuchaba a Tacky; la otra intentaba ingeniárselas para volver a abordar un crucero casino ahora que lo habían puesto en la lista negra. Los capitanes no estaban de acuerdo con que hubiera jugadores profesionales abordo y se pasaban la voz entre ellos. A Enrique le molestaba que lo consideraran un tahúr. Ganaba en el póquer legítimamente. No cabía la menor duda de que era muy hábil —¿acaso no había sido aprendiz de los mejores jugadores de Las Vegas?— pero más que nada se beneficiaba de que lo subestimaran.

Durante los pasados catorce meses, Enrique había ido de crucero en crucero casino (una flotilla de éstos surcaba el Caribe, sobre todo en el invierno), jugando al póquer con algunos turistas de muchos recursos. Había arrasado con bastantes jugadores empedernidos en Santo Domingo, San Juan y también Martinica. Nunca había ganado tanto dinero fácil. Desde su punto de vista, el

Caribe se parecía mucho a Las Vegas: un mar donde todo el mundo estaba a la deriva, anclados por mesas de juego.

En los barcos casino, extraños mundos flotantes en sí mismos, los contrincantes de Enrique eran en su mayoría jubilados oriundos de la región central de los EE.UU.: hombres de piel rosada, como de migajón, que eran arrastrados abordo por sus esposas excitables. Había desplumado a tantos pasajeros en su último crucero —sobre todo a un oftalmólogo de San Luis, Misuri, quien lo había reportado al capitán— que lo habían puesto de patitas en la calle en el siguiente puerto de escala, que de casualidad tocó ser Kingston. Kingston ya no era un gran centro turístico; se cometían demasiados delitos y había demasiada hostilidad para eso. Los turistas iban principalmente a Montego Bay, si acaso se molestaban en ir a Jamaica.

Enrique intentaba pasar desapercibido en el único hotel medio decente a orillas del mar antes de atacar de nuevo el circuito del póquer. Se tomaría un descanso y esperaría a que llegara el siguiente crucero. Tacky le había dicho que uno de ellos estaba programado para atracar esa noche ya tarde, parando por poco tiempo. Enrique no tenía prisa de ir a ninguna parte. Lo que menos quería hacer era regresar a Las Vegas. Estaba hasta la coronilla de trabajar tan duro sólo para ver como sus ahorros eran succionados por las deudas de su padre.

Papi todavía ganaba dinero como el número de apertura para cantantes de clase B, pero era más común que se pasara un año sin ganar nada (o casi nada en Centroamérica). Incluso cuando llegaba a ganar más, era incapaz de conservar su dinero por mucho tiempo. Papi lo despilfarraba en el póquer o en mujeres o en una más de sus artimañas para volverse rico de la noche a la mañana. La última de éstas: diseñar pelucas para todas las etnicidades. Lo peor de todo era que Papi se perdonaba a sí mismo con demasiada facilidad. *Ay, hijo, fue sólo un pequeñísimo error de cálculo de mi parte.* Era asombroso todo el maldito amor propio que se tenía a sí mismo.

Si no fuera por Papi, se lamentó Enrique, ya se hubiera recibido de MIT, hubiera conseguido un buen trabajo como asesor, estaría bien instalado en un apartamento elegante en Boston o Nueva York. ¿Por qué no podía renegar de su padre el tiempo suficiente como para esfumarse de una vez por todas? Pero pensar de esa manera sólo lo hacía sentirse culpable. El hecho era que se sentía como un fugitivo en su propia vida. Un hombre en auto-almacenaje deprimido. Sólo que no podía descifrar qué era lo que aguardaba. Ni siquiera Tacky, que opinaba de todo, podía decírselo. *Mientras más provoques al burro, más te pateará un día.* Eso no sonaba muy prometedor.

La mañana de la boda de Leila, Enrique había ido a que le tatuaran el bíceps izquierdo con un par de dados entretejidos con el nombre de ella en letra persa. ¿Acaso no era patético? Después del accidente en el Mojave, habían ido directamente a Baja California. A Enrique le habían permitido bucear después de sólo una lección poco fiable y había acompañado a Leila con entusiasmo debajo del agua. Unos calamares gigantes estaban desovando en el área y había coágulos de sus huevecillos blancos palpitando por doquier. Sin previo aviso, unas rayas murciélago de gran envergadura llegaron con aire majestuoso y comenzaron a alimentarse de los huevos. Esto enfureció a Enrique más allá de la razón. Si hubiera tenido un arpón, les hubiera disparado a las rayas murciélago de una por una.

En medio de la conmoción, de alguna manera se le cortó el flujo de oxígeno. Intentó llamar la atención de Leila —le hizo unas señas desesperadas con sus manos arrugadas— pero ella parecía estar en una especie de trance. A Enrique le entró el pánico y comenzó a ascender demasiado rápido, sintiendo una presión espantosa en el pecho.

Sentía las piernas como pesas de plomo. Luego Leila se apareció frente a él, enganchó ambos cinturones, y lo subió más lentamente a la superficie. Su última sensación fue el peso brillante del sol pegándole en la cara.

Esa noche, se alejaron bastante de su hotel y se toparon con once tortugas marinas gigantes poniendo huevos en un tramo desierto de playa. Otras parecían estar copulando en la costa. Las hembras cavaban agujeros con sus aletas enormes, luego se agazapaban y ponían los huevos. Sin decir palabra, Leila tomó la mano de Enrique y lo instó a recostarse en la arena. Con los suaves sonidos del roce de las tortugas gigantes a su alrededor, hicieron el amor por la primera vez. Leila lo miraba tan fijamente que a él le dolía verla.

En su quinto y último día juntos, Enrique puso la esclava de plata de su mamá en la muñeca de Leila. Para la buena suerte, le dijo, y para siempre. Luego le pidió que se casara con él. Pero ella se negó. Leila le dio la única razón que Enrique comprendía: ella no podía soportar la idea de defraudar a su familia. *Pero, ¿me amas?* Él había tomado su rostro entre sus manos y exigido una respuesta. Leila bajó la mirada y susurró, *Bale.* Durante meses después, Enrique se devanó los sesos, tratando de encontrar las maneras en que pudieron haberse quedado juntos. Al final, todo lo que hizo fue sufrir y enfurruñarse. Cinco días con Leila y su vida estaba arruinada para siempre.

Enrique no quiso pensar en lo que hubieran hecho sus amigos tejanos en su lugar. Eso sólo lo hacía sentir aún peor. Para su cumpleaños mutuo seis meses después, Enrique le envió a Leila un regalo a su dirección antigua en Los Ángeles: un traje de neopreno, elegante y bello, con un par de aletas que le hacían juego. Adjuntó una nota breve: *Te ruego que nades de vuelta a mí.* No supo qué le había parecido a Leila su regalo porque no volvió a saber más de ella.

❧

Después de salir del Xaymaca, Enrique caminó por las calles humeantes del centro de Kingston. Las carcachas daban la vuelta por las esquinas a toda velocidad, casi atropellando a los peatones. Un grupo de árboles deformados dominaban el parque William Grant. Enrique dio con una iglesia antigua, de forma octagonal, rodeada de columnas elaboradas. En uno de sus vitrales brillaba una cruz azul. Enrique se quitó el sombrero de lona y entró, refrescándose con un poco de agua bendita. Luego se sentó en una banca.

Enrique quiso rogar por algo simple, como una mujer agradable con quien pasar el rato en Kingston. Alguien a quien no tuviera que pagarle. Mierda, estaba más solo aquí que un ángel. Habían pasado ya dos meses desde que se había acostado con aquella gordita que hacía girar la ruleta en Santo Domingo. Margarita era mayor, tenía unos cuarenta y tantos, y unos muslos ya fofos, pero Enrique se deleitó en su carne de todas formas. Cuando ella le pidió cincuenta dólares la mañana siguiente, se sintió alicaído. Le pagó sin decir palabra.

Recordó la pésima suerte del cantinero del Flamingo con las mujeres. Jorge de Reyes siempre se enamoraba de coristas del doble de su tamaño que lo abandonaban tan pronto desvalijaban su cuenta de banco. Luego admitía que no valía la pena ser sentimental; entonces iba y se enamoraba de nuevo. Cuando Enrique se levantó de la banca, tenía las rodillas adoloridas y el pelo sudado. Prendió una vela, metió un billete de cien en la caja de las ofrendas y salió de la iglesia.

En su último crucero casino, habían estado viajando por el Pasaje de Barlovento cuando divisaron el extremo oriental de Cuba. Durante buena parte de la tarde la isla se quedó como suspendida de una manera tentadora en el horizonte. Enrique pudo detectar sus colores y sus olores flotando hacia él, como la creciente del mar. Permaneció inmóvil sobre la cubierta, hambriento, con la boca abierta tragando aire. Nunca se había sentido tan perdido.

Le molestaba cómo fragmentos de su pasado lo rodeaban siempre que estaba triste. La campanita en su mesa de noche en Cárdenas. El Chevy del '47 de su abuelo, escupiendo humo. El pecho de hule espuma deteriorado de su abuela Carmen, el cual había reemplazado al que perdió cuando le dio cáncer a los treinta y cinco. La mancha escarlata de nacimiento en la parte interior del muslo de la tía Adela, la cual ella le dejaba tocar de vez en cuando. Una vez su tía lo había llevado a que la acompañara en un viaje al Cementerio Colón de La Habana para suplicar a la Milagrosa que le encogiera un quiste uterino. (Había dado resultados.)

Enrique pensó en ir a Panamá y buscar allí a la familia de Mamá. Había asistido tanta gente de la familia Carranza al entierro de Mamá que sus limusinas habían provocado un embotellamiento en Cárdenas. Enrique no sabía quién era quién. Contó a docenas de tías y tíos y primos, una familia instantánea si alguna vez se decidiera ir a buscarlos. Su peor temor era que lo culparían de la muerte de Mamá. "¿Estuviste allí? ¿La viste morir?" Enrique los imaginaba preguntándole una y otra vez. Y cada vez, ardiendo de vergüenza, les contestaría, "sí".

Si alguna vez tenía la oportunidad, decidió Enrique, se los contaría todo. Cómo habían redoblado los tambores mientras Papi acompañaba a Mamá a subir los tres escalones de madera al borde del acuario. Cómo la había bajado lentamente en el agua. Cómo su cabello había flotado hacia arriba mientras luchaba con las cuerdas. Cómo había estado casi libre de ataduras cuando cayó el cable eléctrico. Cómo la había visto flotar lentamente, ya sin vida, a la parte trasera del tanque.

❦

El sol caía implacable sobre la ciudad mientras Enrique cruzaba King Street. Trató de imaginarse las casas coloniales en su apogeo, los balcones cubiertos de hibiscos y trepadoras de coral, no en este estado de deterioro que las había llevado a convertirse en vecindades picadas de agujeros de bala. A un extremo de Ocean Boulevard había un enjambre de pelícanos sobre los embarcaderos desvencijados. Los zopilotes se ladeaban y revoloteaban a la distancia, hilvanando rasgaduras en el cielo. ¿Acaso eran aves de mal agüero, como en Cuba?

A su alrededor, todo respiraba una abundancia fútil. Los agricultores, cuyas piernas eran puro tendón, acarreaban atados de leña y canastas de ñame del Mercado Jubilee. Las cabras metían las narices por los callejones inmundos, rebuscando entre los basureros. Una paloma con un ala rasgada yacía muerta en un umbral, hiriendo la hora. El aire era tan viscoso que se sentía tridimensional. Los pulmones de Enrique bombeaban con fuerza de tan sólo caminar un tramo corto. El metabolismo tropical era simple: devorar y crecer.

Las palmeras a lo largo del boulevard parecían como si alguien las hubiera pintado en ese mismo lugar. Incluso el mar no resultaba convincente, aunque no pudo haber estado más lejos que unos doscientos metros de distancia. Enrique se apretó la cabeza con fuerza, luego dio varios puñetazos al aire sin razón aparente. Todavía se sentía drogado. Fumarse un habano —eran tan fáciles de conseguir en Kingston— le despejaría la mente. Pensó en los mapas de los piratas con sus equis enormes que indicaban dónde estaban escondidos los tesoros. Quiso un mapa similar para su propia vida, uno que mostrara su ubicación precisa y lo que tenía que hacer para encontrar el oro.

Enrique se arrellanó en una silla de mimbre en otra

barra de ron al aire libre típica del lugar. Pidió una cerveza de jengibre, seguida de un trago doble de ron y un plato de croquetas de pescado salado. El óxido había reclamado la mayor parte del techo de hojalata del bar. Un calendario de mujeres desnudas revoloteaba en la brisa. Una radio de transistores crujía con indiferencia. Enrique se pasó los dedos húmedos por el cabello y tomó un trago largo de una segunda cerveza. Se reclinó y advirtió la luna temprana, apenas visible detrás de los cerros verdiazules. La época de huracanes no comenzaría por un mes más.

Justo antes del anochecer, Enrique decidió ir a visitar la tumba de Bob Marley. Había escuchado decir que cuando Marley había muerto a principios de ese año, su mortaja había consistido en su traje de dril de algodón azul y su boina, una Biblia en una mano, su guitarra en la otra. El cortejo fúnebre se extendía por ochenta kilómetros.

Había un par de roqueros *punk* en la tumba de Marley, junto con unos niños mendigos, el pelo rojo debido a la desnutrición. Al parecer, cualquiera que se jactara de ser alguien en el mundillo *punk* hacía el peregrinaje a Jamaica para inspirarse. Un viento fuerte hacía ondear la ropa de todos. Una muchacha de minifalda azul lavanda y camiseta sin mangas estaba colocando un ramo de alcatraces en la tumba de Marley. Era de estatura baja y tenía las piernas musculosas. Su gesto amistoso tomó a Enrique por sorpresa.

—¿Te conozco? —le preguntó ella.

Nunca antes alguien le había preguntado eso. Resultó que era cubana, nacida en Pinar del Río, aunque se había criado en los Estados Unidos. Se llamaba Delia Barredo y había venido desde Nueva Jersey a presentarle sus respetos a Bob Marley. Dijo que su música la había inspirado a dejar sus estudios en la escuela secretarial y a dedicarse a estudiar danza moderna. A Enrique le gustó la manera sutil en que ella hacía una pausa entre una oración y otra.

El viento esparció los alcatraces de Delia y Enrique los rescató, atándolos con un trozo de liana. Luego los volvió a poner en la tumba. Notó las orquídeas que crecían entre los framboyanes, un colibrí camuflajeado bajo un puñado de antorcha imperial. Tacky le había contado sobre una flor a un extremo de las montañas que florecía sólo una vez cada treinta y cinco años. Él había sido un adolescente en el primer rubor del enamoramiento cuando las vio por primera vez. "¡Se veía baanaaanaaaaas, *mon*!"

Cuando Delia le preguntó a Enrique a qué se dedicaba, él se sorprendió a sí mismo al contestar: "Soy un jugador". ¿Le importaría a ella el hecho de que lo hubieran aceptado en MIT? ¿Que por algún error técnico, siempre le mandaban una carta de bienvenido-a-la-universidad cada agosto? Todavía le daba vueltas a la idea de ir, pero la tentación se desvanecía más cada año. Qué importaba. Le agradaba estar hablando en español con esta cubana. Enrique intentó asomarse al interior de los ojos de Delia, pero éstos no revelaron mucho. ¿Habían sido escuchadas sus plegarias tan rápidamente o acaso ésta era una especie de broma eclesiástica de mal gusto?

Llevado por un impulso, Enrique invitó a Delia a que averiguaran cómo estaba el ambiente de los salones de baile esa noche más tarde. Pero primero, la invitó a cenar. Ella aceptó calmadamente, como si no fuera la gran cosa. Eso le gustaba de ella. El restaurante exclusivo servía más que nada cocina europea, pero escogieron algunos de los platos jamaiquinos del menú: pollo adobado con salsa *jerk*, arroz con coco y pudín de maíz para el postre. Además compartieron una botella de vino, el más caro de la lista. Enrique pagó todo en efectivo con el dinero que había ganado en el juego.

Para ser una mujer menuda, Delia comía bastante. Porciones dobles de todo, con guarniciones extra. Se comió seis tostones de plátano y medio litro de salsa

Pickapeppa. Delia le dijo que su padre era peluquero en Patterson y afeitaba a la usanza antigua, con navaja recta. Pero por lo que era realmente famoso era por sus piernas de cerdo asadas —adobadas por seis días en ajo y naranjas agrias— las cuales vendía a otros cubanos nostálgicos en época de Navidad. En su año récord, 1977, había vendido noventa y dos piernas.

Lady Cecilia era la disyóquey del Club Cocodrilo y el lugar estaba a reventar cuando llegaron allí. Era como estar dentro de un mamífero gigante, caliente y vivo. La vestimenta para las mujeres era escandalosa: tan reveladora y ceñida como fuera posible. Delia se veía más bien mojigata en su minifalda azul lavanda. Enrique temía la fuerza de su propia necesidad y rápidamente se perdió en el baile. Delia seguía todos sus movimientos. Era delgada, como él, pero tenía un trasero curvilíneo. Le gustaba la sensación de tenerla muy apretada contra él.

Bailaron cada pieza hasta que el sudor les calaba los huesos, hasta que les dolían y les ardían las plantas de los pies. En un punto dado, Lady Cecilia, su cabello enroscado con gemas llamativas, intentó tragarse el micrófono de manera insinuante, cantando ásperamente: *No soke wi' mi', no soke wi' mi'*. A Enrique le fascinaba la manera en que sus palabras se apilaban en una dirección, luego iban rodando inesperadamente en otra.

Eran las cinco de la mañana cuando él y Delia abandonaron el Club Cocodrilo y se encontraron a sí mismos riendo y besándose en el embarcadero de Kingston, sus caras mirando la última espiral de estrellas en lo alto. Enrique pudo ver los banderines azul con blanco de su hotel en la cercanía. Estudió la belleza peculiar de la cara de Delia —los ojos muy separados y la nariz respingada— que ahora le resultaba familiar en el aire fresco y húmedo. Muy pronto el calor del día saldría de su lugar de descanso.

Al otro lado del puerto, el casino flotante aguardaba, como un mamut que se asomaba desde otro mundo. —Zarpa en una hora —dijo Enrique. Pensó en cómo las caderas de Delia equiparaban las suyas. Cómo ella calmaba su soledad, su fiebre tribal. Coño, ¿para qué atormentarse a sí mismo con dudas? —Por favor —dijo él—. Acompáñame. —Delia le acarició la cara como solía hacerlo su madre. Sus ojos estaban muy cerca de los suyos, perplejos en un principio, luego decididos y grises. Y para sorpresa de Enrique y también de ella misma, le respondió, Sí.

Leila Rezvani

Aún se encontraban a cientos de kilómetros de su casa, después de pasar un fin de semana largo visitando el Gran Cañón de Colorado. La pequeña Mehri estaba dormida en su asiento de seguridad y Sadegh iba al volante. Él no había dicho ni una palabra desde que habían parado a cargar gasolina hacía una hora. Quizá esto era lo mejor que uno podía esperar, pensó Leila, abriendo otra caja de galletas azucaradas: el camino desierto; el cielo cargado de estrellas; un esposo trabajador y una hija de diecinueve meses, que era casi un calco de él, sólo que más graciosa.

—¿Qué tal el dolor de cabeza? —preguntó Leila.

—Mejor. —Los lentes de sol de Sadegh ocultaban la falta de expresión de sus ojos y hacían más notoria su calvicie. Desde que se habían mudado a Nuevo México, a su esposo se le había caído casi todo el pelo. Ese día más temprano, él había caminado hasta la orilla del Gran Cañón y una jaqueca terrible lo había doblegado. Había caído de rodillas y pudo haber rodado a su muerte (Leila estaba a treinta metros de distancia con su hija, contemplando la vista) si la silla de ruedas de un veterano de guerra no se hubiera interpuesto en su camino inadvertidamente. Dijo que el dolor se había sentido como si le hubieran dado un hachazo en la nuca.

Hubo un destello de relámpagos en las nubes cuando aceleraron por la carretera de dos carriles de regreso a Los Álamos. Leila no tenía permitido encender la radio. Era uno más de los decretos de su marido. Ella estaba dispuesta a escuchar cualquier cosa con tal de que llenara el ambiente lúgubre entre ellos, pero Sadegh aborrecía la música. Decía que no lo dejaba pensar. También evitaba el alcohol y se rehusaba a bailar. Leila bromeó que él era peor que los mulás de su tierra, pero a su esposo eso no le hizo ninguna gracia.

En su boda, Maman había estado radiante. Su hija se iba a casar con un magnífico científico joven con estudios en el extranjero y un futuro brillante, alguien a quien ella misma habría escogido. Era su momento culminante, la oportunidad de demostrar a sus amigos y a su familia y a lo que quedaba de la alta sociedad de Teherán que, con o sin una revolución, ella había hecho bien su trabajo. Leila a veces pensaba que ella realmente había escogido no entre Sadegh y Enrique, sino entre complacer a su madre y complacerse a sí misma.

Durante la ceremonia, una tía abuela del lado de la familia de Sadegh que era feliz en su matrimonio les frotó un pan de azúcar en la cabeza para garantizar la prosperidad. Y el padre de Sadegh citó en voz alta una cita del *Libro de los reyes*: "Para las mujeres sea suficiente el arte de tener y criar a hijos tan valientes como un león". Los padres de él los colmaron de regalos lujosos: alfombras de Kashan que costaban una fortuna, un par de agapornis poco comunes para celebrar su unión, cofres de piel llenos de ropa de cama y mantelería y brocados. Sólo el hermano gemelo de Sadegh, Ahmed, no les deseó buena fortuna. Su esposa americana se estaba divorciando de él en Ohio y había tomado la custodia de sus hijos. Todo el mundo decía que estaba deprimido. Ahmed se limitó a decir que eso no pudo haberle sucedido en Irán.

La recepción tuvo lugar en casa de la tía Parvin. Unas velas iluminaban los arriates del jardín. Las mesas estaban decoradas con cintas y cascadas de rosas. Los meseros uniformados servían vinos añejos y platos colmados de carne de cordero asado. Había pasteles de crema y uvas, las cuales realmente eran del color de las esmeraldas. Unos peces de colores gordos nadaban en la fuente y la piscina estaba recubierta de una pista de baile de madera. Un grupo de jazz tocó melodías clásicas hasta muy entrada la noche. Había sido, coincidieron todos, la mejor boda posrevolucionaria vista jamás.

Durante su luna de miel en el Mar Caspio, Sadegh quería hacerle el amor a Leila todo el tiempo. Pero ella sólo sentía una ligera excitación si se imaginaba que era Enrique quien la besaba, le acariciaba los muslos, le daba vueltas a sus pezones con la lengua. Sadegh mandó que el hotel les preparara *picnics* románticos, los cuales él esparcía sobre alfombrillas bajo los sauces y cerca de los arroyos. Siempre que trataba de persuadir a Leila de que regresaran a su habitación, ella le rogaba que se quedaran más tiempo al aire libre. Sadegh al principio satisfizo sus caprichos de buena gana, pero al poco tiempo perdió la paciencia ante su apatía.

Después de su graduación, Sadegh aceptó un empleo como investigador en el Laboratorio Nacional de Los Álamos, el primer físico nacido en Irán en obtener ese puesto. Todo el mundo decía que ése era un golpe maestro para alguien que recién había recibido su doctorado. Sadegh había estado tentado a quedarse en Teherán —allí todos lo trataban como a un mandamás— pero los científicos que él conocía lo instaron a que aprovechara esta oportunidad, a que aprendiera todo lo posible y luego regresara a Irán para compartirlo con ellos. Antes de partir a Nuevo México, Maman le advirtió a solas a Leila: *Las mujeres son como los árboles frutales: tienen hijos o se marchitan.*

En un abrir y cerrar de ojos, Leila estaba embarazada.

Leila se volvió para ver a su hija en el asiento trasero. Era imposible adivinar que había nacido siete semanas prematura, arrugada e irascible como un mercader de alfombras antiguas. Mehri ahora era gordita y tenía la cara redonda, y el mismo lunar en la mejilla que su padre. Su cabello era fino y lacio, como solía tenerlo él; sus manos unas réplicas de las de él. Sólo su nariz se parecía a la de Leila: su nariz original, con el huesito en medio y la punta demasiado larga.

Se decía que un ángel escribía el futuro de un bebé en su frente con tinta invisible. Sucedía al momento del nacimiento y no había nada que alguien pudiera hacer para cambiarlo. Si esto era cierto, entonces quizá Leila estaba predestinada a casarse con Sadegh después de todo, predestinada a tener su hija, predestinada a vivir en este rincón remoto de los Estados Unidos. Tal vez estaba escrito en su frente que en realidad ella nunca había tenido otra opción.

El día de hoy, Mehri traía puesto un overol en miniatura y una camiseta con los colores del arcoiris, tan femenina como se llegaba a poner. No usaba los vestidos de volantes que le enviaba su abuela desde Londres, a no ser por los cinco minutos indispensables para tomarse juntos el retrato familiar. Leila temía que su hija se viera demasiado masculina, pero Sadegh descartaba sus inquietudes.

Siempre defendía a Mehri, cuestionaba el juicio de Leila. Decía que no quería que su hija se convirtiera en una mujer cabeza hueca como tantas.

La mayoría de las otras madres que Leila conocía en su barrio no trabajaban y no tenían interés alguno en una carrera. Varias habían asistido a la universidad, pero ni una sola de ellas se había graduado. A Leila misma le faltaba un semestre para recibirse. El verano después de su penúltimo año de carrera, había hecho sus prácticas en una compañía estadounidense en San Diego, hallando y corrigiendo fallas en los robots de fábrica. Había algo acerca del orden y la lógica del trabajo que le brindaba una profunda satisfacción. En los primeros meses solitarios después de que Mehri había nacido, exhausta por los cuidados del bebé a toda hora, Leila soñaba con huir, con regresar a la fábrica de robots. Pero Sadegh se negaba rotundamente a dejarla trabajar.

Leila recogió otra lata de refresco de cola y más galletas. Había subido veintitrés kilos durante el embarazo y no había rebajado ni un gramo. Era un alivio ser tan voluptuosamente invisible. ¿Qué le importaba lo que Sadegh opinara de su figura? Pasaron por varios saguaros, fantasmagóricos en la oscuridad, acaparando agua por los siglos de los siglos. A Leila le encantaba el desierto, pero a su esposo no le llamaba la atención, así como ninguna otra cosa que perteneciera al mundo natural: ni las montañas, ni los mares, tampoco ningún tipo de flora o fauna.

Recordó cómo Enrique había sabido valorar el desierto: el calor del mediodía como si fuera una enfermedad, el peso y el alivio de sus anocheceres interminables. Si lo permitías, él había dicho, el desierto te persuadía de sus alucinaciones. Al igual que a él, a ella le intrigaban la adaptación extrema de las plantas y los animales que vivían al borde de su propia supervivencia: los batallones de cactos; las lagartijas que disparaban sangre de los ojos cuando estaban asustadas; las serpientes tan quietas que parecían varas. ¿Cuál era la cantidad mínima de humedad que cada uno de éstos necesitaba para mantenerse con vida?

—¿Vas a tener un día largo mañana? —Leila le preguntó a Sadegh. ¿Para qué se molestaba en buscar temas de conversación?

—Igual que siempre —dijo él entre dientes.

Su esposo no estaba contento en Los Álamos. Aunque había tratado de congeniar con los demás, Sadegh no se sentía a gusto con los demás científicos. Siempre que les señalaba sus errores, lo cual sucedía con frecuencia, ellos lo llamaban de broma el Ayatolá o algo peor, y se mofaban de su acento. Lo culpaban de todo lo que no andaba bien en el mundo: la crisis de los rehenes en Irán; el precio elevado de la gasolina. Hacían que se sintiera avergonzado de ser iraní. Sadegh comenzó a decir que era "persa": persa como la poesía y las miniaturas y las alfombras.

A menudo se quejaba con su hermano gemelo, quien estaba igual de amargado en su trabajo como supervisor nocturno en una central eléctrica de Cleveland. Leila había escuchado a su esposo recordar los viejos tiempos con Ahmed de cuando fumaban opio de adolescentes. Era un pasatiempo familiar, Sadegh afirmaba a la defensiva. Sus padres todavía fumaban opio todos los días. Era obvio que no les había hecho ningún daño. Luego se volvía hacia Leila, suavizando su tono: "Debíamos intentarlo alguna vez, amor mío. Quizá te ayude a relajarte".

Últimamente, Leila evitaba tener relaciones sexuales con su esposo. Quizá era su propia culpa el que no encontrara ningún placer en la cama con él. Quizá Enrique la había echado a perder para siempre. En Baja California se habían abrazado, vientre con vientre, muslo con muslo, hasta que saliera el sol. Él amaba su olor, todo lo que ella decía, la manera en que sostenía la taza de té. ¿Acaso eso era el amor? Leila recordó con tristeza el fragmento de un poema de aquella poeta persa: *Aquellos días de asombro ante los secretos del cuerpo...*

Pero había habido que tomar en cuenta otras cosas además de sus propios sentimientos, Leila se recordaba a sí misma. Se imaginó contándole a sus padres de Enrique Florit, un jugador sin diploma universitario, un hombre cuya madre estaba muerta y cuyo padre era un mago en Las Vegas. Imposible.

—¿Cómo puedes ser tan lógica? —Enrique le había suplicado durante su última noche juntos.

—Necesito considerar mi futuro.

—Yo *soy* tu futuro.

—Cariño, por favor.

¿Acaso no era mejor que hubiera dejado a Enrique mientras aún estaba en condiciones de hacerlo? Qué importaban su voz y sus muñecas elegantes, la suavidad de sus labios, la manera en que reposaba la cabeza dulcemente sobre sus senos. Las probabilidades de que duraran no eran buenas. Así que, ¿por qué todavía pensaba en él?

La Navidad pasada se había armado de valor para pedir a Sadegh que le hiciera el cunnilingus. Ella le dijo que había escuchado que la mayoría de las mujeres alcanzaban el clímax de esta forma. Esto lo enfureció. ¿Qué hombre de verdad caería de rodillas para complacer a una mujer, preguntó, lamiéndola y dándole lengüetazos como un perro? ¿Quién se creía que era él? Después de escuchar a una terapeuta sexual en un programa de radio, Leila sugirió que fueran a ver a un consejero matrimonial. Eso lo indignó aún más. ¿Hablar con un extraño de cosas tan íntimas? ¿Acaso estaba loca?

Era la medianoche cuando Sadegh llegó a la salida indicada de la carretera. Su casa se encontraba en una urbanización de rápido crecimiento a las afueras de Los Álamos. La comunidad estaba dispuesta en una cuadrícula con tres tipos de casas, variaciones sobre un mismo tema, cada cual costando cinco mil dólares más o menos que la otra. Los céspedes tenían exactamente el mismo largo y los álamos jóvenes estaban sembrados de manera equidistante por las calles. El arce del jardín trasero aumentaba de tamaño gracias a que Leila lo regaba obsesivamente. El verano pasado, habían inaugurado una primaria a una cuadra de distancia.

Leila recordó cómo su padre solía criticar al Shah por establecer una escuela privada aparte para sus hijos. "El príncipe heredero debería asistir a una escuela pública. Debería dar y recibir patadas". Maman defendía a la realeza, insistía en que el príncipe asistía a la escuela junto con los hijos de los jardineros y los cocineros del palacio. Baba replicaba: "Debería conocer a gente de verdad. Debería tener amigos que no fueran de la corte". ¿Por qué lo recordaba ahora?

Poco después de que se casó con Sadegh, sus padres se separaron. Como era natural, nadie lo llamaba así. Su madre se había mudado "temporalmente" a Londres para escapar de la guerra y calmar así sus nervios crispados. Circulaban rumores de que salía con el horticultor inglés de años atrás, pero ¿quién podía comprobarlo? Para sorpresa de todos, Maman había empezado a pintar acuarelas. Aunque a Leila no le gustaba reconocerlo, los bodegones de su madre eran bastante buenos. Les había enviado uno de un faisán muerto para su primer aniversario.

Baba se había quedado en Teherán y se sentía amargamente solo. Lo único que comía eran huevos fritos con un poco de sal para la cena. Había perdido el apetito después de que una explosión en la oficina de correos local había matado a trece personas. Pedazos de gente habían volado por doquier, habían quedado colgados de faroles y automóviles. La mano de un hombre, completa con un reloj suizo, había aterrizado en el zapato de Baba. En ese momento, Baba cargaba un costal de granadas que había comprado en el mercado. El costal cayó con tal fuerza que las granadas se reventaron en la acera, esparciendo sus semillas color carmesí.

Las luces estaban encendidas dentro de la casa. Una camioneta *pickup* con placas de Ohio estaba estacionada en la entrada. La única persona que conocían de la región central de los EE.UU. era el hermano gemelo de Sadegh, Ahmed. Leila se bajó del auto y desabrochó el asiento de Mehri. Sadegh cargó el equipaje arrastrando los pies y puso la llave en la puerta. Leila lo siguió, cargando a su hija dormida.

Un sombrero de fieltro colgaba de una esquina de la vitrina. Había una pistola en la alfombra junto a un jarrón de lirios volcado. Unos coágulos de sangre, como cerezas opacas, salpicaban los espejos y las paredes. Lo que quedaba de la cabeza de Ahmed estaba afeitada, como la de un preso. Debió haberse puesto la pistola en la boca y oprimido el gatillo. Leila miró fijamente las manos de su cuñado, las cuales reposaban plácidamente a sus costados. Sus zapatos bostonianos estaban atados juntos de manera torpe. No había ninguna nota, ninguna explicación más que la implícita: Llévame a casa.

Sadegh se cubrió el rostro con las manos y lloró tan violentamente que atemorizó a Leila. Su sufrimiento le era desconocido, descarnado y ajeno a ella. Ella estaba mucho más perpleja al ver a su esposo sufrir que al ver a su cuñado muerto. Mehri se despertó y vio a su padre llorar, luego ella comenzó a gemir también. Se desplomó en el suelo y corrió por el comedor, dejando atrás unas huellas diminutas de sangre.

—Nadie debe enterarse de esto —dijo Sadegh con una voz ronca, limpiándose los lentes.

—¿De qué estás hablando? —preguntó Leila. Le dolía la mandíbula, como si hubiera estado masticando por días.

—Nadie debe enterarse de esto —repitió.

Leila corrió al teléfono pero Sadegh la tomó de las muñecas y se las sostuvo por detrás de la espalda. Su bigote raspaba los labios de ella mientras él hablaba, a propósito, aplastando su resistencia. Ella se sintió completamente atrapada por su mirada.

—Si le dices una sola palabra de esto a cualquiera —a cualquiera, ¿me entiendes?— que Dios sea mi testigo, te quitaré a Mehri.

—Pero, ¿por qué? —lloriqueó Leila. Él le estaba retorciendo las muñecas con tanta fuerza que temió que se las fuera a quebrar. Recordó lo que Sadegh le había dicho cuando se acababan de conocer. Todos observan a un hombre para encontrar su debilidad.

—¡Rojo! ¡Rojo! ¡Rojo! —gritó Mehri.

—¿Qué quieres que diga? —bramó Leila.

—Que fue asesinado.

—¿Asesinado? Pero la policía no lo creerá.

—Al diablo con lo que ellos crean. Me refiero a la familia.

Leila supo al instante que los parientes en casa creerían esta historia. Confirmaría sus peores temores acerca de Estados Unidos, les evitaría el escándalo, las habladurías que picoteaban la miseria ajena cual buitres. Sadegh mantendría el *aberú* de la familia, su honor, a toda costa. Se aseguraría de que Ahmed fuera visto como un gran mártir, sacrificado ante la maldad del Occidente. Pero para la policía de Los Álamos, él sería sólo un suicidio más.

Leila imaginó la procesión de hombres cargando el ataúd de su cuñado al cementerio. Cómo los deudos se lamentarían y llorarían, envueltos en la euforia del dolor. En lo alto, un desfile de nubes oscuras los acompañaría por calles laberínticas. Y las mentiras. Las mentiras sobre la muerte de Ahmed se multiplicarían hasta que cubrieran la verdad como la tierra del camposanto.

—Voy a llamar a la policía —dijo Sadegh—. Déjame hablar y no me interrumpas. Contesta sólo si ellos se dirigen a ti y repite todo lo que yo diga, palabra por palabra. Si haces o dices cualquier otra cosa, te mato.

—Estás loco.

Sadegh le retorció aún más las muñecas y oprimió su frente contra la de ella.

—Por favor, me estás lastimando —gritó Leila—. Por lo menos déjame ir primero a acostar a Mehri.

—Apresúrate —le dijo Sadegh, soltándola.

Leila recogió a su hija del sofá, donde Mehri había encontrado un palito de regaliz empolvado detrás de los cojines. Tenía las manos y las rodillas manchadas de la sangre de su tío. ¿Qué recordaría Mehri acerca de esta noche? ¿Y Sadegh? ¿Acaso serían capaces de volver a encontrar una excusa para la felicidad común?

—Buenas noches, Mehri *yunam*. —Leila extendió los brazos y su hija se trepó en ellos, su corazoncito latiendo con fuerza dentro de su pecho. El aire nocturno se deslizó por debajo de la puerta. Un viento repentino agitó los árboles jóvenes, trayendo un aroma fresco de verdor. Qué agradable sería dormir, pensó Leila, ser un bosque profundo de sueño. Mañana sería lunes y ella se quedaría en cama todo el día—. Que duermas bien, querida —susurró al oído de su hija.

(1983)

Enrique Florit

Enrique miró el área del póquer y se sintió satisfecho con lo que vio. Todos sus clientes estaban inmersos en el juego. Nadie deambulaba de un lado a otro, se mostraba inquieto o esperaba mesa. Los crupieres se veían elegantes y bien vestidos, y había suficientes de ellos para mantener contentos a los jugadores. Cualquiera que viniera a su área del casino podía contar con el mejor servicio. Nada de chusmas. Nada de parásitos. Nada de maníacos o borrachos dando lata.

Durante sus primeros meses en el casino, todos lo tenían a prueba: el gerente, los clientes, hasta los ayudantes de mesero y los cantineros. Era normal. Querían ver si tenía agallas, querían saber hasta dónde aguantaba. Se decía que era demasiado buena gente como para ser temible. Pero se equivocaban. Ah, sí, cuidaba de todos, de los peces grandes y los chicos. Pero había ciertas cosas que no toleraba. Aquí había reglas. Enrique no dudaba en usar un poco de fuerza por parte de la casa para hacerlas respetar.

Para eso había contratado a Jensen, dos metros de sólida persuasión. Bastaba con asentir en su dirección para que pusiera al infractor de patitas en la calle. Enrique estaba harto de que los que jugaban al póquer tuvieran esa imagen de malvivientes. No quería que sus hijos se sintieran avergonzados de él.

Enrique chequeaba su reloj disimuladamente. No había relojes en el casino y la temperatura se mantenía a unos veinte grados centígrados constantes. La única concesión al decorado era un acuario rebosante de peces tropicales. Enrique no quería que sus clientes pensaran en nada más: ni en sus esposas, ni en hipotecas, ni en trabajos o mandados o aniversarios. El verano pasado había ido a la iglesia de San Bartolomé al otro lado de la calle y había convencido al pastor, con un donativo considerable, de que dejara de sonar las campanas cada hora. Las ganancias del casino aumentaron en casi un veinte por ciento después de que se silenciaron las campanas.

A Enrique lo habían contratado para administrar el área del póquer en el Gran Casino de Gardena, California, hacía un año y medio. No estaba seguro de que fuera a ser de su agrado. Estaba más acostumbrado a estar el centro de la acción, que al margen mirando jugar a los demás. La gente solía comprarle bebidas, acosarlo después de que ganaba los torneos de póquer, decirle que debía escribir un manual práctico como otros personajes importantes de Las Vegas. Enrique no creía haber disfrutado tanto el estar en un primer plano —desde luego no al mismo grado que su padre— pero se había acostumbrado a ser el centro de atención de cualquier forma.

Eran las once un sábado por la noche. Enrique no perdía de vista a Madge Gowan en la mesa 14. La mujer tenía unos cincuenta y tantos, era menuda, fumaba como chimenea, y era una contrincante formidable. Cuando ganaba, lo cual sucedía con frecuencia, ella vibraba como un colibrí.

Los asiduos se quejaban de que Madge era una tramposa pero Enrique la observaba de cerca —había tenido una cámara de video sobre ella por semanas— y no encontró ninguna evidencia de juego sucio. La verdad era que a los hombres no les gustaba que una mujer les ganara su dinero. Eso los convertía en unos aguafiestas.

Sammy Nguyen entró por las puertas dobles del casino con sus cuates. Usaba una cadena de oro gruesa alrededor del cuello y en sus dedos relucían anillos de diamantes. Por lo general Sammy llevaba puesto un dije de jade del Buda, el cual desentonaba festivamente con sus camisas de seda rojas, pero no esta noche. Esta noche se veía más discreto. ¿Qué traía entre manos?

—¿Qué hay, amigo? —le preguntó Enrique, dándole una palmada en la espalda. Le hablaba al oído izquierdo porque estaba sordo del derecho. Lo que Enrique comprendía de sus clientes vietnamitas era lo siguiente: ya lo habían perdido todo —su familia, sus negocios, todo su maldito país— de modo que el póquer no era la gran cosa para ellos. Jugaban a toda máquina, no tenían piedad. ¿Qué oportunidad tenía un reparador de calefacciones del pueblo de Reseda contra ellos?

Enrique distribuyó a los vietnamitas en varias mesas. Cuando sentaba al grupito Nguyen junto, los clientes se quejaban de que nadie entendía lo que decían y sospechaban que estaban haciendo trampa. Los perdedores se quejaban con más ganas. Éstos florecían como la mala hierba en un casino. Enrique podía olfatearlos, trasnochados y amargados como todo lo viejo, con una tez del color del cemento húmedo. Sus rachas de buena suerte tampoco duraban mucho. Eso sólo los estimulaba a perder un poco más. Uno de ellos, un vendedor de autos tartamudo de Mar Vista, estaba sentado en la mesa 29. A nadie le gustaba jugar con él porque retardaba tanto el maldito juego.

El sitio estaba más calmado que de costumbre. No se escuchaba nada más que los murmullos de los crupieres, el sonido de una ficha contra otra, el barajar y el tictac de las cartas. Esa quietud parecía aguardar algo, pero Enrique no podría decir qué. A los recién llegados les sorprendía lo tranquilo que era un buen casino. Esperaban pleitos, que se armara una de todos los diablos, lo cual sucedía con menor frecuencia de lo que cualquiera pudiera imaginarse. O si no, alguien tenía un golpe de suerte y todo el mundo se congregaba a su alrededor para vivir la emoción. Aunque por lo general, el juego era más bien sombrío e intenso. Ni siquiera una mujer guapa —y por lo general había varias por ahí— podía distraer a un jugador de póquer serio; mucho menos a uno con una mano ganadora.

Unas meseras que vestían *hot pants* y medias brillantes avanzaban lentamente con sus carritos de comida. Sus viandas se encontraban a extremos opuestos del espectro nutritivo. Los vietnamitas pedían platos de fruta y se mantenían delgados y alertas toda la noche. Los estadounidenses barrigones dependían para su sustento de los perros calientes con chile con carne por encima y una ración de papitas fritas, y más cerveza de lo que era recomendable. Los clientes se quejaban de que tardaba una hora o más para que les sirvieran una taza de café, pero ésta era una decisión de los altos ejecutivos. El café era el enemigo del casino. El alcohol, por el contrario, se podía conseguir con sólo chasquear los dedos.

Algunos de los clientes asiduos estaban perdiendo dinero frente a Freddy Silva en la mesa 42. Freddy descendía de una familia que había trabajado en los casinos de La Habana y tomaba solamente té de Ceilán aguado hecho con bolsitas de té que él mismo traía (sufría de paranoia). Su padre había sido el capataz de las operaciones de juego en el Tropicana durante años antes de que fuera asesinado. Su abuela, Carolina Diamante de Silva, había sido considerada la mejor crupier de veintiuna de la isla. Llegaban jugadores de todo el mundo a jugar a su mesa. Freddy había salido de Cuba con el éxodo de Mariel en un barco sobresaturado que había naufragado cerca de los Cayos de la Florida; él se había ido directamente a Gardena, donde según había escuchado se inauguraban nuevos salones de juego.

Enrique estaba muy ocupado organizando el segundo torneo anual de póquer del Gran Casino, programado para el mes entrante. Le complació que su padre hubiera venido con sus amigos de Las Vegas para competir el año pasado. Fue toda una reunión del Diamond Pin. Todos los clientes asiduos estuvieron allí: Johnny Langston, Cullen Shaw; incluso Jim Gumbel hizo acto de presencia. Papi sorprendió a Enrique al aparecerse con unos fondos impresionantes (¿de dónde había sacado el dinero?) y al querer jugar con los profesionales.

Su padre no daba una en el póquer. Nunca había dado una en el póquer. Nunca *daría* una en el póquer. Hasta un ciego podría descifrar las expresiones de su rostro. Pero Enrique sabía que era inútil discutir con él y decidió dejarlo jugar. Papi perdió cinco mil dólares en la primera ronda, apostando a tontas y a locas y, en general, haciendo el ridículo. Para colmo de males, volvió a su cuarto de hotel, regresó como Ching Ling Fu e insistió en reincorporarse al torneo.

—No puedes volver a jugar —dijo Enrique, tratando de conservar la calma—. Ya te eliminaron. —¿Cómo podría su padre avergonzarlo enfrente de todo el mundo de esta forma?

—Fernando Florit fue eliminado —comenzó Papi con su acento chino fingido—. Pero yo, querido jovenzuelo, soy la reencarnación del Mago de la Gran Corte de la Emperatriz de la China. Ahora, hágase a un lado y déjeme jugar.

—Papi, por favor.

—¿Cómo dice? ¿Acaso lo conozco? Me llamo Ching Ling Fu. Y usted es… —extendió la mano con cortesía. Su peluca de hule tenía un brillo opaco bajo las luces fluorescentes.

—Maldita sea. —Enrique levantó los brazos en frustración. Tuvo que hacer todo lo posible por no arrancar esa maldita peluca de la cabeza de su padre.

Miró con impotencia a su alrededor mientras se congregaba una multitud. Todo el mundo tenía una opinión. Un par de jugadores amenazaron con ponerse unos disfraces de la Noche de Brujas, y discutían acerca de los méritos de un superhéroe frente a otro. Los demás cuestionaban la organización del torneo y la manera en que Enrique lo manejaba. Ching Ling Fu siguió defendiendo enérgicamente su derecho a competir con los demás. (Cómo era posible que su padre fuera capaz de convencer a cualquiera sobre cualquier cosa vestido en esas fachas era un misterio para Enrique.) Muy pronto se llegó a un acuerdo general: Que dejaran jugar al chino.

Enrique tragó aire y acompañó a Papi a una de las mesas de póquer del centro. Su padre jugaba mucho mejor como Ching Ling Fu y logró no salirse de su personaje durante las siguientes dos horas. A sus contrincantes les era difícil descifrar la expresión de su rostro bajo la capa gruesa de maquillaje, mucho menos comprender una palabra de su inglés rudimentario. Esta vez Papi llegó hasta la cuarta ronda, ganando un bote modesto. Luego lo perdió todo en un faroleo estúpido. Su padre parecía ufanarse más de lo que era racional para alguien que acababa de perder una gran suma de dinero. El arte de perder con dignidad, solía decir Papi, era mucho más difícil de dominar que el de ganar.

Después del torneo, el cual Johnny Langston ganó fácilmente, el jugador bromeó con Enrique acerca de haberse convertido en un capataz, de haber abandonado el juego para irse por la vía legal. —¿Cuándo vas a volver al póquer, muchacho? —Durante dos días después, Enrique se sintió apático en el trabajo, desdeñoso de su sueldo fijo, anhelando salir de la rutina. Ya no sabía qué era lo que estaba haciendo y por qué. Era patético seguir usando a Papi como pretexto.

Después de andar de vago por el Caribe desplumando a jubilados, Enrique se había ido a Las Vegas con Delia, con quien se había casado cerca de la costa de Barbados. (Le había mentido y le había dicho que el tatuaje persa que tenía en el hombro era el nombre de su poeta sufí favorito.) Ganó varios torneos importantes una vez de vuelta en casa, antes de decidir retirarse del juego profesional. Quería ir a la cama cada noche con un dinero constante en su cuenta bancaria. ¿Qué tenía eso de malo? Ahora era un hombre de familia con dos niñas gemelas y una casa de una planta que quedaba a menos de un kilómetro y medio del antiguo apartamento en Santa Mónica donde Papi y él solían vivir. (Enrique tenía el sueño recurrente de que su casa carecía de techo, había sólo un piso en el cual caían cenizas constantemente.) Además Delia estaba embarazada de nuevo.

Enrique se miró a sí mismo. Tenía veinticuatro años de edad y ya estaba echando panza. Nunca había asistido a la universidad. Tenía a una familia, una hipoteca, responsabilidades. Su futuro, al parecer, ya estaba establecido. Sólo su pasado permanecía alterado. Entre el trabajo y las gemelas y las crisis domésticas interminables (habían necesitado comprar un calentador de agua nuevo la semana pasada), no había mucho tiempo para regodearse con el pasado. Pero de vez en cuando, sus pensamientos se desviaban de vuelta a Leila y podía oler el aroma a jardín salvaje de su piel. Esto lo hacía sentirse culpable, como si engañara a su esposa.

❧

Para la medianoche, Frankie Soon llegó al casino con un aspecto de pájaro sediento de suerte. Frankie perdía miles en una noche y no sólo en el póquer. En el trago. En una prostituta de vez en cuando. En apuestas ilegales secundarias de todo tipo, sobre todo de fútbol americano universitario. Cuando estaba teniendo una buena racha, Frankie se defendía en las mejores mesas de póquer. Enrique no sabía mucho acerca de él, excepto que era dueño de una fábrica de vestidos en Koreatown y se decía que vivía con una mujer salvadoreña varias décadas más joven, lo cual explicaba el que Frankie hablara un español pasable.

—¡Gusto en verte, Frankie! Más joven cada día, ¿eh?

—Eso intento —rió Frankie, mostrando su dentadura nueva. Había algo en su comportamiento, el que se negara a doblegarse ante la edad (recuerden el pelo pintado de color negro azabache y las uñas arregladas), que le recordaba a Enrique a su padre. Frankie siempre traía puesta una guayabera azul claro recién planchada. Ningún otro de sus clientes lucía tan bien.

Enrique llevó a Frankie al bar y le pidió un whisky doble en las rocas para que entrara en calor. Algunas noches prefería tequila, del caro con el gusano en la botella, y Enrique lo tenía en existencias sólo para él. Frankie jugaba mejor después de haberse tomado un par de tragos, aunque su conducta no cambiaba: recto, un caballero, nunca agresivo o taciturno. En los años desde que había estado viniendo al Gran Casino, Frankie había adquirido una reputación de ecuanimidad, ganara o perdiera. En resumen, no daba mucha guerra. Enrique no podía señalar a otro hombre presente en la casa del que pudiera decirse lo mismo.

Una hora más tarde, Frankie estaba ganando en grande en la mesa 9, su número de la suerte, y pidiendo plato tras plato de huevos revueltos. Bromeaba que debido a su colesterol elevado, su mujer no lo dejaba comer huevos en casa. Lo que realmente le apetecía, dijo Frankie, eran unas patas de pollo fritas. ¿Cuándo iba el casino a empezar a servirlas? Enrique animaba a Frankie en secreto, aunque sabía que eso era poco profesional. Se suponía que él no debía tener favoritos entre sus clientes. Sin embargo, algo le hacía querer confiar en él, pedirle consejos.

Eran las cuatro de la mañana cuando Frankie se levantó para irse, once mil dólares más rico. Enrique lo acompañó a las puertas de entrada, un numerito en laca roja y manijas de dragón.

—Mi esposa está embarazada de nuevo —dijo él.

—¡Felicidades, hombre! —Frankie parecía alegrarse sinceramente por él—. ¿Para cuándo?

—Unos meses.

—¿Puede que necesites a una niñera? —Frankie le ofreció a Enrique un puro, luego le prestó su encendedor dorado—. ¿Dónde vives?

—En Santa Mónica.

—Qué bien.

—¿Bien? —Enrique echó una bocanada de humo.

—Te tengo a la niñera ideal.

—¿Quién?

—Mi mujer. Aunque no aceptaría dinero.

—Por supuesto que le pagaría —insistió Enrique.

—Le encantan los bebés pero no puede tener uno propio. Me estarías haciendo un gran favor.

—Voy a consultarlo con mi esposa.

—Sí, claro.

Pasó un camión con gran estruendo, haciendo retumbar la tierra. Enrique dejó que su puro se extinguiera. Estaba sudando profusamente, sin saber por qué. Papi venía de visita la semana entrante. No se habían visto desde aquel torneo desastroso el año pasado. Enrique finalmente había increpado a su padre enfrente de todos: *¡Mataste a Mamá y ni siquiera tienes el valor de admitirlo! ¡Dices que fue una suerte atroz o una gran tragedia o una maldición de Dios venida quién sabe de dónde, pero nunca es tu maldita culpa!* A Papi lo hirió tanto esa acusación que se tambaleó hacia atrás, tumbando un carrito de comida, y salió disparado del casino sin decir ni una palabra.

La mañana siguiente Papi se apareció en el casino vestido en su ropa de civil, recién bañado y afeitado, y saludando a todos. Hizo a Enrique a un lado como si nada malo hubiera sucedido. *Gracias, hijo. No pude haber pedido a un hijo mejor.* Luego le dio a Enrique una fotografía de Mamá de pie en la cubierta de un barco, su pelo volando por doquier. *Tenía la misma edad que tú aquí, hijo. Estábamos de recién casados y ya estaba preñada contigo. Se ve contenta, ¿no?* Esto hizo que Enrique se enfureciera aún más con su padre: furioso por hacerlo sentir culpable; furioso por no haberle mostrado antes esta foto. ¿Cuántas más tenía escondidas? Pero era imposible guardarle resentimiento por mucho tiempo.

Por un lado, la salud de Papi iba en picada. Además de sus achaques de siempre tenía una úlcera, unas verrugas recientes sospechosas, y se cansaba al atravesar un salón de baile. Fernando se estaba convirtiendo en aquello que a ambos les parecía inconcebible: un anciano. Esto afligía a Enrique más que nada. Intentó convencer a su padre de que adoptara una dieta sana ("¿Renunciar al bistec, hijo? ¿Te has vuelto loco?") y de que hiciera ejercicio ("¿A qué te refieres con 'caminar'? ¿Caminar adónde?"), pero Papi descartó sus sugerencias. Consideraba el aeróbic —la palabra le molestaba más allá de lo razonable— un pasatiempo inapropiado para hombres cultos.

La única forma en que Papi hacía ejercicio eran las mujeres. A Enrique no le sorprendió que la novia más reciente de su padre tuviera treinta años menos que él. Violeta Salas era una mesera nicaragüense que trabajaba en el Hotel Sahara y una ex guerrillera sandinista. (Papi hacía excepciones políticas para las mujeres bonitas.) Hacía grandes esfuerzos por ocultar su edad a Violeta, evitando los descuentos para las personas de la tercera edad y las ofertas especiales que se ofrecían a los comensales madrugadores en los restaurantes, los cuales antes había aprovechado con gran entusiasmo. (Debe haberle dado mucho coraje tener que pagar el precio íntegro.) Las tardes en Las Vegas, el Mago de la Gran Corte le anunció a su nueva amada sexy, eran para los ya decrépitos.

Un empresario teatral amigo suyo estaba financiando el proyecto más reciente de Papi: la comercialización del Estuche de Magia de Ching Ling Fu. Enrique a menudo alcanzaba a ver a su padre vendiendo su producto por la televisión a altas horas de la noche, entre anuncios para la venta de discos de los grandes éxitos y los peladores de verdura automáticos. Papi se deleitaba al pensar en que varios millones de ojos anónimos e insomnes estaban fijos en él, y tenía la esperanza de hacer una fortuna. ¿Acaso no había otros que se jubilaban gracias a cosas aún más ridículas? La última toma del comercial mostraba a Papi echando fuego por la boca, luego sonriendo a la cámara con los dientes renegridos: "Por sólo $29.95 más el impuesto, ¡tú también serás mundialmente famoso como Ching Ling Fu!

Afuera, una brisa húmeda agitó las palmeras que flanqueaban la entrada del casino. Unos banderines de colores vivos ondeaban formando líneas entrecruzadas. El césped todavía estaba húmedo por los rociadores. Un helicóptero traqueteaba sobre la parte centro sur de Los Ángeles, oscilando su cono de luz. Era imposible ver las estrellas debido a las nubes bajas y el resplandor de neón del casino que les hacía la competencia. A esta hora, Enrique sentía la ausencia de todo. En particular, echaba de menos a su madre y se atormentaba pensando en que no había hecho nada para salvarle la vida. No importaba que sólo hubiera tenido seis años de edad.

Lo que comprendía ahora era lo siguiente: la noche era negra y envolvente, suave sobre su cuello, lo absorbía, sin revelar nada. Era como si existiera a solas, en un vacío, sin ataduras a nada que fuera real: la luz del sol o el césped o los abrazos cada vez menos frecuentes de su esposa. No podía escuchar su aliento ni su corazón, y sentía como si el silencio lo atravesara como un tren de carga. La primera luz del día le parecía insoportablemente triste. Enrique anhelaba proteger a su mujer y a sus hijas, pero tantas cosas podían salir mal cuando uno menos se lo esperaba. A veces este miedo no lo dejaba dormir en toda la noche, colgado como un murciélago de la parte trasera de su cerebro. Trataba de calmarse pensando en cosas redondas: pelotas para la playa y pan árabe, aros, las monedas más pequeñas. Era inútil.

Se subió en su auto, un Buick nuevecito, y puso la llave en el encendido. La radio tocó a todo volumen una canción que él reconoció de inmediato: *Well, I woke up this morning, and I got myself a beer. The future's uncertain, and the end is always near.* Imaginó vívidamente a Leila otra vez, cantando desafinada, la funda agradable de su suéter beige de cachemira. Enrique sintió que la letra removía algo en la parte trasera de su garganta, pero se contuvo y no cantó. Si comenzara a cantar, podría no parar nunca y, ¿adónde lo llevaría eso?

Nada era nunca lo mismo dos veces, decidió, ni la felicidad ni el dolor. Enrique apagó la radio y bajó la ventanilla.

Luego aceleró hacia la autopista, sus faros iluminando las motas de polvo y las palomillas. Al aspirar una bocanada de dama de noche sintió un sacudón. ¿Acaso olía la dama de noche o simplemente la recordaba? En realidad no importaba. En quince minutos más, se dijo, estaría en casa.

Leila Rezvani

Había sido un invierno no muy frío en Teherán. A pesar de los bombardeos aéreos, el vendedor de la esquina asaba su maíz sobre una parrilla eléctrica y el señor de las nueces las vendía sin cáscara, curtidas en agua salada. Las aves habían comenzado a aparecerse por los jardines y los postes telefónicos, perturbando los arriates de tulipanes rojos. Una bandada de loros cotorreaba inquieta en los arces en flor entre la embajada británica y el Hotel Naderi. Todo lo cual hacía que Leila volviera a creer en la promesa de la primavera, aunque esto nunca le sirviera de mucho.

Era casi la medianoche. Mehri dormía, roncando como su padre con el labio inferior contra la orilla de la almohada. Sin Sadegh, reinaba la paz en la casa. Leila prefería cuando él se encontraba fuera de viaje de negocios. Había más oxígeno en el aire, aun con las ventanas cerradas. Además ella sentía menos miedo de todo: del *komiteh* y de las brigadas contra el vicio que patrullaban el área (a quienes les había dado por arrojar ácido en los rostros de las mujeres que usaban demasiado maquillaje), y de la amenaza de las bombas de los aviones iraquíes. Sí, la ausencia de su esposo hacía incluso la guerra con Irak más llevadera.

Leila prendió una vela y recorrió su casa en la oscuridad. Los nardos llenaban todos los floreros, emitiendo un vago aroma a muerte. El candelabro de cristal refractaba la llama en el espejo del comedor, haciendo que Leila recordara las luces de los carruseles. De niña, solía sentarse en las piernas de su padre en el circo y comer algodón de azúcar y pistachos. Lo que más les gustaba a ambos eran los elefantes y los domadores de tigres. Baba le había dicho algo entonces que Leila no había comprendido hasta este momento. Era parte de la naturaleza humana amar incluso aquello que no te puede corresponder.

En la cocina, Leila sobresaltó a la sirvienta, que estaba sentada con una taza de té y un trozo del *sangak* de esa mañana. Tenía la televisión prendida. En las noticias, un grupo de madres cubiertas de velos cuyos hijos habían muerto en la guerra celebraban su martirio, llorando de alegría y abrazándose unas a otras. ¿Acaso el sufrimiento las había vuelto locas?

—Perdone, señora, ¿qué le sirvo?

—Nada, Zari. Creí escuchar un ruido.

—Son mis tripas haciendo ruido. Ya sabe que necesito comer algo antes de acostarme o no puedo dormir. —Zari peló un huevo duro y se levantó para recalentar un poco del arroz con cerezas de la cena.

—Sí, por supuesto. ¿Ya no hay más palomillas?

—Gracias a Dios, ya se fueron.

Ayer había habido una infestación rara de palomillas en la cocina. Nadie supo de dónde habían salido. Decenas de ellas, pequeñas y luminosas con manchas marrones en las alas, revoloteaban en el aire húmedo como un sinfín de pétalos. Les tomó a la sirvienta y al jardinero, un lepidopterista aficionado, una hora para atraparlas con su red de mariposas.

Leila subió las escaleras al descanso del segundo piso. Había cuatro dormitorios sobre este pasillo. El cuarto de huéspedes para los padres de Sadegh estaba primero, con su mapa astronómico del cielo pintado en el techo. El mapa había sido idea de Leila. Le gustaba imaginarse siguiendo la larga estela de Eridanus hasta el otro extremo del universo o sentada en Polaris observando los planetas en su lenta rotación. Sadegh ponía objeciones a sus proyectos de decoración como una extravagancia innecesaria, pero ella mostraba orgullosa el techo a todas las visitas.

No había sido fácil adaptarse a la vida en Irán. Como si la guerra no fuera de por sí peligrosa, ella y Sadegh habían tenido nueve accidentes automovilísticos entre los dos en el primer año que habían estado de vuelta. Los semáforos rojos, sus amigos les habían advertido, eran tan sólo una sugerencia. Tampoco había tal cosa como carriles de tránsito, mucho menos la idea de permanecer dentro de ellos. El estruendo de una bocina o un puño apretado tomaban el lugar de las señales direccionales. No se habían matado de puro milagro. El gobierno finalmente había accedido a darle un chofer de tiempo completo a Sadegh, el mismo que lo había llevado a Arak el martes. Lo cual no quería decir que el chofer fuera mejor conductor que cualquiera.

Había mucha demanda en Irán para un físico nuclear formado en los Estados Unidos. Por eso él había decidido quedarse después del funeral de su hermano. Todo el mundo le besaba los pies, sobre todo una vez que comenzó a rendir cuentas directamente al director de la Comisión de Energía Nuclear. Sadegh se regodeaba con las atenciones y los privilegios especiales. Por más que hablaba de la libertad, se había sentido como un prisionero en los Estados Unidos. Aquí podía ser de nuevo un hombre de verdad.

Leila también quería encontrar trabajo, pero su esposo se rehusaba a darle permiso. Le gustaba verla en chador, sepultada voluminosamente en negro, cautiva e invisible. ¿Era esto lo que los hombres deseaban en realidad? Sadegh detestaba los bluyines ajustados que Leila había favorecido en los Estados Unidos, los cuales, según él, mostraban sus tendencias putescas. *Jendeh.* ¿Cuántas veces había sido llamada una puta, primero por su madre y ahora por su esposo?

Leila echaba de menos Los Ángeles, extrañaba ese gris peculiar del Pacífico, las aves marinas sumergiéndose en las olas al atardecer, sus viajes de buceo los fines de semana. Sobre todo, extrañaba esa sensación de posibilidad, de que un día fuera distinto a otro. ¿Por qué había renunciado a su libertad para casarse con Sadegh? ¿Qué le había aportado a excepción del mundo rodeando su corazón moribundo?

El segundo dormitorio a lo largo del pasillo de la planta alta era el de su esposo. Estaba pintado de un azul intenso y tenía adornos dorados: las perillas de la puerta, las llaves del agua, las manijas de la cómoda. A Sadegh le gustaba bromear —era su única broma— que todo lo que tocaba era de oro. El dormitorio de Mehri, las paredes pintadas con diseños de girasoles y un microscopio gigante, era el siguiente. A veces Leila abría al azar el atlas que estaba sobre el escritorio de su hija y trataba de imaginarse los lugares bajo las yemas de sus dedos. Leipzig. Harare. Brunei. Nunca iba más allá del sabor de sus nombres en la lengua.

Esa tarde, Leila había llevado a Mehri al parque de diversiones a las afueras de la ciudad. Había menos gente de la que esperaba para ser viernes. Mehri le rogó que se subieran a la rueda de la fortuna y Leila accedió, sabiendo que era un error. El cacharro tenía cincuenta años, se tensaba y chirriaba con cada revolución y el motor despedía un olor fuerte a aceite. A gran altura del suelo, Leila trató de distinguir la melodía de la rueda de la fortuna, pero se escuchaba como la de un carnaval genérico. En lo alto, unas grajillas desmenuzaban las nubes ligeras y esponjosas.

La rueda de la fortuna dio una sacudida y se paró cuando se acercaban a la cima. Mehri estaba encantada y mecía su calesa hacia atrás y hacia adelante, contra la luz gris. Comenzó a lloviznar, aunque no lo suficiente como para realmente mojar algo. Abajo, un par de paraguas se abrieron tristemente.

—¡Tal vez nos quedemos aquí para siempre! —gritó Mehri.

Un globo rojo flotó frente a ellas, fuera de su alcance. Una niña lloraba inconsolable al pie del juego mecánico. Leila y Mehri observaron el globo subir a la deriva más y más alto hasta que no fue más que una manchita de sangre en el cielo. Luego desapareció.

—¿El globo se fue al cielo? —preguntó Mehri.

—Sólo las personas se van al cielo.

—¿Qué tal los peces?

—Los peces no van al cielo. —Leila se volvió hacia su hija. Su cara redonda estaba sonrosada y contenta, y su nariz resoplaba como el cachorro de una mangosta.

—¿Qué tal si así fuera?

—No te tienes que preocupar de eso, Mehri *junam*.

Cuando la rueda de la fortuna comenzó de nuevo, los movimientos entrecortados hicieron reír a su hija. Cómo adoraba Leila la risa desparpajada de Mehri. Hoy en día, era su único sustento.

El último dormitorio del pasillo era el de Leila. Era del tamaño de un clóset, ideado para la sirvienta, sin ventanas y con una alacena para guardar cosas. En su mesita de noche había un florero para capullos vacío. Leila entró y cerró la puerta. La mayoría de las noches dormía con su hija, a excepción de cuando sus suegros estaban de visita. Entonces Sadegh insistía en que durmieran juntos para guardar las apariencias. Una vez al mes venía a buscarla al cuarto de Mehri. Leila sentía el jalón tosco de su mano sobre su hombro y lo seguía, obedientemente, al dormitorio de él.

Si tenía suerte, Sadegh se quedaba profundamente dormido en cuestión de minutos. Si no tenía suerte, él la culpaba de su impotencia. A veces la obligaba a chuparlo por una hora o más. Mientras tanto le decía lo fea que estaba, cómo su piel había perdido su tersura, como tenía las nalgas tan planas como una bandeja. Sadegh se quejaba de que ella no lo estimulaba y amenazaba con complementar sus atenciones con las de una *havu*, una esposa provisional, una mujer apetitosa que despertara su hombría. Leila rogaba que así fuera.

Leila había salido del hospital hacía apenas unos días. En la noche en que Baba cumplió sesenta y cinco años, ella había sufrido un colapso en casa de su tía Parvin. La fiesta clandestina le había recordado la época prerrevolucionaria: platos de caviar, trajes de fiesta de los grandes modistas, música disco de los años setenta. Un minuto Leila estaba bailando *"Staying Alive"* y para cuando se dio cuenta recobraba la conciencia en un cuarto de hospital sofocándose entre tantas flores, dignas de un funeral. Incluso su madre se enteró del suceso y le envió un telegrama desde Londres, recordándole que una dama evitaba hacer el ridículo en público.

El Dr. Banuazizi, el médico encargado y un amigo cercano de Baba, le dijo a Leila que sufría de un agotamiento nervioso y le recomendó dejar el cigarro. Era cierto que a ella le dolían los pulmones por fumar y por la contaminación crónica. Pero, ¿qué más se suponía que debía hacer para calmar los nervios?

Leila no quería que Sadegh la visitara en el hospital, pero nadie podía negarle el derecho de ver a su esposa. Todas las noches irrumpía en el cuarto cargando una caja de albaricoques secos (sabía que ella los detestaba) y exigía ver el historial médico. Leila temblaba tanto que los tubos en su brazo hacían que repiquetearan las botellas de suero. Sadegh estaba furioso con ella. La gente cuchicheaba que él era incapaz de controlar a su esposa. ¿Cómo se atrevía a avergonzarlo de esa forma?

Leila estaba sentada en su cama angosta y consideraba las maneras en que los débiles les mentían a los poderosos. ¿Cuántas vidas eran como la suya, basadas en la capitulación, en la amenaza de la violencia y la desgracia? Recogió el libro de poesía de Farrokhzad que había pedido prestado de la biblioteca de Baba y encontró, como siempre, un triste consuelo entre sus páginas: *Lloré todo el día frente al espejo. La primavera había confiado a mi ventana el delirio verde de los árboles.*

Su amiga de la niñez, Yasmín, había encontrado su propia solución frente a los mulás: no casarse nunca. Había rechazado a todos los pretendientes que habían acudido a ella (aunque últimamente había un número menor de ellos) y vivía en un ala de la casa de sus padres. Trabajaba medio tiempo como asesora de computación, yendo y viniendo a su antojo. Se negaba a participar en lo que ella llamaba la "cultura de las mentiras". Los fines de semana, Yasmín se iba con sus amigas a escalar los Montes Alborz y a cocinar al aire libre. Para ella, sobrevivir en Irán era todo un juego.

Yasmín criticaba sin piedad el matrimonio de Leila: "Eres como un tambor, una *tabl*. Él te golpea y tú emites un sonido". Leila sabía que su amiga tenía razón.

Había vodka turca del mercado negro en la alacena, escondida entre su ropa interior elegante: varios *teddys* de seda, unos brasieres de realce y unos ligueros de aquellos días en que había sentido un optimismo sexual. Era un milagro que se las hubiera arreglado para meterlos de contrabando en el país. Leila se sirvió un trago doble de vodka y se desabrochó la blusa. Se miró los pechos marchitos, arruinados por amamantar a Mehri, por no hacerle caso a su madre. Distraídamente, enrolló un pezón entre el pulgar y el índice. La piel fruncida de su estómago parecía la cáscara de una naranja.

Escondía su frasco de tranquilizantes en el cajón de la mesita de noche, junto a la esclava de plata que Enrique le había dado. Dijo que la pulsera le había pertenecido a su madre, que la llevaba puesta el día en que murió. A Leila le había parecido un poco morboso que le obsequiara la joya de su madre difunta. Sólo recientemente había comenzado a apreciar el gran sacrificio que este regalo representaba.

Leila sacó dos pastillas color durazno y se las pasó con un trago de vodka. Las pastillas, le prometió el Dr. Banuazizi, le ayudarían a cuidar de Mehri y a ser una mejor esposa para Sadegh, le ayudarían a quedarse callada, le ayudarían a lidiar con la guerra y la falta de colorido por todas partes, con las calles vueltas a nombrar en honor a los mártires. Quizá las pastillas le ayudarían, en última instancia, a olvidar quién era.

Después de un segundo trago, Leila menguó las luces y se sacó la falda y los calzones. Pensó en el jardín de su madre de hace tanto tiempo, en la compañía silenciosa de las flores y los árboles frutales fragantes. Las hojas y los pétalos yacían regados por los caminos de tierra y los vientos veraniegos soplaban y formaban remolinos bajos de tonos rosas y verdes. A Leila le parecía que ella había sido realmente feliz en aquel entonces. No tenía idea de qué aspecto tendría ahora para ella la felicidad.

A menudo fantaseaba con volver a California. Quería bucear de nuevo, terminar su carrera. Pero, ¿qué tipo de vida sería posible? Para mantenerse, tendría que trabajar doce horas al día. Más y más, se preguntaba acerca de Enrique. ¿Estaría casado? ¿Tendría hijos? ¿Estaría aún en Las Vegas jugando al póquer? Mañana, decidió Leila, le escribiría una carta y lo averiguaría.

Pero, ¿qué ocurrencias eran esas? Sadegh nunca le daría el divorcio y todas las leyes lo favorecían. Podría pelearse con él en los tribunales, pero aun con la influencia considerable de Baba y sus amigos, era posible que perdiera a Mehri por completo. ¿Y eso a dónde la llevaría? A estar atrapada en Irán, sin su hija, sin ninguna perspectiva y sin poder conseguir trabajo (Sadegh se encargaría de ello), además de completamente dependiente de su padre que envejecía.

Leila se lamió el dedo índice y lo deslizó entre sus piernas. Le sorprendió la humedad, como si existiera allí una vida aparte, alejada de sus preocupaciones. Quizá el cuerpo comprendía mejor que la mente lo que era bueno. La mayoría de los días se sentía tan ajena a su carne que le asustó redescubrirla. Recordó cómo Enrique le había besado la mano después de su accidente en el desierto de Mojave. Qué suaves habían sido sus labios, qué sensibles. Más tarde, sus labios habían memorizado cada centímetro de su piel. Si tan sólo pudiera estirar su soledad para alcanzarlo.

La imagen de Enrique se vio interrumpida por otra: un círculo de mulás de expresión adusta miraban con avidez mientras Leila se tocaba, un látigo en una mano, un Corán en la otra. *Marg bar Amrika.* Que mueran los Estados Unidos. Para ellos era necesario darle un castigo ejemplar, azotarla por sus transgresiones. *¡Allah-o-Akbar!* Gritaban juntos una y otra vez. Uno de los mulás alargó la mano hacia Leila y trató de forzar su dedo dentro de ella mientras los demás lo animaban. *¡Bale! Bale!* Ella se sintió abrirse como una violeta en la lluvia.

❦

Leila prendió un cigarrillo y se recostó en la cama pensando. Necesitaba encontrar aquí la paz, si tan sólo fuera por el bien de su hija. Frente a sus círculos sociales, ella y Sadegh aparentaban ser la pareja ideal: cultos, envidiables, con protectores clave en el gobierno. Ni siquiera su padre sospechaba lo infeliz que era. Leila no quería preocuparlo y era impensable confiar en su madre.

El año pasado Sadegh había comprado una casa en el campo para ellos a dos horas de la ciudad. Mehri montaba allí su burro y recolectaba limones de la huerta. Ahora Sadegh estaba construyendo un chalet con vista al Mar Caspio. A Leila le entusiasmaba regresar a la costa, pero temía que los recuerdos de aquel verano feliz con su familia quedarían arruinados para siempre. Cuando Leila le dijo a Sadegh que deseaba bucear de nuevo, se rió de ella: "¿Bucear en tu chador? Eso sí que sería un espectáculo".

Al principio, Leila atribuía el mal humor de su esposo al suicidio de Ahmed. Después de su entierro en el Cementerio Zahir-o-dowleh, Sadegh nunca volvió a mencionar a su hermano. Luego Leila pensó que estaba deprimido porque fumaba opio. Siempre que sus padres venían de visita, fumaban muy a gusto su narguile y sus pipas juntos. (Leila tenía que sobornar a Mehri con juegos de video para que no se acercara mientras ellos fumaban.) Después de que se iban, ese olor dulce y nauseabundo impregnaba la casa durante días.

A Leila le parecía que la familia de Sadegh se había sumergido en un estado de amnesia después de la muerte de Ahmed. El padre de Sadegh no había terminado el bachillerato pero insistía en que todo el mundo —la familia, la servidumbre, los cajeros del banco, los amigos— lo llamaran Dr. Bakhtiar. (Sólo el padre de Leila lo llamaba por su nombre de pila, Hassan.) Sadegh tenía un doctorado doble en física nuclear y física de aceleradores y usaba sus títulos como una armadura. Se quejaba de que lo debían llamar *doctor doctor*, pero nadie le rendía ese tributo.

Leila dio vueltas en la cama pero no podía dormir. Sintió un antojo de remolacha y avena caliente, como cuando estuvo embarazada. Se levantó de la cama y rebuscó en la alacena para encontrar su traje de baño, el azul marino con la cintura transparente, y se lo puso. Había una maleta color canela en la parte trasera de su clóset. Adentro estaba el traje de neopreno que Enrique le había enviado cuando ella cumplió veintidós años, un regalo que ella nunca le había agradecido. Leila sacó ahora el traje de neopreno. Era negro y elegante, y olía a moho como el hule viejo.

Hacía frío cuando abrió las puertas acristaladas al patio de la planta baja. Las flores recién comenzaban a florear esta primavera. Leila estaba orgullosa del jardín de su patio, sus murmullos fragantes, el refugio que brindaba a las aves cansadas. El cielo tenía una apariencia lodosa. No había muchas estrellas y la luna había desaparecido hacía horas. Las hojas de la higuera se agitaban como miles de manos en la oscuridad. Sin hacer ni un ruido, Leila se tiró un clavado en un extremo de la piscina. De niña, había querido zambullirse en las piscinas sin hacer olas. Practicaba y practicaba pero nunca le salía bien. Ahora podía hacerlo sin ningún esfuerzo, borrándose a sí misma por completo.

Leila abrió los ojos y nadó el largo de la piscina por debajo del agua, contando los azulejos color turquesa. Su cuerpo se sentía mudo y fresco. Salió a respirar, lo suficiente como para inhalar la dama de noche. Su boca estaba llena de nombres viejos, números muertos, un sabor a huevos fritos y pan tostado. ¿Cómo podría describir su vida a Enrique? ¿Acaso comprendería lo que ella había llegado a ser? Comenzó a llover ligeramente, unas gotas prometedoras después de la sequía invernal. Leila recordó de nuevo esas tardes puras en el jardín rodeado de muros de su madre, cómo el éxtasis del vuelo de cada ave había comenzado y terminado en la quietud.

(1984)

Marta Claros

Era su décima clase de natación en un mes y Marta se sentía débil de tanto tragar agua de la piscina. En un arbusto plumerillo cercano, tres gorriones brincaban ruidosamente de rama en rama. A Marta le costaba trabajo concentrarse. Lamentaba el día en que los Florit se habían mudado a su casa nueva en Santa Mónica Canyon. No era tanto el que hubiera cuatro cuartos más que limpiar (sin el aumento de sueldo correspondiente), sino el hecho de tener una piscina: era como tener a otro hijo a quien cuidar, sólo que sin las satisfacciones.

—¡Meta la cara en el agua y exhale! —gritó el Sr. Karpov con impaciencia.

La señora Delia había contratado al maestro de natación ruso para que le diera clases particulares a Marta y a las gemelas. El bebé, Fernandito, todavía estaba muy chico para nadar. Marta se ajustó la gorra de baño con los girasoles de plástico y pensó en cómo esta clase les estaba costando a sus patrones $1.25 por minuto. Inhalar, sesenta y tres centavos. Exhalar, sesenta y dos. ¿Cómo podía concentrarse al estar malgastando el dinero de esa forma? Marta había comprado su traje de baño en oferta a seis dólares en el centro. El anaranjado no era su color favorito, pero se había negado a pagar el doble por uno azul marino. Cuando se lo probó en casa, coronado por su gorra de baño de cincuenta centavos, Frankie la había declarado hermosa.

Marta se sentía culpable de tardarse tanto en aprender a nadar. La señora Delia le dijo que no se preocupara por el costo de las clases, que quería que ella supiera nadar bien para cuando llegara el verano, para que así todos se sintieran confiados en la piscina. Pero no iba a terminar allí. Después de que aprendiera a nadar, se suponía que Marta iba a tomar un curso para ser salvavidas en la piscina del club YMCA local. Ella había ido a observar la clase. Los estudiantes tenían que arrastrarse uno al otro, jadeando, a la orilla de la piscina más grande que hubiera visto jamás. Luego se turnaban soplando aire en la boca de un muñeco inflable descolorido. La habían contratado para ser una nana, no un delfín, pensó Marta con abatimiento, sumergiendo la cabeza una vez más.

¿Qué tal si algunas personas no estuvieran destinadas a nadar, sus cuerpos ineptos para cualquier otra cosa que no fuera la tierra firme? Ella había consultado con una curandera en Normandie Avenue, quien le había recetado un polvo de pescado molido para ayudarla a flotar. Sabía horrible y no le había servido de nada. En una de las playas de arena negra cerca de San Salvador, habían unas corrientes tan fuertes que se llevaban incluso a los mejores nadadores. Los ríos no eran mucho mejores, traicioneros e impredecibles, principalmente útiles para lavar la ropa. Por eso nunca había aprendido a nadar, era demasiado peligroso. ¿Para qué tomar riesgos innecesarios?

—Ahora mueva los brazos así —dijo el Sr. Karpov, demostrando enérgicamente la técnica del molino de viento.

Marta lo imitaba, remando con los brazos como el bote antiguo que vio una vez agitando las aguas del lago Ilopango. El Sr. Karpov era arrogante y a su parecer la natación era cuestión de inteligencia. Si era tan listo, ¿qué hacía enseñándoles a nadar a los hijos de los ricos? Era cierto que el ruso ganaba un dineral, no obstante. El Sr. Karpov ganaba en cuatro horas lo que a Marta le tomaba cuarenta. Quizá *ella* debiera aprender a nadar y hacerle un poco la competencia.

Hasta ahora, Dios le había dado tanto. ¿Acaso no tenía a un marido bueno y un trabajo que le encantaba? ¿Acaso no estaba su hermano en los Estados Unidos? Le rompía el alma pensar en que Evaristo pudiera ser deportado, pero era su propia culpa. Si rezaba con muchas ganas quizá el Señor perdonaría a Evaristo, ablandaría el corazón del juez, le daría a su hermano una última oportunidad. Sí, Marta confiaba en que su hermano se salvaría. Sólo su deseo de tener un hijo no se le había concedido. Pero uno no podía estar siempre pide y pide y pide a Dios por todo. Él necesitaba ver que estabas lista para sufrir por él, que le rezabas sin importar su respuesta. Marta trató de recordar el nombre de aquel santo que había sobrevivido toda una Cuaresma comiendo dieciséis higos de Marruecos. Eso *sí* que era sacrificio.

El cuidar de los niños Florit había hecho que Marta deseara un bebé aún más. Sobre todo los fines de semana, cuando no podía deleitarse con su piel tersa. Marta sentía como si estuviera viviendo su propia niñez a través de ellos; no reviviéndola, sino viviéndola por vez primera. Disfrutaba más de sus juguetes que ellos mismos. Le fascinaba jugar a disfrazarse y a las escondidas, cosas que ella rara vez había hecho de niña. Inventaba cuentos para acompañar los libros ilustrados, actuando todos los papeles. Su libro favorito era *El gato en el sombrero*.

A Marta le dio por mimar a Frankie todos los domingos, que era cuando más extrañaba a los niños. Le daba baños de burbujas, lo rociaba de agua de violetas, le echaba talco en el trasero, le leía antes de irse a la cama. Algunas noches soñaba que él era un bebé viajando dentro de ella, más allá de lo rosado y suave de sus entrañas hasta llegar a sus partes femeninas infecundas. Luego lloraba ante el vacío en su interior y no había nada que la pudiera consolar; ni la mano tranquilizadora de Frankie, ni rezar, ni dar gracias por todas y cada una de las cosas que tenía.

—Quiero que abra los ojos debajo del agua —insistía el Sr. Karpov, sumergiendo la cabeza en la piscina. Sus ojos se veían más grandes de lo normal, como los de un sapo.

Marta metió la cara en el agua con cautela. Sin importar cuánto lo intentara, no podía abrir los ojos. Si por algún milagro pudiera ver a través de los párpados, aprendería finalmente a nadar.

—Okey, olvídelo por ahora —dijo el Sr. Karpov indignado—. Sólo flote boca arriba. Acuéstese en el agua como si fuera una cama.

Marta no dormía tan bien en su propia cama, mucho menos en una de mentiritas hecha de agua de la piscina. Recordó lo que su madre solía decirle. Salte del maizal o te ensucias de ajuate. ¿Qué tenía que ver eso con la natación?

—¡Flote! ¡Flote! —gritó el Sr. Karpov—. ¡Todo el mundo puede flotar! ¡No hay nadie que no pueda flotar! ¡Observe! —Él se desvaneció hacia atrás, a la parte honda de la piscina.

Por un instante, el Sr. Karpov parecía contento. ¿Así se había visto cuando era bebé? ¿Cuál era su nombre de pila, de todas formas? Marta reía al pensar en su madre llamándolo, "mi querido señorcito Karpov". ¿Acaso ella había inspeccionado cada centímetro de su piel? ¿La curvatura de sus orejas? ¿Cada uno de sus dedos del pie?

—Okey, se acabó la clase —espetó el Sr. Karpov, consultando su reloj de pulsera sumergible—. Éste no va a ser un caso de aprender en un abrir y cerrar de ojos. Se lo diré a la Sra. Florit. No puedo garantizarle nada.

Marta salió de la piscina, goteando riachuelos de agua. Tenía las manos tiesas y frías. Unas nubes oscuras iban en desbandada por los cielos. No se veía el sol por ninguna parte. Unos pétalos pálidos del tulipán revoloteaban en el aire. Marta agarró una toalla y se secó para no enfriarse. Adentro, se hizo una taza de té de canela para calentarse.

Tan pronto como la señora Delia se iba a su clase de yoga, los niños se acurrucaban en el regazo de Marta para ver un video. Una vez Marta había acompañado a la señora al yoga y le sorprendió escuchar a la maestra, una señora de un turbante que vestía una toga anaranjada, larga y suelta, decirles repetidas veces a las mujeres que respiraran. ¿Realmente había que recordárselos? Ese día Marta llegó a casa y le preguntó a Frankie si él creía que ella respiraba lo suficiente. Frankie rió: "¿Estás loca, mujer?" A veces a Marta se le olvidaba que la señora Delia era cubana, se parecía tanto a sus vecinas norteamericanas.

Marta preparó un salmón con papas al horno para el almuerzo y licuó un poco de ambos para la papilla de Fernandito. También hizo espinacas al vapor, aunque sabía que los niños no las probarían. La señora Delia era una fanática de la nutrición y daba a entender que porque Marta era gorda, los hijos de ella también podrían llegar a ser gordos. Marta pesaba cien kilos. Era de pechos abundantes y tenía las piernas bien torneadas, como su madre. No sabía por qué estaba tan gorda si casi no comía. Se tardaba diez minutos en comerse un solo merengue.

Después del almuerzo, Marta acostó a los niños para la

siesta. Les cantó la misma canción de cuna: "Había una vez un barco chiquito…" Las gemelas se quedaban dormidas estrechando sus osos de peluche, pero Fernandito no tenía nada de sueño. Estaba jugando con el conejo de juguete que le había regalado su abuelo. Seguía metiéndolo en un sombrero, sacándolo y gritando, "¡Ta-chán!", tal como se lo había enseñado el abuelo Fernando.

Durante su último viaje a Los Ángeles, don Fernando había pasado horas tratando de enseñar a su nieto trucos de magia. "¡Por Dios, Papi, si todavía no cumple el año!" El señor Enrique se quejó cuando regresó temprano del trabajo un día para ver a su hijo vestido con un esmoquin en miniatura y una capa de terciopelo. Pero no era fácil sacarle una idea de la cabeza a don Fernando. "Nunca es demasiado temprano para iniciar a mi nieto en los grandes misterios de la magia. ¿Quién más condicionará sus manitas para crear ilusiones?"

Esa misma noche don Fernando hizo que Fernandito se desvelara hasta pasada la medianoche para que pudieran ver los comerciales del Estuche de Magia de Ching Ling Fu por la televisión. "¡Mira, mira! ¡Ahí está tu abuelo!" Gritaba don Fernando, señalándose en la pantalla. Fernandito miraba de acá para allá, a su abuelo y a la tele, confundido de que pudiera estar en dos lugares a la vez. Entonces, asustado de repente, Fernandito gritó y mordió a su abuelo en la mejilla. Don Fernando estaba a punto de hacer desaparecer al niño (temporalmente, juró) cuando se presentó el señor Enrique y los separó.

El día siguiente don Fernando le contó a Marta la historia, más dolido que contrariado. Se tocó la mejilla vendada como si fuera un pájaro herido. Marta le tenía lástima. No le sorprendía que las mujeres aún lo encontraran irresistible. Incluso en su disfraz chino, irradiaba un encanto cubano. Cada vez que lo veía, don Fernando encontraba una excusa para meterle la mano detrás de la oreja o dentro de su delantal para sacar un regalo. La última vez, fue un par de aretes de cuentas; la vez anterior, un imán para el refrigerador de la Virgen de Guadalupe. Cuando Marta se maravillaba ante sus trucos, don Fernando decía, "Querida mía, es posible crear un espectáculo de ilusionismo maravilloso con unos cuantos elementos sencillos".

Marta terminó de recoger la casa y esperó a que la señora regresara de su clase de yoga. Prendió la telenovela *Pobre gente*. El nombre era engañoso porque el programa no se trataba de la gente pobre sino de la gente rica a quien le tomabas lástima porque siempre era tan infeliz. A Marta le parecía que mientras más rica era la gente, más se amargaba la vida con pequeñeces. Como por ejemplo, la señora Delia. Quería ser una bailarina, pero nadie la contrataba. Un lujo, ese problema. Como no podía atormentarse sobre las cosas básicas —como no tener dinero para la comida o medicina para un bebé moribundo— se ahogaba en una gota de agua.

El tránsito para llegar a casa era horrible. Marta no tenía ganas de pasar toda la noche en un autobús para ir a visitar a su hermano en Nogales. Para distraerse, le cambió a la edición de la hora pico de *Pregunta a la psicóloga*. El tema de hoy era el sexo, como si hubiera otro tema en el programa. Cualquiera que lo escuchara por primera vez pensaría que lo único que hacían los seres humanos era fornicar, y por lo general tampoco con sus cónyuges. ¿Por qué todo el mundo estaba tan obsesionado con el sexo?

En casa, Marta se encontró a Frankie instalado en su sillón reclinable de cuero (ella se lo había comprado en oferta a ese empleado de la tienda de muebles económicos que apareció en *¡Salvado!*). Frankie estaba escuchando una de sus óperas coreanas, un matamoscas en cada mano. A pesar de los alaridos y el retumbar de tambores, las óperas relajaban a su marido, lo transportaban muy lejos.

Frankie le mostró a Marta la sangre de dragón que había conseguido en la yerbería. Se suponía que ésta le iba a endurecer las encías y a aglutinar las raíces de una muela que le estaba dando molestias, la última que le quedaba. ¿Por qué se aferraba tan desesperadamente a ese diente?

Los pollos andaban sueltos por el jardín trasero, picoteando motas invisibles. Marta metió la mano en el costal del alimento y roció a las gallinas con maíz seco. Las plumas se elevaban hacia el cielo en cámara lenta. Se armó un zipizape cerca del gallinero. Las gallinas estaban cada día más gruñonas, hechas unas viejas, todas y cada una de ellas. Marta sentía debilidad por la más reciente, una gallina azulada a quien llamó Miss Penélope en honor a un personaje de uno de los libros infantiles ilustrados de las gemelas. Miss Penélope hacía alarde de su belleza, atormentando a los gatos del lugar desde la seguridad de la alambrada. De vez en cuando, ésta le lanzaba a Marta una mirada de complicidad.

Sonó el teléfono después de la cena y Marta casi no tenía ganas de contestar. Quería pasar una hora tranquila antes de que Frankie la llevara a la estación del autobús. Pero temía perderse la llamada de su hermano. A últimas fechas él andaba con el ánimo por los suelos. La última vez que hablaron, Evaristo se había quejado de que la luz en el patio de la prisión era feroz. *El sol nos está haciendo cenizas. No hay ni un árbol por varios kilómetros a la redonda.* Nada de lo que Marta decía le servía de consuelo. La semana pasada lo habían puesto en una celda a él solo por pelearse con otro preso, un traficante de armas de Jalisco que se golpeaba la cabeza contra las literas de metal toda la noche.

La estática de la conexión de larga distancia hacía difícil escuchar la voz al otro lado de la línea. Marta adivinó que se trataba de su tía Matilde en San Salvador, marcando de la tienda de abarrotes de la esquina, que cobraba una tarifa exorbitante de larga distancia por un servicio malísimo.

—Bendito sea Dios, ¿quién se murió? —gritó Marta. Pasó otro minuto antes de que se aclarara la conexión—. ¿Mamá todavía vive?

—Sí, niña. Todo el mundo está bien aquí menos yo. —Su tía no perdió el tiempo en dar a Marta la noticia: ella estaba embarazada y no podía quedarse con el bebé.

Marta contuvo el aliento y escuchó. Tía Matilde le dijo que había tenido una aventura con un repartidor de quince años. Sí, era su hijo porque ella y su esposo no tenían relaciones hacía años. Su cosa ya no funcionaba, aunque tía Matilde sospechaba que le funcionaba muy bien en otras partes, nada más no con ella. Estaba ocultando el embarazo, escondiéndolo bajo un blusón amplio de tela de algodón. Tenía el presentimiento de que iba a ser un niño y de que nacería en Navidad. ¿Podría Marta venir a recibirlo?

Para cuando colgó, Marta estaba llorando. Se apresuró adonde Frankie, quien se había quedado dormido en el sillón reclinable, y besó sus ojos hasta que estos parpadearon.

—Escúchame. —Acercó sus labios a los de él, se amoldaban perfectamente—. Vas a ser padre.

Frankie boxeaba el aire con sus matamoscas, arrastrado por un sueño inspirado en la ópera. —¡Te enseñaré a mancillar el honor de mi familia!

—Cálmate —canturreó Marta, sujetándole ambos brazos—. Te tengo una noticia importante.

—Coño, carajo, ¿qué pasó? —balbuceó al despertar.

—¡Me llamó mi tía de El Salvador y nos va a regalar a su bebé! —Marta se sentó en las piernas de Frankie, catapultando el sillón a la posición horizontal. Luego salpicó

su cara de besos hasta que él le rogó que se detuviera—.
¡Por fin voy a ser madre!

—¿Todavía me darás mi baño los domingos? —bromeó
Frankie.

—¡Por supuesto, mi amor! ¡Los bañaré a los dos juntos!

❧

Era la medianoche y Marta todavía no estaba ni a medio
camino a Nogales. Iba mareada por los gases del diesel y
las sagas de todo el mundo a su alrededor. Si este autobús
Greyhound fuera el mundo en miniatura y sus ocupantes
fueran típicos, entonces Marta diría con cierta seguridad
que la humanidad nunca estaría satisfecha. Los sueños y
las frustraciones se repartían por partes equivalentes, lo
cual aseguraba que las cosas siguieran más o menos iguales.

La modista mexicana junto a Marta iba a El Paso al
funeral de su padrastro. Detrás de ellas, dos hermanas pe-
lirrojas regresaban a Luisiana después de no haber realizado su sueño de convertirse en estrellas de cine. La
gordita estaba esperando el bebé de su psicoterapeuta. El
hombre vietnamita al otro lado del pasillo relató cómo
había sido forzado a bordo de un barco pirata tailandés
cuando era niño y acabó siendo adoptado por una familia
en Mobile, Alabama. Cada una de sus palabras se estiraba
y se reventaba como una banda elástica.

Marta traía tres docenas de tamales empaquetados en
una bolsa de lona para su hermano. Tenía hambre y decidió comerse solo uno, como un tentempié. Pensó en la tontería que lo había hecho ir a parar a la cárcel. Él y su novia
habían estado manejando por la zona de South Central
cuando un policía los detuvo por pasarse una señal de alto.

No le bastó con levantarles una infracción. El policía decidió registrar el auto y encontró una pistola metida debajo del asiento del conductor. Rosita aseguró no saber nada del asunto. No había pasado nada. No le habían hecho daño a nadie. Pero cuando Evaristo fue incapaz de presentar una identificación válida, lo arrestaron.

El abogado que Marta contrató para el caso no era de gran ayuda. Hasta ahora le había cobrado cinco mil dólares en honorarios y su hermano todavía estaba tras las barras. De nada servía que Evaristo fuera inocente. Millones de personas como él estaban en El Norte, trabajando sin molestar a nadie. Ahora era probable que lo mandaran de vuelta a El Salvador, justo en medio de la guerra civil. ¡Después de todos los sacrificios que ella había hecho! Marta culpó a esa sinvergüenza de la Rosita. Esa putita además había encontrado a otro novio en menos de lo que canta un gallo. Marta no tuvo el valor de darle esa noticia a su hermano.

El viento soplaba con fuerza, haciendo traquetear el autobús a medida que aceleraba por el camino invisible. Marta miró por la ventana hacia el vasto manto de estrellas. Había olvidado lo que era estar lejos de las luces de la ciudad. Habían pasado años desde que había visto un cielo nocturno de verdad. Era la segunda vez que pasaba por esta zona fronteriza. La primera vez había sido cruzando las montañas a pie, acompañada solamente por su rosario color de rosa.

Todos los pasajeros del autobús estaban dormidos menos ella. Marta abrió un poco la ventana. Un fuerte olor a salvia se coló por el autobús. Ansiaba ver las flores del desierto, las moraditas con pétalos tan gruesos como su pulgar. Pronto llegaría a Phoenix y cambiaría autobuses para subirse al que la llevaría a Tucson y luego a Nogales. Evaristo dijo que la mitad de los hombres en la cárcel hablaban español y serían deportados, al igual que él. No era de extrañar que tantas mujeres estuvieran criando solas a sus hijos.

Quedaban pocos hombres de fiar en su barrio, pensó Marta. El mejor de todos era Pedro Nieves, que trabajaba como empleado de limpieza en el Hotel Marqués. Pedro tenía dos esposas y siete hijos en Tegucigalpa (les mandaba casi todo su salario cada mes), pero no los había visto desde 1975. Marta invitaba a Pedro a cenar siempre que ella preparaba menudo. Él la había ayudado a pintar la cocina y reparar el gallinero, y era muy diestro para componer las tuberías averiadas. Frankie sospechaba que Pedro estaba enamorado de Marta, pero ella alegaba que no era cierto.

Marta chequeó para cerciorarse de que la bolsita con cierre del dinero estuviera a salvo alrededor de su cintura. Cuando regresara a casa, tenía pensado prender una docena de veladoras para pedir por la buena salud de su bebé. Marta se recostó contra la cabecera y contó los ingredientes que iban en un baño para la buena suerte: pétalos de rosa, miel, canela, menta, contramaldeojo... ¿Qué más? Nueve días seguidos de darte los baños, dijo Dinora, adelantarían el comienzo de la buena suerte. Para protección especial, Marta se pondría los collares amarillos de la maternidad.

Pensó en nombrar al bebé Evaristo, pero desistió rápidamente de la idea. Marta quería mucho a su hermano pero no deseaba que su hijo siguiera el mismo camino sin esperanza. De pronto, se le ocurrió un nombre para su bebé: José Antonio, en honor a su padre. Papá siempre había querido venir a los Estados Unidos. Ahora su nieto tomaría su lugar.

El autobús aceleró y Marta se quedó dormida. Soñó otro sueño completamente distinto. En éste, ella trepaba el tronco liso de un árbol y se acomodaba en una rama resbalosa. En esa rama había un nido de seda con solo un huevo adentro. Marta se llevó el huevo al oído y se sorprendió al escuchar el mar; no un sonido estruendoso, sino más bien un suave chapaleo de olas. Luego oprimió el huevo contra su corazón y lo mantuvo allí.

Al amanecer, Marta se despertó y observó un tramo desolado de desierto. El viento hacía temblar aún más fuertemente el autobús. Había unos precipicios color rojo tostado a la distancia y los cactos parecían unos predicadores con los brazos alzados. Las plantas rodadoras hicieron una danza enmarañada por el camino. Marta dudó poder adaptarse a vivir aquí alguna vez; este paisaje carente de agua, este sol invernal que lo despojaba y lo desnudaba todo.

Evaristo

Aquí hay un hombre que quiere hacerme mujer. Le desconté un ojo, luego me dejé crecer la barba. Ahora un pájaro construye un nido en mi mentón. Es color canela con alas de rayas blancas. Se lo dije a mi hermana por este cochino teléfono negro, pero se ve que no me cree. Nadie me cree. Rumm-rumm, canta el pájaro. Pronto va a poner un huevo, pero no estará a salvo. Todo se mueve hacia la oscuridad. Eso lo sé muy bien. Debo inventar una ventana, convencerla de que vuele. Me creerán responsable. Es hora de irte, pajarito. Eso es lo que le diré. Uno, dos, tres, escúchame: debemos encontrar un lugar con un azul más visible. Sí, eso es lo que necesitamos, pajarito. Azul, mucho más azul.

(1 9 8 6)

Enrique Florit

La luna estaba aún baja en el horizonte, pálida y llena, apenas visible en la luz matutina. Se colaba por las persianas, rozando la piel de Papi. Por un momento iluminó su cabeza, dándole un aire angelical. Era difícil verlo acostado allí nada más, un hombre que solía levantarse inquieto, con un apetito incluso por los días comunes. Enrique se acercó a su padre tendido en la cama del hospital. Las heridas de su cráneo parecían las vías de un tren, excepto que se retorcían y se enroscaban y no llegaban a ningún sitio.

Enrique tomó un poco de aceite de coco de la mesita de noche y trazó el camino de las heridas. Luego le dio un golpecito a su padre en la cabeza, como si esto lo pudiera hacer recobrar el conocimiento. Estaba convencido de que Papi estaba vivo muy por dentro de su cuerpo, en un lugar del que luchaba por escapar. A veces hacía gestos agraciados, reflexivamente, como si extendiera una invitación al aire. ¿Qué podría estar sintiendo?

A partir del accidente, Enrique había venido todas las mañanas al hospital a masajear a su padre con aceites y alcohol para frotar. Era importante estimular la circulación de Papi para evitar coágulos de sangre. Enrique no podía contar con la ayuda de las enfermeras, a quienes hacían trabajar demasiado, ni siquiera con aquella polaca curvilínea llamada Ula, quien hubiera incitado la caballerosidad de Fernando. Con mucha paciencia, sobó los músculos atrofiados de los brazos de su padre, sus manos regordetas con sus protuberancias huesudas, sus dedos asombrosamente flexibles.

La ex novia de Papi, Violeta Salas, se aparecía casi todas las tardes con panfletos acerca de los movimientos comunistas en el Tercer Mundo. Se trepaba a la cama con Fernando, le acariciaba la cabeza y le susurraba cariñitos. De vez en cuando salpicaba su lectura con un sucinto, "¡Venceremos!" Con razón su padre había terminado con ella. Era preciosa pero era imposible ignorar sus ideas políticas. Además, Papi no podía soportar mucho de cualquier cosa que no tuviera que ver directamente con él. Violeta, sin embargo, proclamaba que se llevaban mejor que nunca.

Las piernas de Fernando se estaban atrofiando más rápido que el resto de su cuerpo. Enrique pasó tiempo extra masajeando las pantorrillas de su padre, las cuales tenían unas redes gruesas de várices. Dobló las rodillas de Papi, le rotó los tobillos, le alzó las piernas, luego le oprimió con fuerza la parte anterior de la planta de los pies para estirarle los músculos.

—Bueno, por fin estás haciendo un poco de ejercicio —bromeó Enrique—. Cuando te despiertes, estarás en mejor condición que nunca.

Los restos del disfraz del Mago de la Gran Corte estaban en una caja de cartón cerca de la cama, los deshechos de su personaje dramático por más de una década: su peluca calva de hule con su trenza, sus pijamas bordadas, las pantuflas de seda que se enroscaban en las puntas, todo aquello emitía un ligero olor a pólvora. Mezclado con todo esto estaba su capa de terciopelo y su varita mágica y los seis anillos chillones que le había dado por ponerse en los últimos meses. Enrique recostó la cabeza contra el pecho colosal de su padre. Éste apenas se movía pero pudo escuchar el ligero latido de su corazón. Su cerebro pudo haber estado muerto, pero su corazón era demasiado grande para detenerse jamás.

Anteanoche, Enrique había humedecido los labios de Papi con unas gotas de whisky y podría jurar que su padre había intentado sonreírle. "Es imposible", dijo el Dr. Kleinman cuando Enrique se lo contó la mañana siguiente. "No registra ninguna especie de actividad cerebral". Pero, ¿qué quería decir eso exactamente? ¿Acaso no latía su corazón? ¿Acaso no podía sentir las propias manos de su hijo? Enrique sabía que Papi no se rendiría ante la muerte de buena gana.

Hoy había traído unos casetes de música para tocárselos a su padre: los boleros de Beny Moré, el trinar de Olga Guillot, sus cantantes americanos favoritos, Vic Damone y Tony Bennett. Al pasar de los años, Papi había llegado a conocer a Vic y a Tony personalmente, tomando vapor con uno, hablando del mundo del espectáculo o de las mujeres con otro. A medida que sus escenarios se veían reducidos y sus públicos eran de mayor edad, el mundo más allá de Las Vegas les parecía algo cada vez más inalcanzable.

Enrique no pudo recordar cuándo había comido por última vez. Tenía deseos de traer a su hijo al hospital para tomar juntos un chocolate caliente, como él y Papi solían hacerlo. Fernandito se veía como una versión en miniatura de su abuelo, tanto así que todo el mundo comenzó a llamarlo "papito". Enrique recordó los viejos tiempos con su padre: almorzando en la cafetería del Hotel Flamingo, buscando minuciosamente los crímenes macabros en los periódicos, las recitaciones exuberantes que Papi hacía de Martí.

Las gemelas cumplían cuatro años. Delia había venido con las niñas a Las Vegas para celebrar su cumpleaños. Pero, ¿qué tipo de celebración podrían tener en la suite del hotel de su abuelo? Para comenzar, el cuarto carecía de muebles. Papi había reemplazado el sofá y la cama con montañas de almohadas y cojines de seda adornados con borlas, viviendo en lo que él imaginaba era el estilo de un gran señor chino del siglo diecinueve. A los niños les encantaban las almohadas, sobre todo a Fernandito, pero a Enrique la espalda lo estaba matando después de intentar dormir en el piso.

En el mueble del televisor había encontrado un video viejo de *Miedo negro,* la película de horror en la que Papi había actuado años atrás. Enrique veía la película todas las noches después de que Delia y los niños se iban a acostar. Volvía a pasar la escena de su padre representando al empleado de limpieza una y otra vez, seguía a Papi mientras éste se arrastraba más allá de los casilleros embrujados de la escuela (muy pronto sería despachado por sus contenidos), tratando desesperadamente de mirar por encima del hombro a la cámara. Esto le rompía el alma a Enrique por sobre todas las cosas.

El lunes por la noche, después de ver la escena por centésima vez, Enrique decidió examinar las montañas de papeles en el clóset de su padre. Esperaba encontrar más fotografías de Mamá, pero no había ninguna que no hubiera visto antes. Lo que encontró fue una carta de amor de ella a Papi cuando él cumplió treinta y cinco años. *Amor de mi vida,* comenzaba en su letra apretada y cuidadosa. *Eres el hombre para mí, ahora y por siempre.* Su amor se desprendía de la página, saturaba cada palabra. A Enrique le dolía leerla. ¿Quién lo había amado de esa forma alguna vez?

Luego buscó un testamento o cualquier otra cosa que pareciera cuasi-oficial. Entre las envolturas de caramelos y las cuentas del bar, los montones de pagarés y los recibos de la tarjeta de crédito, Enrique encontró una carta sin abrir dirigida a él de Leila en Irán. Estaba fechada hacía más de dos años. ¿Por qué Papi no se la había dado?

Enrique se metió la carta en el bolsillo y la releía a cada oportunidad. Leila le escribía que sentía curiosidad de saber cómo era su vida, que se arrepentía de ciertas cosas en cuanto a él y que deseaba hacerle una visita. Pero, ¿qué podría él contarle desde que se habían despedido? Él tenía veintisiete años de edad, estaba casado, tenía tres hijos. La mayoría de los días no era tan infeliz. Su trabajo no era tan emocionante como la jugada, pero era estable y gratificante, y la gente, en gran medida, lo respetaba. Las cosas tampoco estaban tan mal con Delia. Ella sentía cariño por él y era una madre bastante amorosa, sobre todo con la ayuda de una nana que era una santa, Marta. Sobre todo, ella le era familiar. ¿Qué otra familia tenía?

Como promedio, él y Delia hacían el amor dos veces al mes. Eso era veinticuatro veces al año o, si continuaban a ese ritmo, otras novecientas seis veces antes de que él se jubilara. Esto deprimía más a Enrique de lo que estaba dispuesto a admitir. Pensar que probablemente haría el amor menos de mil veces más en su vida, con la misma mujer. Enrique no pudo evitar preguntarse cómo sería ver de nuevo a Leila. ¿Lo cautivaría aún con su voz, con la intensidad de su mirada? Decidió contestarle. No estaba haciendo sus maletas todavía, pero tampoco se rehusaría a verla. No, no descartaría ninguna posibilidad.

Enrique caminó por el largo pasillo del hospital hasta el vestíbulo. Puso una moneda en la máquina expendedora y recogió un ejemplar del *Las Vegas Review-Journal*. El artículo principal trataba de un pueblo fantasma que había sido descubierto en las profundidades del desierto de Nevada. Según los antropólogos que estudiaban el yacimiento, el pueblo se llamaba Alas Sin Plumas, y las principales ocupaciones de sus habitantes habían sido la bebida y las apuestas. Sin duda, eso parecía como el estado de Nevada.

También en la primera página había más noticias sobre el escándalo de la camioneta de Wonder Bread. La policía informaba que una camioneta blanca brillante estaba ahora implicada en el robo de siete cadáveres femeninos de la morgue del condado de Las Vegas (el conteo anterior había reportado cinco). Apenas ayer, dicha camioneta había sido observada en el robo de unos zafiros en el Hotel Mirage. A Papi le hubiera encantado esa historia. Sabía apreciar cualquier cosa que ilustrara hasta dónde eran capaces de llegar los seres humanos para satisfacer los caprichos más insólitos.

Había una capilla en el hospital y Enrique se detuvo a la salida. No se había parado en una iglesia desde aquellos días en Jamaica, pero era un consuelo creer, aún si fuera pasajeramente, que Dios pudiera habitar en un lugar tan pequeño. Enrique se arrodilló y rogó que su padre no fuera a perecer por un error tan estúpido. La némesis de Papi en su niñez, el padre Bonifacio, solía equiparar el mal con un gavilán pollero deslizándose por el aire —*¡jük! ¡jük!*— esperando cazar aquellos cuya vigilancia flaqueaba. Pero aquí no se trataba de maldad alguna, pensó Enrique con tristeza. No había nadie a quien culpar. Ninguna víctima, ningún enemigo. Sólo la mala suerte.

El hecho era que su padre había recibido un balazo mientras ejecutaba su truco de atrapar la bala. Había sucedido en el escenario principal del Hotel Flamingo ante un teatro totalmente lleno durante los días festivos. Se suponía que iba a ser el gran retorno de Papi (uno más). Según testigos oculares, después de que el arma se disparara, el Mago de la Gran Corte —su rostro iluminado por el azoro y salpicado de sangre— gritó de forma histriónica: "¡Que cierren esas malditas cortinas! ¡Me muero!" Al público le tomó otro instante darse cuenta de que Fernando Florit se encontraba gravemente herido. Entonces se armó el escándalo.

Enrique consiguió a un experto en armas de fuego jubilado para que examinara el mosquete que Papi había usado para su truco. Resultó que debido a la edad y la condición corroída del arma, unos granos de pólvora se habían colado del cañón al cilindro. Después de años de uso, la carga en el cañón —el cual no estaba previsto para disparar jamás— explotó, junto con la carga en el cilindro. Esto significaba que con cada actuación, su padre, sin saberlo, se acercaba cada vez más a la tragedia.

Afuera del hospital, un par de urracas azulejas armaban una bulla en una palma de dátiles. La mañana estaba calentando. Enrique se subió a su auto y manejó a un emporio de juguetes a las afueras de Las Vegas. Compró unas muñecas parlantes para sus hijas, un telescopio para principiantes para Fernandito, y una piñata de Winnie de Pooh y tres kilos de dulces para rellenarla. Luego pasó al supermercado por cinco litros de helado y un pastel. Tendrían la fiesta de las gemelas junto a la piscina, invitarían a cualquier niño que anduviera por ahí.

Enrique acomodó las compras en su Buick y regresó a la ciudad. El camino estaba desierto. El cielo cambiaba rápidamente llenándose de nubes. Unas plantas rodadoras aparecieron de la nada y rebotaron sobre el cofre del auto. Enrique disminuyó la velocidad y prendió los faros. A los viejos les gustaba recordar el vendaval que había arrancado el techo del Kit-Kat Lodge años atrás, poniendo al descubierto a las prostitutas y sus puteros, en particular al alcalde de Sacramento que estaba de visita.

Para cuando regresó a su hotel, el viento había amainado y el sol reinaba de nuevo. Lo esperaba un mensaje urgente del Dr. Kleinman. Enrique se apresuró al teléfono público del vestíbulo, a sabiendas, pero necesitando escuchar la noticia de todas formas. El Dr. Kleinman le informó que con su último aliento Fernando Florit había abierto los ojos, intentado hacer una reverencia y muerto.

❧

Había cantidad descomunal de nardos en la Capilla de la Rosa del Desierto de Las Vegas y cada uno de ellos tañía su aroma como una campana. Un bolero cubano tocaba por el sistema de sonido, tal como Papi lo hubiera deseado. El forro de terciopelo de su féretro hacía juego perfecto con el tono color marfil de las flores. Decenas de velas ardientes acaparaban casi todo el aire del lugar. Enrique estudió el rostro de su padre antes de cerrar la tapa. Se veía rosado e hinchado, como un bebé lloroso. Los ojos de Papi estaban sellados pero su boca estaba a medio abrir, como dando una última boqueada. Enrique imaginó cómo debió haberse visto su padre de recién nacido. ¿Quién hubiera imaginado que cincuenta y ocho años después, su final se parecería tanto a su comienzo?

Enrique se sentó en una banca al frente de la capilla y sintió el calor desprenderse del gentío que abarrotaba la iglesia. Reconoció varios rostros del mundo de la magia: el enano australiano que levitaba bloques de concreto; los alemanes con sus turbantes que habían dominado el ámbito de la magia con sus tigres de Bengala; aquel temerario de Nueva York que una vez había escapado de un cajón de acero sobre una balsa en llamas mientras ésta se deslizaba a toda prisa por el río Niágara hacia las cataratas. Un mero funeral no sería capaz de apagar su bombo y platillo.

Los alemanes estaban habla que habla acerca de cómo Las Vegas era uno de los ombligos del universo (se suponía que había nueve en total), un lugar sagrado donde la tierra se encontraba con los cielos y los acontecimientos inexplicables eran algo común. De otra forma, ¿por qué su cachorro Bengal, Schätzi, no caminaba en ancas en ningún otro lugar? La magia refutaba los sentidos, negaba la lógica y las convicciones acerca de la realidad. La muerte de su padre le dio a Enrique la misma sensación de incredulidad.

La pandilla del Diamond Pin se reunió a un extremo de la capilla. Junto a los famosos del mundo de la magia, los tejanos parecían una chusma, perdidos y parpadeantes ante el resplandor de las velas. Enrique se sintió fortalecido por su presencia. De niño, su aliciente lo era todo: Hijo, decían, entra al mundo dando tumbos y reparte las cartas. El año pasado habían asistido al funeral de la esposa de Jim Gumbel, que había sufrido una enfermedad mental prolongada. En sus últimos meses, Sissy Gumbel acostumbraba aparecerse en el casino vestida como Gatúbela, bufando y arañando a los crupieres de veintiuna.

A pesar de la evidencia, seguían circulando rumores acerca de la manera y el momento de la muerte de Fernando Florit. ¿Acaso una de sus amantes había tratado de asesinarlo en un ataque de celos? (Todavía tenía fama de ser un mujeriego incorregible.) ¿Había orquestado su propio suicidio para escapar de la deuda? (Cerca de cien mil dólares, según fuentes confiables.) ¿O acaso un contrincante, en un acceso de celo profesional, había matado al Mago de la Gran Corte? Sin duda alguna, Fernando Florit había vivido en grande.

Uno por uno, los hombres y las mujeres que lo conocieron y más lo habían amado tomaron su lugar frente al podio. Violeta Salas, muy dramática en un caftán negro, le declaró a su amante muerto: "¡Olvidaré todo acerca de ti, menos a ti!" Enrique miró a los tejanos rascarse la cabeza tratando de adivinar qué había querido decir con eso. La antigua mesera de la cafetería del Flamingo se presentó en una silla de ruedas. Dora sufría de mal de Parkinson y les presumió a todos que acababa de hacerse unas perforaciones decorativas en los pezones.

Incluso el cantinero del Flamingo estaba allí, infundiéndose ánimos con un trago esporádico de una petaca de plata. Jorge de Reyes se secaba la cara con un pañuelo, paralizado por la congoja, y leía de un libro de piel maltratado: "Bien se ha dicho que es una fortuna que no tengamos dos manos derechas, ya que en ese caso nos perderíamos entre las sutilezas y las complejidades puras del virtuosismo".

Camila y Sirenita se portaron bien, pero Delia estrechó con fuerza a Fernandito, que se arremolinaba en su regazo. Los niños se habían divertido mucho más afuera de la capilla con los magos, quienes competían ferozmente entre ellos por entretenerlos. Estos artistas de talla mundial no iban a dejar que nadie, mucho menos un difunto en su propio funeral, los eclipsara. Enrique no estaba seguro de cómo explicar la muerte a sus hijos. Ningún conocido de ellos había muerto, excepto por su conejo y los dos pececitos del kínder.

Lo que más le molestaba a Enrique era que sus hijos fueran a crecer sin su abuelo. Para Camila y Sirenita, el funeral era más que nada un espectáculo grandioso y aburrido. Y Fernandito, que finalmente se quedó dormido contra el hombro de su madre, no guardaría ningún recuerdo de éste ni del hombre en cuyo honor lo habían bautizado. A Enrique se le saltaron las lágrimas de pensar en cómo su hijo se había robado el corazón de su padre.

La última vez que Papi había estado de visita, Enrique los había encontrado a ambos en la cocina haciendo huevos revueltos para el desayuno. Papi tenía todos los condimentos habidos y por haber en la mesa —catsup, pepinillos, salsa picante, jalapeños— y estaba enseñando a Fernandito cómo amontonarlos en su plato. "Debes aprovechar al máximo cada bocado, hijo! ¡Más es siempre mejor! ¡Que nadie te convenza de lo contrario!" Quizá ésa era la razón por la cual Enrique comía cosas simples.

Pronto llegó el momento de ofrecer unas palabras de alabanza. Enrique no había preparado nada formal. Tenía la garganta seca y sentía la lengua espesa e inútil en la boca. Pensó en el optimismo crónico de su padre, su negativa a darse por vencido, su lealtad a Mamá a pesar de sus amoríos, su generosidad incesante. Ya no quedaban muchos como él. Enrique tosió dentro de su puño y comenzó a hablar: —Mi padre solía decir que cuando un hombre caía, también volaba, que fallar espectacularmente era mejor que nunca haberlo intentado…

Pero antes de que Enrique pudiera continuar, un hombre con botas hasta las rodillas y una capa de brocado entró dando grandes zancadas por el pasillo central de la capilla. Anunció que era el depuesto Príncipe de Samarcanda y que se encontraba allí para rendir tributo al Mago de la Gran Corte, un primo político distante. Luego sacó una pistola de su funda, la oprimió de forma teatral contra su sien y pegó un aullido arcaico.

Delia les cubrió la cara a las niñas, pero Enrique se quedó paralizado al verlo (tenía la punta de la lengua extrañamente azul). Quienquiera que fuera este intruso, no cabía duda de que tenía al público embelesado, a todas las grandes figuras de la magia y el póquer bajo un mismo techo. El príncipe oprimió la pistola con más fuerza contra su sien y recitó parte de un poema que Enrique reconoció como perteneciente a Martí: —¡Así el amor, sin pompa ni misterio muere, apenas nacido, de saciado! Jaula es la villa de palomas muertas y ávidos cazadores! Si los pechos se rompen de los hombres, y las carnes rotas por tierra ruedan, no han de verse dentro más que frutillas estrujadas!

Enrique cerró los ojos. Escuchó un ritmo de semillas secas y el trueno de miles de alas e imaginó al príncipe desquiciado flotando lentamente hacia el cielo. Cuando se atrevió a mirar de nuevo, el intruso había desaparecido y una docena de palomas revoloteaba en su lugar en la capilla. Entonces una tempestad de flores de azahar tiritó encima de ellos, divinamente, como la lluvia.

Marta Claros

¿Qué le había sucedido a su esposo últimamente? Sin importar lo cansado que estuviera, Frankie la montaba con la regularidad de aquel metrónomo que la señora tenía sobre su piano vertical. Tic tac, entra y sale, por lo que parecía una eternidad, hasta que él se estremecía aliviado. Cuando terminaba su asunto, se acomodaba sobre sus pechos y se los chupaba por una hora más. Eso también la dejaba adolorida, pero no le molestaba tanto. Era lo que más le gustaba de hacer el amor con Frankie: cerrar los ojos, hacer de cuenta que era un recién nacido, esa estimulación delicada en su interior.

Frankie atribuía sus nuevos bríos en la cama a la medicina nueva para el corazón que le habían recetado. El Dr. Meyerstein lo había convencido de que participara en un estudio para una medicina que se suponía ayudaba a combatir la angina de pecho y aumentaba la circulación de la sangre al corazón. Marta supuso que en algún lugar del trayecto, la sangre se había equivocado de camino y había llegado en su lugar a la cosa de Frankie. ¿Cuántas otras mujeres de Los Ángeles sufrían como ella?

A las seis de la mañana, Marta fue al cuarto de José Antonio. *Mi hijo, mi hijo, mi hijo.* Le encantaba pronunciar estas palabras, había soñado decirlas por tanto tiempo que apenas podía creer que fuera cierto. Marta trató de despertarlo, pero José Antonio sólo cerró los ojos con más fuerza. En el desayuno se negó a comer cualquier cosa. ¿Cómo podía rechazar sus huevos revueltos y sus tortillas? Dos huevos frescos sólo para él, no rebajados con agua para compartir con alguien más.

—No tengo hambre —lloriqueaba. Cuando Marta era niña, había pasado hambre todos los días. Ella y su hermano jugaban a pedir bisteces en el restaurante La Mariposa. "¿Bistec con papas o con curtido de repollo?" Evaristo preguntaba en su mejor imitación de un mesero de primera clase. Ahora José Antonio comía carne por lo menos dos veces por semana.

Al otro lado de la calle, una bandada de gaviotas se congregó en el techo del Sr. Haley. ¿Qué hacían tan lejos de la costa? En El Salvador, la gente solía predecir el tiempo según la aparición de las aves, sobre todo de aquellas que no se veían habitualmente. Pero Marta no supo cómo interpretar la presencia de estas gaviotas.

De camino a la guardería infantil de su hijo, Marta prendió la radio. *Pregunta a la psicóloga* estaba en el aire, con su desfile acostumbrado de mujeres con mal de amores. Una se quejó de que su esposo se había fugado con el plomero que había venido a destapar el drenaje. Otra estaba enamoriscada de su sobrino adolescente. El drama nunca acababa. Marta sospechaba que a ella debía faltarle algún elemento esencial de la feminidad. Quizá el sexo era como cocinar. Se necesitaba un poco de especias para que el plato saliera bien. Dinora envidiaba a Marta todo el sexo que estaba teniendo con Frankie —"¿Permanece duro por cuánto tiempo?"— y, entre broma y broma, se ofrecía para ayudarla a mitigar su carga. A Marta no le parecía nada gracioso.

José Antonio le preguntó por qué lloraban las mujeres de la radio, pero Marta sólo le contestó que porque se les habían quemado las tortillas. ¿Qué podía aprender su hijo de estas mujeres? Tampoco quería que se diera ideas de cómo llegar a ser un mujeriego. Al salir de la autopista, llamó un caballero de habla educada. Marta subió el volumen. No sucedía con mucha frecuencia que un hombre llamara al programa para pedir un consejo. Dijo que se llamaba Jorge de Reyes y que estaba enamorado de una corista de Las Vegas que era incapaz de guardar un secreto.

—Les cuenta todo a sus amigas, hasta de cuando hacemos el amor —se lamentó él.

—¿Quieres decir que le cuenta a todo el mundo de tus cosas? —preguntó la Dra. Fuerte de Barriga—. ¿Y eso no te parece bien?

—Por supuesto que no le parece —Marta se sorbió la nariz.

—¿Por qué sientes la necesidad de controlar lo que ella dice acerca de ti?

—Ay, por Dios —Marta le gritó a la radio—. ¿Qué tipo de hombre quiere que se sepan sus cosas por todos lados?

—No pudo escuchar el resto de la conversación porque habían llegado a la Guardería Delfinitos. Apenas habían pasado seis minutos después de las ocho pero el celador les dio un papelito con un retardo. Marta no comprendía esa fijación gringa con el tiempo. Ella consultaba los relojes sólo por necesidad. Tener un reloj en la muñeca, como una bomba de tiempo bonita, donde el tiempo marcaba los segundos hacia la eternidad… Vaya, se ponía nerviosa de sólo pensarlo.

Marta se detuvo en el parque antes de dirigirse a casa de los Florit. No había llegado ninguna de las nanas todavía. Ni siquiera andaba por allí ese padre sin pareja que la había invitado a cenar una vez. Dinora había insistido a Marta que saliera con él por lo menos una vez. ¿Qué tenía de malo? "Las velas dicen que es un amante maravilloso y que además está forrado". Pero Marta rehusó la invitación. ¿Quién tenía tiempo para aventuras románticas? Pudiera ser que Frankie fuera muy latoso, pero él la amaba. ¿Acaso no lo había comprobado al casarse con ella?

Había sucedido tan de repente. Una mañana Dinora la llamó de un teléfono público y le dijo que la esposa coreana de Frankie andaba husmeando por la ciudad. Al día siguiente, Marta se tomó el día libre y esperó afuera de la fábrica de vestidos. Justo como lo predijo Dinora, la Sra. Soon llegó al mediodía en un sedán negro con chofer. Era menuda y muy elegante. Llevaba un saco con botones conectados por cadenas doradas. Por un lado, Marta deseaba presentarse con ella, darle sus merecidos respetos como la Sra. Soon. Después de todo, ¿cómo podían ser enemigas? ¿Acaso no amaban al mismo hombre? Pero le daba demasiada vergüenza decir cualquier cosa.

Dentro de la fábrica, Marta se metió a la línea de costura junto a Dinora y fingió trabajar. Las demás mujeres la saludaron de vista pero no dijeron nada. Sabían qué era lo que estaba sucediendo. Marta notó a la Sra. Soon escudriñándola desde lejos. ¿Acaso la había reconocido de algún retrato? Entonces la coreana se dirigió a ella y con gran dignidad le anunció en español: "Regreso a Seúl esta noche y no volveré a Los Ángeles. Te puedes casar con mi esposo, si así lo deseas".

Las mujeres en la línea vitorearon, pero Marta se quedó boquiabierta. Logró persignarse antes de tomar la mano de la Sra. Soon y hacer una profunda reverencia. "Gracias, señora". Ahora tendría a Frankie para ella sola. Esa misma tarde él la llevó al ayuntamiento y se casaron, así no más. (Frankie también la sorprendió al darle un lavaplatos de Sears nuevo, como regalo de boda.) Después fueron a comer barbacoa al estilo coreano, en el mismo restaurante en el que tuvieron su primera cita. Quizá su vida de casados debió haber comenzado con una cena en un restaurante más lujoso, pero a Marta eso la tenía sin cuidado.

Camila y Sirenita estaban esperando en la puerta de enfrente cuando llegó Marta. —¡Marta! —gritaron al unísono—. ¡Ya llegó Marta! —La señora Delia estaba en la sala haciendo ejercicio con un video de aeróbic. La instructora era una actriz que Marta había visto en las películas cuando era niña. Debía tener unos setenta y tantos años ahora, pensó Marta. Sospechaba que era la cirugía plástica, no el ejercicio, lo que mantenía a esa actriz con tan buen aspecto.

En el cuarto de juegos, Marta ayudó a las niñas a construir un castillo con bloques de madera caros. En el distrito de los juguetes, ella podría haberles conseguido un juego de bloques por una décima parte del precio. La semana pasada había comprado a los niños un libro que costó noventa y nueve centavos y reproducía los sonidos de los animales cuando oprimías los botones. Los libros de la señora Delia costaban quince dólares cada uno y no hacían nada. Todo en casa de los Florit era así, incluso un refrigerador de acero que costó lo mismo que el abono inicial que Frankie pagó por su casa. Marta no podía imaginarse gastando tanto dinero ni aunque tuviera un millón de dólares.

Ganaba un buen salario, a diez dólares la hora, y con

eso ella podía hacer lo que quisiera y además mandar dinero a El Salvador. Si tan sólo pudiera conseguir los papeles de ciudadanía de su hijo, dormiría más tranquila por las noches. Su próxima cita en la oficina de inmigración no sería hasta dentro de varios meses. En la última visita de Marta, dos funcionarios habían intentado por todos los medios de cacharla mintiendo. También habían sacado a colación la deportación de su hermano, pero Marta sostuvo que ese caso no tenía nada que ver con el suyo. El hombre era comprensivo, pero la mujer, la agente Stacey Rodríguez, acusó a Marta de hacer perder el tiempo al gobierno.

Marta perseveró con su historia: que había tenido ocho meses de embarazo cuando a su madrina la atropelló un camión de sandías en la esquina de la Calle Arce; que había tomado un vuelo a El Salvador para verla; que en los días de angustia siguientes, Marta había dado a luz prematuramente a su hijo. Si hubiera esperado el tiempo necesario para poner sus papeles en orden, hubiera perdido su trabajo. Por eso había cruzado la frontera ilegalmente. Marta tenía una carta certificada de sus patrones, el Sr. y la Sra. Florit, dando fe de los hechos.

La verdad era que José Antonio había nacido al día siguiente de Navidad, pesando apenas dos kilos. Cuando Marta tuvo entre sus brazos a ese bultito moreno que era su hijo, era como si alguien le hubiera dicho: *Marta Claros, hemos decidido darte el Océano Pacífico*. Así de grande se sentía.

La tía Matilde casi cambia de parecer en cuanto a regalarle el bebé a Marta, pero la Virgen intervino. En los últimos momentos del parto, la tía Matilde rezó lo suficientemente recio como para que la partera la escuchara decir: "Virgencita, perdóname por faltar a la promesa que le hice a Marta, pero no puedo regalarle a este niño". Después de un largo silencio, la partera susurró: "Lo siento mucho, pero no sobrevivió. Dejó de respirar".

Tía Matilde se persignó de inmediato y retiró lo dicho. Entonces el niño abrió milagrosamente la boca, aspiró una bocanada de aire y aulló al quinto cielo.

¿Qué otra prueba necesitaba Marta de que José Antonio estaba destinado a ella?

Durante cinco semanas, ella y su hijo viajaron por Guatemala y México, tomando un autobús tras otro, sobornando a los inspectores, comprando pañales y leche en polvo para bebé en el camino. Una amiga de la iglesia también había dado a luz a un niño en diciembre. Marta convenció a la mujer, Lety Sánchez, de que se encontrara con ella en Tijuana con el certificado de nacimiento. Los guardias de la frontera no podrían distinguir entre sus niños, insistió Marta, sobre todo niños morenitos como ellos. El plan funcionó de maravilla: Lety acabó cruzando la frontera con José Antonio como si fuera su propio hijo.

Camila y Sirenita tenían catarro y no podían ir a la práctica de natación. Su brazada favorita se llamaba la mariposa, aunque no tenía nada de ligero ni de grácil. Las niñas agitaban tanto el agua que casi vaciaban la piscina. Marta sentía alivio de que fueran a faltar a la clase de hoy. De verlas se sentía culpable. Después de muchas lecciones caras con el Sr. Karpov, ella nunca había aprendido a nadar. Sin embargo, la señora Delia no la había despedido, a pesar de las quejas del ruso.

Su patrona estaba otra vez de mal humor. Últimamente, peleaba con su esposo sobre nimiedades: la temperatura de la casa, cuánta televisión miraban los niños. Si tan sólo una fracción de lo que Marta escuchaba por la radio era cierta, entonces era probable que uno de ellos tuviera un amante.

—A veces me dan ganas de pegarle un tiro —se quejó la señora Delia mientras tomaba una tisana. Todavía estaba sudando de su sesión de aeróbic.

—Yo sí se lo di —dijo Marta.

—¿Cómo dices?

—Le disparé a mi esposo.

—¿Mataste a Frankie? —la señora Delia puso su taza nerviosamente en el plato.

—Desde luego que no. —Marta se enderezó—. Quise decir a mi primer esposo, en El Salvador. —Ella notó el miedo creciente en la cara de la señora Delia—. Pero no tenía intenciones de matarlo. Sólo le disparé en el pie para que me dejara en paz.

—¿Funcionó?

—En realidad, sí —Marta rió y su patrona también.

Estaba oscuro para cuando Marta recogió a José Antonio de la guardería. Las sombras de los árboles formaban diseños de encaje en las aceras. Cómo volaban los días cuando ella los pasaba con los niños. En casa de la doctora en Beverly Hills, había sido su momento de mayor soledad. Marta quería pasar a recoger un poco de pollo frito de ese lugar en Olympic que vendía comida para llevar, pero se había vuelto demasiado peligroso, un lugar frecuentado por pandillas. La última vez que Frankie estuvo allí, uno de los cholos había tratado de romperle una botella en la cabeza.

José Antonio estaba dormido en el asiento trasero y roncaba de una manera cómica, un ronquido largo seguido de dos cortos. Marta esperaba que su hijo no se hubiera contagiado del catarro de las gemelas. Marta no soportaba que tuviera que sufrir el más mínimo malestar. Un día visitarían El Salvador juntos y llevarían veinte maletas llenas de regalos para todos, sobre todo para Evaristo y la tía Matilde. Ella también quería localizar a su padre. Cómo se sorprendería papá de conocer a su nieto. ¿Acaso José Antonio no era prueba de que ella no lo había olvidado, de que todavía lo quería?

A Marta le costaba trabajo mantener la vista sobre el camino. Seguía echando miradas por el espejo retrovisor a su hijo, quien tenía una manita tapándole la frente como una estrella joven de la tele. Sus extremidades se encontraban relajadas y sueltas, sus sueños eran dulcemente pacíficos. Tener a un hijo, pensó Marta, era volver a tener una esperanza. *Mi hijo, mi hijo, mi hijo.* Bajó la ventanilla y dejó que las palabras flotaran en la brisa.

Leila Rezvani

Leila entró con vacilación al salón de belleza en el norte de Teherán. Estaba escondido detrás del patio de una tienda de curiosidades que vendía joyería de oro y de coral. Había conseguido el nombre del lugar de Yasmín, quien a su vez lo había conseguido de una amiga actriz que actuaba con una compañía de teatro clandestina. El salón era sencillo, con flores artificiales y muebles usados, pero acogedor y disponía de buena calefacción en ese día frío. Adentro, una docena de mujeres sin pañoletas en la cabeza conversaban y fumaban en exceso.

La dueña, Farideh Sadhrapoor, saludó a Leila con un abrazo y le ofreció melón y galletas de pistacho. —Te hemos estado esperando, querida.

Leila esperaba ir a California el próximo verano y estaba decidida a lucir muy bien cuando llegara. Desde que Enrique le había escrito (le dijo que no había recibido su carta en dos años), Leila había comenzado a hacer ejercicio en un estudio privado de aeróbic cerca de su casa.

Evitaba las féculas y los dulces, y nadaba una hora todas las noches después de que Mehri se acostaba. Hasta ahora, había rebajado seis kilos. También había comenzado a hacer acopio de ropa interior nueva, de brasieres y calzones sexis de Francia que compraba en el mercado negro a cien dólares el par. Eran lo opuesto a los brasieres iraníes de calidad industrial que ofrecían los vendedores ambulantes, quienes daban un puñetazo a las copas para demostrar lo resistentes que eran.

En el salón, Leila escogió el tratamiento de novia completo. Costaba una fortuna —dos meses del salario de un oficinista— pero al cabo de cinco o seis horas, la dueña había asegurado a Leila, ella quedaría completamente peinada, depilada, humectada, masajeada, con manicura y pedicura y recibiría los beneficios de un tratamiento facial estimulante a base de la mezcla de varios granos. En una palabra, quedaría transformada.

—Nuestro lema es "Mátame, pero hazme hermosa" —sonrió Farideh, sacudiendo una muñeca con pulseras—. De modo que, ¿cuál es la gran ocasión?

—Voy a Los Ángeles —dijo Leila en voz baja—, a visitar a unas amistades.

—¿O a un... *amigo*? —bromeó Farideh, arqueando las cejas hasta que éstas casi se fusionaban con el nacimiento rojo encendido de su pelo.

—No, no se trata de eso. —Leila se sintió avergonzada pero complacida de que Farideh la creyera capaz de tener un amante. Quizá no todo estaba perdido aún. Tuvo que resistir la tentación de contarle sobre el tatuaje de Enrique, un par de dados en su bíceps izquierdo entrelazados con el nombre de ella en letras persas (él le había enviado una foto mostrándoselo). Pero no podía arriesgarse a ir de lo atrevido a lo rotundamente escandaloso.

—¿Y tu esposo te ha dado permiso de viajar? —Farideh le preguntó incrédula—. ¿*Sola*?

Se acercaron varias mujeres, seguidas de una estela de humo de sus cigarrillos. Se encontraban en diversas etapas de embellecimiento: luces aquí, cejas a medio depilar por allá, bigotes y vello facial que aguardaba ser eliminado mediante un hilo de coser grueso. Todo el mundo quería enterarse del próximo viaje de Leila.

¿Cómo podría decirles que apenas dormía de la emoción? Enrique le había escrito que estaba casado y que tenía tres hijos —¡tres!— pero que tenía muchos deseos de verla otra vez y que no había dejado de pensar en ella. Había citado un verso de un poeta cubano: "Se ama de pie, en las calles, entre el polvo de los salones y las plazas; muere la flor que nace". Luego había añadido: "Espero ansioso la oportunidad de resucitar nuestra flor".

—Voy a llevar a mi hija. Mehri nació en los Estados Unidos, pero regresamos acá cuando era bebé. —Leila pudo sentir la envidia y el entusiasmo dentro del cuarto—. Iremos a Disneylandia.

—¡Ahhh! —exclamaron las mujeres. Compararon con conocimiento los méritos del parque de atracciones original en California con los del inmenso complejo en la Florida. Todas las mujeres en el salón de belleza tenían parientes en los Estados Unidos. Contaban historias acerca de tíos y primos que se habían ido allá para estudiar y luego se habían quedado, o que regresaban de visita sólo para criticar cómo era la vida en Irán. A menudo, los hombres se cambiaban de nombre a Mike o Fred, nombres cortos como el ladrido de un perro. ¿Cómo podían compararse con sus preciosos nombres persas?

—Allá no se respeta a la mujer —se quejó la esposa de un mercader acaudalado del bazar, apagando un cigarrillo de contrabando—. Las muchachas universitarias salen a tomar, y andan ahí de putas sin nadie que las cuide. ¿Dónde están sus padres y sus hermanos?

—He oído tantas mentiras que ya no sé qué creer.

—Una mujer de mediana edad frunció el ceño, su cabeza retintineando con los paquetitos de papel aluminio para las luces—. Pero todo lo que ellos oyen de nosotros tampoco es cierto.

—Las cosas han cambiado tanto —suspiró una mujer de cejas pobladas y uñas brillantes—. Antes tomábamos en público y rezábamos en privado. Ahora rezamos en público y tomamos en privado.

Todo el mundo rió, aunque la broma ya era conocida.

—Vamos, señoras —interrumpió Farideh—. Necesitamos comenzar con nuestra clienta más reciente. *¿Eshkal nadare?* Ven por aquí, querida. Primero, ¿un poco de té?

—Sí, gracias. —Leila se sentó en un sillón floreado y aceptó una taza humeante del samovar. Advirtió a una mujer a un extremo del salón, su pelo arreglado en trenzas y cintas rosadas. Se preguntó si así le gustaba a su esposo.

No había sido fácil convencer a Sadegh de que la dejara ir a California. Ella había estado de acuerdo con sus condiciones. En realidad, él había hecho que un abogado redactara un contrato, con un puñado de sellos y firmas. Más que nada, Sadegh quería tener un número ilimitado de esposas provisionales por la duración de su matrimonio. Leila fingió que esto representaba un gran sacrificio de su parte. Por supuesto, sabía que su esposo no tendría el valor de hacerlo. Se sentiría demasiado avergonzado ante su propia impotencia.

Sadegh exigió que Leila fuera a California por no más de diecisiete días, que no iría, bajo ninguna circunstancia, a visitar Disneylandia —lugar al cual él se refería como "ese pozo negro de la degeneración americana— o que se pusiera pantalón corto o que anduviera con los brazos destapados arriba de la muñeca. Leila también estaba obligada, bajo contrato, a comprarle a su esposo una lista larga de productos americanos, entre ellos calzoncillos, mantequilla de cacahuate, Pop-Tarts y puré de papas instantáneo con salsa de carne en paquete.

Al principio, Sadegh no había querido que Mehri viajara. Dijo que la extrañaría demasiado y que no quería que se pervirtiera con las costumbres occidentales. Leila sabía que Sadegh amaba a su hija. No mencionó ni una vez el peso de Mehri (se estaba poniendo bastante gordita) o su nariz cada vez más antiestética. Le compraba helado de chocolate todas las noches y la llevaba de visita a la instalación nuclear, donde Mehri tenía la oportunidad de ponerse lo que llamaban con cariño su "traje espacial". A Leila le preocupaba la contaminación por la radiación, pero su esposo descartaba sus preocupaciones.

Sadegh trató de sobornar a Mehri para que se quedara con él en Teherán en lugar de ir a los Estados Unidos. Le prometió un rifle nuevo y un viaje al campo de tiro (algo que ella ansiaba probar), pero al final, la oportunidad de ir a Hollywood resultó ser demasiado atrayente. Leila deseó que pudieran irse de Irán para siempre, pero esto era imposible. Sadegh las localizaría en California, secuestraría a Mehri para traerla de vuelta. Luego se aseguraría de que Leila perdiera todos sus derechos maternales.

Su esposo no hablaba de sus años en los Estados Unidos, excepto para decir que habían sido los peores años de su vida. "Nadie debería vivir con el enemigo" era su única respuesta cuando le preguntaban sobre sus estudios en el extranjero. Cuando Sadegh se refería a los Estados Unidos del todo era como ese país arruinado, *mamlekat-e-kharabshodeh*. Nunca mencionaba el viaje que habían realizado juntos al Gran Cañón del Colorado ni cuando habían regresado a casa para encontrar a su hermano muerto en el comedor. Sadegh se había apegado a sus mentiras por tanto tiempo, que las mentiras se habían convertido en la verdad, incluso para él.

Leila sujetó un cubo de azúcar entre los dientes y bebió

a sorbos el té hirviente a través de éste. El azúcar no formaba parte de su dieta, pero sin duda un cubito no le haría daño. En los Estados Unidos, tendría que recordar que había que dejar caer los cubos de azúcar en el té. Miró a su alrededor y sintió cierto afinidad con las mujeres allí reunidas. ¿Por qué no las había buscado antes? Tratar de verse bien en este país era un acto radical. Mostrar un poco del tobillo o una uña pintada era el colmo de la subversión. Desgraciadamente, esa preocupación obsesiva con la apariencia dejaba poca energía para actividades más serias.

¿A quién echaría más de menos, se preguntó Leila, si se fuera del país? Tantos parientes suyos ya habían huido: a Alemania, Suecia, Suiza, Francia. Su tío Kazem y su segunda esposa, una bióloga italiana llamada Claudia, habían escandalizado a todos al declararse marxistas y mudarse a la Unión Soviética. La tía Parvin también se había ido, después de que muriera el tío Masud. Hoy día vivía en Londres gracias a la dadivosidad de su ex archienemiga, la propia madre de Leila.

El año pasado, Maman se había casado finalmente con el horticultor, en una boda que apareció en las páginas sociales de todos los periódicos británicos. Ella y el Sr. Fifield eran dueños de una casa adosada cerca de Hyde Park y de una quinta en Sussex con jardines que habían sido premiados, una obra maestra la cual mostrar a clientes potenciales. Maman seguía pintando acuarelas, distribuyéndolas entre sus amistades y parientes como regalos. Incluso Mehri había recibido una de un sabueso para su cumpleaños.

A Leila le preocupaba que su hija aprendiera a ser mujer en Irán. Una vez había alcanzado a escuchar a Mehri mientras le rogaba a Dios que la volviera niño. ¿Quién era ella para disuadirla? Peor aún, temía que su hija se estuviera convirtiendo en una versión más joven de

Sadegh: seria, impaciente, siempre inconforme. Mehri adoraba a su padre y quería ser tal como él. Si no era la mejor en todo lo que emprendía, hacía un berrinche. Sus maestras la habían expulsado de la escuela en varias ocasiones por pelearse con sus compañeros. Leila sospechaba que su hija compartía el desdén de su padre hacia ella.

Además de Mehri, sólo había dos personas a quienes Leila extrañaría si se marchara: a su padre y a Yasmín. Pero Yasmín tampoco iba a durar mucho en el país. Desde que la habían sorprendido tomando y bailando en una fiesta privada (el *komiteh* local había sido mandado llamar por una vecina celosa), ella tramaba su huida. A Yasmín se le había acusado de decadencia y pasó una semana en la cárcel. A la amiga de ella la azotaron con tal crueldad que le dejaron la espalda como cordero molido en la vitrina del carnicero. Y ella era una de las afortunadas. Cientos como ella desaparecían todos los días y nunca se volvía a saber de ellas.

Sólo Baba permanecía incólume en su apoyo al país. Era como el capitán testarudo que se hunde con su barco. Era cuestión de lealtad, no al gobierno sino a la tierra, a *su* tierra, la cual se negaba a abandonar. El Dr. Nader Rezvani estaba condenado —sí, ésa era la palabra— a Irán como la sed al desierto. Leila decidió que la postura de su padre tenía algo de interés propio. ¿Acaso Baba no había actuado siempre según sus propias creencias sin atenerse a las consecuencias para su familia?

Cuando Leila le confió que estaba pensando en divorciarse de Sadegh, él bromeó: "¡Elizabeth Taylor no le gana a mi hija!" Luego Baba se había puesto muy serio. "Mira, luz de mi vida, la virtud real se admira pero no se practica. Debes actuar según tus propias convicciones. Decidas lo que decidas, puedes contar conmigo". Él no había vuelto a decir ni una palabra al respecto. ¿Por qué no le había hecho más preguntas? ¿Acaso no le importaba cómo se sentía ella? Su padre, concluyó, era primero un hombre. Un hombre no interfería en el matrimonio de otro hombre.

Después de que Leila se terminó el té, Farideh la llevó con la masajista. Leila se quitó la ropa y dejó que la mujer vigorosa —se presentó como Bita— cubriera su cuerpo con un aceite color ámbar que olía a naranjas y menta. Bita masajeó el cuello y los hombros de Leila, luego manipuló metódicamente su columna, poniendo en su lugar dos vértebras. Cuando Bita ejerció presión contra la región lumbar, los pezones de Leila se tensaron. Había pasado tanto tiempo desde que alguien la había tocado con la más ligera intención de placer que comenzó a llorar.

—Lo siento. ¿Fue demasiada presión? —preguntó Bita.

—No, no. Está bien.

—El cuerpo es inteligente —dijo Bita en voz baja—. Le dice a uno lo que necesita. *Eyb nadare.* Llore todo lo que guste. Esto sucede a menudo la primera vez.

—Continúe, por favor —dijo Leila, secándose los ojos.

Trató de imaginar a Enrique viéndola desnuda después de tantos años. ¿Aún la encontraría hermosa? ¿Trazaría su cintura con sus manos? ¿Recostaría su cabeza con delicadeza sobre sus senos? ¿Cómo era su esposa físicamente? Enrique le había escrito que Delia había nacido en Cuba, como él, pero se había criado en los Estados Unidos. Leila conocía muy bien la atracción de lo familiar. En una competencia para ganarse el amor de él, ¿quién ganaría?

—Ahora respire profundamente y haremos que se relaje y esté lista para el resto de sus tratamientos. Cuando salga hoy de aquí, nadie la reconocerá.

—*Motashakkeram* —dijo Leila—. *Kheyli mamnum.*

Últimamente, Sadegh se había portado más amable con ella. No era cálido ni amoroso, sólo menos irascible y violento. No la había golpeado desde el día antes del Año Nuevo. Esa golpiza le dejó moretones que le habían tardado casi un mes en desaparecer. Leila atribuía el cambio en su comportamiento a sus preocupaciones de salud. Su esposo no era viejo ni gordo, pero en su último chequeo el Dr. Banuazizi le había dicho que tenía la presión arterial un poco elevada para alguien de treinta y cuatro años. Ahora Sadegh estaba convencido de que era inminente un ataque al corazón.

Desde entonces había dejado de tener relaciones sexuales con Leila, alegando que esto hacía trabajar más de la cuenta su sistema circulatorio. Su fanfarroneo acerca de las esposas provisionales no había disminuido, una contradicción que a Leila le parecía divertida. Por lo menos ella ya no estaba obligada a abrazarlo. Más y más, Sadegh la despachaba a su chalet en el Mar Caspio bajo el pretexto de que él necesitaba unos días de sosiego. A ella le hacía bien alejarse de la ciudad. A veces se quedaba allá durante semanas.

Leila se acomodó en una silla giratoria rechinante para que le pusieran un tinte castaño. Ella había estado usando un producto empaquetado en Austria, pero le dejaba el cabello reseco y quebradizo.

—Eres demasiado joven para estar completamente cana —dijo la estilista, espulgando las raíces de Leila con el mango largo de un peine.

—Es hereditario —mintió.

¿Acaso el pelo de su hermano se hubiera puesto cano antes de tiempo si aún viviera? Era imposible imaginárselo mayor de lo que lo había estado en su último día juntos. Ella todavía visitaba la tumba de Hosein y sentía su presencia debajo de los higos podridos. Pero ya no se sentía cómoda hablándole en voz alta. No había intimidad en el cementerio. Con la guerra todavía en pleno, la gente presentaba sus respetos a los muertos de día y de noche.

Una clienta que vestía unos pantalones a media pantorrilla y una blusa anaranjado brillante agitó un casete que le había comprado a un vendedor turco en el callejón detrás del salón. —Me dijo que es el último éxito en Ankara —anunció ella, metiéndolo en la casetera de Farideh. Una canción pop animada inundó el aire. Varias clientas aplaudieron al compás.

El año pasado, el líder de oraciones de Teherán había denunciado todo tipo de música como un mal. Leila se había visto obligada a cancelar las clases de piano de Mehri en razón de que Mozart era demasiado provocativo para una niña musulmana buena. En la confusión que tuvo lugar a continuación, Sadegh se las había arreglado para comprar un piano de cola Steinway por una bicoca. (Él era perfectamente capaz de justificar el romper con las reglas gubernamentales cuando le convenía.) Pero no eran sólo los músicos quienes se habían vuelto unos refugiados. En Irán, casi todo el mundo era un refugiado de una u otra manera.

Con una mirada pícara, Farideh bajó las luces, sacó sus pequeños pechos y echó los hombros para atrás. Comenzó a bailar, los ojos velados, los labios a medio abrir, las manos crispadas barriendo el aire como un par de mariposas. Mientras se ondulaba al pasar entre sus clientas, sus pulseras retintineaban y su trasero prominente se elevaba y caía. Las mujeres ululaban como si ella fuera una bailarina del vientre. Se pararon dos más, incluso la mujer del *bazaari*, quien sacudía sensualmente su barriga redonda. Leila ansiaba unirse a las mujeres, pero no logró hacer que su cuerpo se moviera.

Cuando paró la música, las mujeres aplaudieron y vitorearon. Pero el sonido de una explosión distante puso fin a su regocijo. La guerra contra Irak parecía no acabar nunca. Tantos mártires jóvenes morían con las "llaves" del cielo —figuras recortadas de cartón, en realidad— oprimidas contra sus pechos. Miles de ciudadanos comunes y corrientes también morían. Las procesiones fúnebres atascaban el ya espantoso tránsito de Teherán. La gente

trabajaba por las noches en un segundo empleo como pla-
ñideros profesionales para ganar dinero extra. (No esca-
seaba ese tipo de trabajo.) Los tulipanes rojos, símbolo de
los mártires, estaban sembrados por doquier.

Otros enloquecían debido a los estallidos. Una bomba
había aplanado un edificio de apartamentos en el barrio
del padre de Leila. El colega y amigo íntimo de Baba, el
Dr. Ali Houshmand, había sido asesinado, al igual que
toda su familia. Baba estaba inconsolable. Una semana
después del ataque, su perro, Zozo, el cual habían perdido
en un viaje a las montañas, reapareció. Zozo hacía guardia
junto a los escombros, aullando y enflacando cada vez
más, esperando a que los Houshmand regresaran. Nadie
tuvo el valor de llevarse el perro. Leila no comprendía su
obstinación. Comprendía mucho mejor la atracción de la
tumba.

El silencio descendió sobre el salón de belleza como la
tristeza invernal. Estos últimos días, los vientos habían so-
plado un polvo rojo por doquier, habían tumbado árboles
y provocado apagones en la parte sur de la ciudad. Unos
extraños ciempiés azules infestaban los árboles en flor. La
gente nerviosa presagiaba un terremoto, pero los vientos
seguían aullando y el terremoto nunca llegó. Leila miró a
su alrededor a las demás mujeres en el salón, parcialmente
oscurecidas por el humo del cigarrillo. Para el próximo verano, decidió, su vida no se parecería en nada a la de ellas.

(1987)

25 de mayo

Marta

Marta cambió el vendaje que su hijo traía en la frente. Parte de la costra rezumaba suero y se había quedado pegada a la gasa, pero por lo menos ya no estaba sangrando. Ayer, José Antonio se había caído en el kínder mientras jugaban a las escondidas y se había descalabrado la frente. La enfermera le mostró a Marta cómo cambiar el apósito y la venda alrededor de la frente; no demasiado apretado o le cortaría la circulación. Marta se llevó a su hijo a casa temprano y lo acostó. Quería que hoy tuviera fuerzas, precisamente hoy, porque José Antonio se convertiría en un ciudadano americano.

—¿Todavía te duele, mi amor? Déjame darte tu desayuno. Casi no comiste sopa anoche.

—No tengo hambre.

—Tienes que comer algo. No quiero que te desmayes enfrente de todos. ¿Qué va a decir la gente? ¿Que soy una mala madre y no te doy de desayunar?

La ceremonia de juramento era a las diez. Para la ocasión, Marta le había comprado a José Antonio un traje de lino, zapatos bicolores y un sombrero de jipijapa en miniatura. El traje le había costado $61.34 con impuesto. Exorbitante, pero Marta decidió que valía la pena porque desde este día en adelante podrían vivir sus vidas en paz.

Marta había conseguido licencia de la señora Delia para tomarse el día libre y Frankie planeaba cerrar la fábrica temprano para prepararse para la celebración. Las mujeres de Back-to-Heaven iban a traer cazuelas (Vilma Colón iba a preparar su famoso guisado de res con tostones) y Dinora había prometido traer su colección de discos de los años cuarenta y cincuenta. Después de un par de tragos, quizá podrían convencerla de que les cantara un bolero. Marta había invitado a todos sus conocidos a la fiesta: los Florit, los compañeros de clase de José Antonio, las nanas del parque, los vecinos y los muchos vendedores de quienes se había hecho amiga al pasar de los años. Ésta sería una celebración inolvidable.

Una brisa agitó las cortinas de la cocina. Marta se preparó una taza de café, endulzándolo con un trocito de piloncillo. Para el desayuno, hizo quesadillas y se las sirvió a su hijo con frijoles negros y crema. Por un tiempo, habían probado esos cereales americanos tan caros, pero resultó que sólo estaban hechos de azúcar y aire. Una hora después, otra vez tenían hambre. Pasaba igual con ese Wonder Bread, que te dejaba constipado. Tanta comida de los supermercados de aquí era así: paquetes de colores vivos rellenos de pura nada.

—Apúrate. Necesitamos ir a la iglesia antes de la ceremonia.

Marta bostezó mientras le prendía un amuleto contra el mal de ojo a su hijo dentro de la chaqueta. Era importante tomar precauciones contra cualquier desgracia posible.

Aunque había dormido profundamente anoche, Marta aún se sentía cansada. Sin duda alguna, todas las emociones del día de ayer la habían dejado agotada.

—Quiero ver *Mary Poppins*.

—Ahorita no tenemos tiempo. —A Marta le gustaba la película tanto como a su hijo. Después de rentarla dos veces, finalmente había comprado una copia del video. Terminó de vestir a José Antonio, luego le puso una crema blanqueadora en el cuello.

A la señora Delia no le parecía bien que Marta usara una crema blanqueadora pero, ¿cómo podría ella comprender lo que podía significar unas cuantas tonalidades de moreno? No había manera de ocultar el prejuicio en Los Ángeles. En la escuela, uno de los compañeros de su hijo le había dicho que sólo las sirvientas hablaban español. Luego la maestra había dado instrucciones a Marta de que sólo hablara inglés en casa para que José Antonio no se confundiera. Le sorprendía que una maestra pudiera ser tan ignorante.

Afuera, el barrio estaba tranquilo. El pastor alemán había atrapado el mismo gato callejero encima del roble. Esa señora Haley tan loca estaba pintando su porche de un amarillo brillante. Un pájaro que Marta no había visto antes armaba un alboroto en su reja. Le recordaba a las tortolitas de su país, color canela con alas rayadas de blanco. Les gustaba revolotear en los tamarindos, haciendo un sonido *runn-runn* como un motor andando, llamándose una a la otra a través de grandes distancias para advertir del peligro.

Durante el transcurso de ocho cuadras a la iglesia, Marta dejó que su hijo se sentara enfrente con el cinturón de seguridad abrochado.

—Éste es un día especial, hijo. No me pidas que te siente aquí mañana o la policía me meterá a la cárcel.

En *¡Salvado!*, estaban pasando el lloroso testimonio de

Evangelina Huerta, una ex reina de la belleza costarri-
cense. Evangelina confesó que había tratado de asaltar un
expendio de donas con la pistola de juguete de su hijo pequeño. En medio del robo —los empleados estaban tan
asustados que le dieron todo el dinero de la caja registra-
dora, más una bolsa de donas glaseadas con chocolate—
ella escuchó la voz del Señor ordenándole que soltara la
pistola. Evangelina cayó de rodillas, llena de temor y re-
mordimiento. Después de esposar a Evangelina, el agente
que hizo el arresto, que también era de Costa Rica, le pidió
su autógrafo.

Marta y José Antonio se persignaron con agua bendita
antes de entrar a la iglesia de Santa Cecilia. Les tomó un
momento para que sus ojos se ajustaran a la penumbra.
Las mismas viejitas ocupaban las bancas del frente: doña
Filomena, cuyo hijo mayor esperaba su juicio en Houston
por haber matado a su novia, y doña Anselma, quien, aunque no tenía hijos, rezaba por los hijos descarriados de
todos los demás. Allí cerca estaban las tres hermanas viudas —Leoncia, Eugenia y Saturnina —envueltas en sus
tres rebozos negros idénticos. Las hermanas habían estado
casadas con unos triates carpinteros de Tegucigalpa, quienes habían muerto trágicamente en la carretera 60 cuando
un camión de carga chocó contra su camioneta que iba
llena de lavabos de porcelana.

Un aroma a incienso de sándalo impregnaba el aire.
Marta asintió en dirección a las mujeres, quienes parpadearon de asombro al ver su ropa tan elegante. Luego con-
dujo a José Antonio al nicho de la Virgen, donde le
ofrecieron tulipanes rojos de su jardín. Marta enredó su
rosario viejo en las manos unidas de su hijo y rezaron juntos para pedir que la Virgen bendijera la ciudadanía inminente de José Antonio.

—No podríamos haberlo hecho sin ti, Virgencita.

José Antonio señaló un vitral que mostraba a una Santa

Cecilia angustiada implorando a Dios por su salvación. Santa Cecilia había hecho un voto de castidad de niña, Marta le explicó a su hijo, y lo cumplió a pesar de que sus padres la casaron con un noble.

—Quiero que te acuerdes de Santa Cecilia cuando las muchachas te empiecen a rondar y quieran que hagas esto o aquello.

—No me gustan las niñas —dijo José Antonio, sacando la lengua.

—Eso es. Y recuerda que nadie más que Mami tiene permiso de tocarte allá abajo y de bañarte. ¿Me entiendes bien?

—Sí, Mami.

—Siempre que sientas la tentación de hacer algo malo, sentirás el aliento caliente del diablo en el cuello. ¿Sabes qué hacer entonces?

—¡Pararme en su cola! —gritó José Antonio y dio una patada en el suelo.

—Así nomás. Luego, si te quedas muy quieto, sentirás el aleteo de tu ángel de la guarda en la mejilla, igual que una mariposa. Ese es el roce de sus alas, para que sepas que estás a salvo otra vez.

A Marta le complacía ver las veladoras arder tan alegremente. Le dio un dólar a su hijo para la caja de las ofrendas, setenta y cinco centavos más de lo normal. José Antonio miró fijamente las llamas. Sus ojos se veían translúcidos, como si la luz brillara a través de ellos. ¿Cómo podría haber espacio suficiente en su corazón para albergar todo el amor que ella sentía?

Frankie también lo adoraba. Estaba enseñando a José Antonio a hablar en coreano y a cortar su bistec en pedacitos para no atragantarse. Cada día su amor crecía, adornado de tiernos esfuerzos. ¿Cómo sería amar a su hijo en cinco años o en diez? Marta compadecía a las mujeres que gastaban todas sus emociones en esposos o amantes. Los hombres iban y venían —esa era una ley del universo— pero los hijos eran para siempre.

Marta prendió una vela y miró el humo gris elevarse como pétalos hacia el cielo. Mientras la retiraba de la llama, le cayó una gota de cera en el pulgar. Pensó en las velas de Dinora, clavadas de alfileres rectos, prediciendo el futuro. Un solo alfiler color rojo subido señalaba un amor no correspondido. Cuando la cera se derretía en la forma de un pie, eso advertía sobre un esposo descarriado (lo cual no era ninguna sorpresa). Una cascada de cera del lado derecho de la vela significaba una ganancia imprevista.

Estaban confesando al otro lado de la iglesia. Marta dejó a José Antonio sentado con las hermanas viudas y entró al confesionario del padre Ramón, el sacerdote joven que se había ordenado recientemente en Guatemala. Todo el mundo decía que el padre Ramón era comprensivo, sin duda mucho más que aquel párroco irlandés que siempre hablaba del día del juicio final y que advertía a todo los penitentes que estaban al borde de la condena eterna.

—Me da pena admitirlo, padre, pero últimamente he estado pensando en otro hombre cuando mi esposo me hace el amor.

—¿En quién piensas, hija?

—Pues, ¿conoce a ese actor Félix Curbela? ¿El que hace el papel del hermano malo en *Mala sangre*?

—Me temo que no.

—Ay, es muy, muy guapo. Todas las mujeres lo adoran. Bueno, cada vez que me lo imagino alisándose el bigote, siento algo por dentro que no puedo explicar. ¿Eso es adulterio, padre?

—No, hija. Pero quizá pudieras tratar de pensar en algo que, digamos, ¿inflame menos los ánimos?

—Lo intentaré, padre.

—¿Algo más?

—Les mentí a los agentes de migración para que mi hijo se pudiera convertir en un ciudadano americano.

—¿Le has rezado a nuestro Señor Jesucristo para que te oriente?

—Sí, padre, pero todavía no me ha dado respuesta.

—¿Ya se arregló el asunto?

—Primero Dios, esta mañana se convertirá en un yanqui.

—Entonces, que se haga la voluntad de Dios.

Afuera de la oficina de inmigración, había una jacaranda en flor. A Marta esto le pareció un buen augurio. Un grupo de plantas de sábila bordeaba la entrada del edificio. Marta cortó una hoja gruesa con su navaja. Un poco de jugo de sábila curaría la frente de su hijo mejor que cualquier ungüento que le diera la enfermera, y además no le dejaría cicatriz.

Una mujer que llevaba el traje tradicional de Oaxaca vendía tamales de pollo y churros desde su carrito. Marta tenía hambre de nuevo, pero no quiso arriesgarse a manchar su ropa antes de la ceremonia. En lugar de eso compró una bandera estadounidense de un vendedor chino y se la dio a José Antonio, quien la agitó como si estuviera en un desfile. Con la banderita y la cabeza vendada, parecía un veterano de guerra en miniatura.

En el edificio de gobierno, más de 300 personas estaban reunidas en su vestido de domingo para tomar su juramento de ciudadanía. El aire se sentía sofocante y espeso como la lana. Marta le quitó el sombrero de jipijapa a su hijo. Miró a su alrededor y reconoció a varios rostros de sus visitas anteriores. Se alegró de ver que Willi Piedra, el compositor de Veracruz, hubiera llegado tan lejos. Y Crescencia Ortiz estaba aquí con sus dos hijos adolescentes, a quienes había logrado traer desde Chiapas. Eran unos niños bien parecidos, callados y de aspecto malnutrido. De aquí a un año, hablarían el inglés con soltura y pesaría diez kilos más cada quien.

Una sensación de excitación inundó el salón al entrar el juez. Todos trataban de mantener la calma hasta que les tomaran su juramento. No era fácil convertirse en un ciudadano estadounidense cuando uno era pobre y venía de un país pequeño como El Salvador. Se necesitaba de abogados y más dinero del que nadie tenía. Se necesitaba de paciencia y oraciones y la voluntad de esperar y esperar y quizá perderlo todo. Marta frotó el amuleto contra el mal de ojo prendido dentro de la chaqueta de José Antonio. Cuando él se convirtiera en ciudadano, quedaría una constancia en el registro civil de que él era hijo de Marta. Entonces ellos podrían gritar a todos los cielos: "¡Somos de aquí!" Y eso nadie, nadie se los podría quitar.

20 de junio

Leila

Era una mañana calurosa de verano cerca del Mar Caspio. Leila estaba de pie en el balcón de su chalet y miraba sobre el agua azul. En los aleros, una paloma torcaz arrullaba sus polluelos en el nido. Los vientos estaban cambiando hacia el sur, agitando el mar. Un grupo de nubes se oscurecía como una mancha lenta sobre los cielos. Un hombre a la orilla del mar limpiaba pescado. Leila había leído en el periódico local que la cantidad de esturión del mar se había visto reducida en un veinticinco por ciento. Miles de focas, tortugas y aves migratorias también estaban muriendo. ¿Qué decidía estas catástrofes naturales?

La cocina estaba casi vacía. Leila había regalado la mayor parte de los contenidos del chalet a la gente del pueblo. Lo único que quedaba de los muebles eran los candelabros, el reloj de pie, una mesita y dos sillas. Su esposo lo ignoraba porque no había ido al chalet en un año. Leila se preparó una taza de té y dispuso su desayuno: pan ácimo con mermelada de cereza y unos higos. Luego se sirvió helado de café en un plato hondo, machacando unas cuantas nueces con la parte plana del cuchillo y rociándoselas encima. Le alegró comer un poco de helado con el desayuno.

Hoy era el cumpleaños de Leila. Cumplía veintinueve años. Nadie lo había recordado: ni su hija, ni su esposo, ni su padre, ni sus amigas. El reloj de pie en el comedor dio nueve campanadas. Lo había escuchado cada ahora durante los últimos dos días. Cada minuto pesaba sobre ella como una pequeña pesa de plomo, arrastrándola a un lugar sin aire. Era peor después de la medianoche, cuando la pátina de un día más le parecía insoportable y las estrellas se veían tan terriblemente blancas.

Leila se sintió culpable al dejar a su hija en Teherán con dolor de garganta, pero sabía que las sirvientas cuidarían bien de ella. Todo lo que Mehri tenía que hacer era llamar y alguien estaría ahí para sacarle punta a sus lápices o llevarle una taza de té o recoger uno de sus cuadernos azules de ejercicios del piso. Ella ya había olvidado el sueño de viajar a California.

El nivel del agua del Mar Caspio estaba creciendo un promedio de dieciocho centímetros al año por razones que resultaban misteriosas para los científicos. ¿Acaso el desmonte de los terrenos locales para la agricultura había aumentado el aflujo? ¿Eran responsables los movimientos subyacentes de las placas tectónicas? (Los sismólogos detectaban una cantidad de actividad sin precedentes debajo del mar.) ¿Era el aumento de lluvias? Nadie lo sabía con seguridad. El Mar Caspio estaba treinta metros bajo el nivel del mar. Leila estudió la curva grácil de la costa y pensó que era sólo cuestión de tiempo antes de que todos ellos estuvieran bajo el agua.

Le resultaba confuso organizar las píldoras del día. El Dr. Pezechpour se aseguró de no dar a Leila lo suficiente de una sola vez como para matarse, pero de todas formas ella se las había arreglado para acumular bastantes. (Él le había comentado que era asombroso lo poco frecuente que eran los suicidios entre los iraníes. ¿Acaso lo dijo para animarla?) La esclava de plata que Enrique le había dado estaba metida junto a sus píldoras color durazno. Leila se la puso. Se sentía más pesada de lo que recordaba.

Quedaban pocos psiquiatras en Irán. Baba había indagado discretamente entre sus colegas hasta que había encontrado al Dr. Pezechpour en la Universidad de Teherán, dando clases de anatomía y dispuesto a ver a Leila a escondidas. El Dr. Pezechpour podía ser mordaz, pero le tenía un afecto irritante a las máximas. "Los iraníes son como los campos de trigo", dijo él. "Cuando llega la tormenta, se doblan; cuando pasa la tormenta, se vuelven a enderezar". Él nunca consideraba la posibilidad de abandonar la tormenta por completo.

Detrás del chalet, los Montes Alborz brillaban negriazules bajo la luz del sol. Los cipreses formaban un aro protector alrededor de su casa, emitiendo un aroma penetrante y medicinal. ¿Qué daría ella por correr desnuda al mar? A los hombres se les juzgaba por los riesgos que tomaban. ¿Y a las mujeres? Por los riesgos que no tomaban. En abril, Sadegh había cambiado de parecer y le había prohibido que saliera del país. Por más que se lo rogó, no cedió. *¿Acaso crees que soy estúpido, Leila? ¿Un tonto que no tiene ojos en la cara?* Era su propia culpa, decidió ella, por bajar de peso y hacerse esos tratamientos de belleza. Su esposo sabía que no se había puesto tan guapa para complacerlo a él. *¡Dime a quién piensas ver en California! ¡Dímelo, puta, o haré que te encierren por cometer adulterio!* Leila se retiró a su cuarto y se quedó ahí durante días.

Nuevos criaderos de peces se erigían a lo largo del Mar Caspio. Se soltaban millones de pececillos de esturión en sus olas. Se esperaba que los pececillos crecieran y produjeran más hueva como la que se vendía a cientos de dólares el kilo en el mercado mundial. ¿Cuántas vidas, se preguntó Leila, dependían de este caviar? Se imaginó entrando lentamente a la mar, rodeada de pececillos, su chador arrebatado por el viento como una cometa perdida y oscura.

¿Qué recordaría Enrique de ella después? ¿Y Mehri? ¿Acaso haría causa común con Sadegh para vilipendiarla? A veces Leila miraba a su hija y sabía que estaba criando a una niña que acabaría por odiarla.

Otros habían logrado encontrar un propósito en la vida. Maman era feliz en su matrimonio con el señor Sr. Fifield, que acababa de comprar el estudio de arquitectura paisajista más grande del Reino Unido. Yasmín había abandonado el país y estudiaba ingeniería en Múnich. (En su última carta le había citado una frase en alemán: "Cada hora se mueve a través de tu corazón y la última mata".) Los tíos y las tías y los primos forjaban nuevas vidas en el extranjero. Pero Leila simplemente tenía la sensación de no tener ninguna sensación, de estar fuera de su cuerpo, de mirarlo desde una orilla lejana que ya se desvanecía.

La bata resbaló de su hombro y Leila contempló su cuerpo, enfundado en un camisón sucio. Éste se había puesto fláccido otra vez, pesado con la gravedad. Se había convertido en lo impensable: una matrona, una ama de casa, una doña nadie. ¿Acaso eso también estaba escrito en su frente? Quedaban dos cigarrillos en su cajetilla. Afianzó uno entre sus labios y lo prendió. Qué grato era sentir el humo caliente llenar sus pulmones. Fumó y barrió el apartamento para calmarse los nervios. A veces leía poesía. *Las aves han ido en busca de la dirección azul. El horizonte es vertical, vertical y el movimiento como una fuente y en los límites de la visión los planetas giran.*

El mismo sueño acosaba a Leila noche tras noche: unas mujeres campesinas, los rostros cubiertos con un velo, se reunían a su alrededor en grupos de tres o cuatro, desenredando montañas de hilo fino para las fábricas de medias.

¿Acaso usarían las hebras desenmarañadas en las ruecas, ociosas en los rincones oscuros del cuarto? ¿Harían algo hermoso y nuevo? Cuando le contó al Dr. Pezechpour su sueño, él le dijo: "No importa cuán rápido corras, tu sombra siempre te alcanzará".

Leila fue a su habitación y sacó la maleta color canela del clóset. Contenía el traje de neopreno que Enrique le había enviado para su cumpleaños hacía siete años. Desdobló las piernas gomosas, arrugadas de tanto tiempo de estar almacenadas. Parecía como si fueran a gatear por sí mismas. Las aletas estaban desteñidas pero eran resistentes y todavía servían. Colocó todo en la puerta de enfrente del chalet.

Esa tarde le escribiría a Enrique en su mejor papel carta y se disculparía por darle esperanzas. Le diría que ya no bastaba con el cambio de las estaciones, con que la paloma torcaz cuidara de sus polluelos. Todo era copia de algo más, falto de originalidad, falto de inspiración. Le diría que todo lo que ella anhelaba ahora era seguir a las aves en una dirección azul, aprender más de lo que sabía antes. (Anoche había visto un búho descender por su ventana, sus ojos cubiertos de blanco como vendajes relucientes, y ella había imaginado que era su hermano.) Quizá el final sería como el principio, le diría, todo soledad y vacío.

Leila encendió su último cigarrillo. Afuera de su ventana, los barcos de madera surcaban metódicamente el mar. ¿Cuánto esturión se cosecharía hoy en el Mar Caspio? A Leila ya no le importaba. Ya no creía en el mar. Con las puertas acristaladas del balcón cerradas, el chalet finalmente estaba en silencio completo. Hasta las hojas del ciprés habían enmudecido. Leila extinguió su cigarrillo en el cenicero de cristal y miró el humo flotar entre sus dedos. Notó las venas de su mano derecha, la manera en que se enredaban alrededor de su muñeca. Su pulso era sorprendentemente uniforme, como las campanadas del reloj anunciando la hora.

4 de julio

Enrique

El Cuatro de Julio había comenzado bastante prometedor, puro y caliente. Los vecinos fueron llegando con sus hijos, cargando pasteles de fruta, ensalada de repollo y helado. Marta vino a ayudar con la fiesta y trajo a su hijo. Dentro de poco los niños pedían a gritos meterse a la piscina. Los niños del final de la cuadra insistieron en tener una competencia de natación, pero Camila y Sirenita ganaron todas las carreras. Enrique sabía que esto no era muy magnánimo de su parte, pero le encantaba el hecho de que sus hijas le hubieran ganado a todos los niños varones del barrio. Esas clases particulares de natación caras habían valido la pena.

Enrique ofreció a sus invitados cerveza y cócteles. Todos tomaban en demasía pero a nadie parecía afectarle bajo este sol. Él mismo sentía un ligero vahído, lo cual lo puso algo ansioso. Enrique observó su vida a su alrededor: los niños en la piscina, su esposa mezclando la ensalada, la solidez de su casa y su barrio (no tenían vista al mar pero les quedaba a poca distancia a pie), el colibrí zumbando cerca de los jazmines recién sembrados. ¿Acaso cualquiera de estas cosas realmente le pertenecía?

Las cosas no eran ideales en casa, pero todavía eran mucho mejores de lo que pudo haber anhelado durante su niñez y su juventud. Los cuartos de hotel y los apartamentos baratos en los que él y Papi habían vivido le habían parecido normales en aquella época. Ninguno de sus conocidos hubiera afirmado lo contrario. La verdad era que su existencia carecía de lógica, pero existía de cualquier manera. Y habían sido felices a su manera. Lo que más había preocupado a Enrique en aquellos tiempos era que su padre muriera antes que él. Ahora que lo peor había sucedido, ¿qué más podría temer?

Quizá su niñez había echado por tierra sus posibilidades de tener una vida normal. Nunca se sentía confiado cuando las cosas marchaban bien, al menos no de una manera calculable. Ni siquiera estaba seguro de lo que quería decir "bien". De todas formas, probablemente no era como la mayoría de la gente lo definía. Además, ¿qué importaba estar "bien" cuando eso podía desaparecer tan fácilmente? Desde que había comenzado a mantener una correspondencia con Leila, se había visto tentado a darle la espalda a su vida todos los días. Le asustaba que pudiera ser capaz de llegar a eso.

Enrique deseaba ir a Las Vegas por un rato para despejarse la mente. Nada enfocaba su atención como un juego de póquer de alto riesgo. Echaba de menos las luces de neón las veinticuatro horas del día, las multitudes por Freemont Street y las puestas de sol interminables en Red Rock Canyon. Y siempre podía contar con una buena mesa en el Diamond Pin. Lo último que supo fue que Jim Gumbel se había vuelto a casar y que Johnny Langston le había disparado al vaquero gigante del Pioneer Club que repetía: *Howdy pardner, welcome to Las Vegas.* ¿De qué otra manera se suponía que iba a conciliar el sueño?

Enrique tenía pensado llevar a su hijo en esta ocasión, mostrarle los lugares donde Papi solía hacer sus actuaciones. Fernandito ya podía hacer varios trucos de magia decentes, entre ellos uno con sangre de mentira y un vampiro de peluche que hacía gritar a sus hermanas. Para su cumpleaños, él había pedido un sombrero de copa y una varita mágica iguales a las de su abuelo. Para Enrique era desconcertante pensar en que Fernandito pudiera seguirle los pasos a Papi. ¿Cómo podía animar y proteger a su hijo al mismo tiempo? Le dolía pensar en dejar a sus hijos. Sin importar cuáles fueran sus problemas, Papi nunca lo había abandonado.

La parrilla chisporroteaba con hamburguesas y filetes de primera. Las mujeres, ligeramente bronceadas y vestidas de colores pastel y telas a cuadros, estaban agrupadas a un extremo del patio. Sus esposos se acomodaron alrededor de la mesa con bancos adosados para un juego de póquer. Enrique llevaba años de conocer a la mayoría de estos hombres —varios de ellos eran asiduos del Gran Casino— pero nunca nadie intercambiaba opiniones de algo que no fuera una que otra queja meramente formal acerca del equipo de los Dodgers.

La tarde silbaba con los primeros fuegos artificiales. Los niños salieron de la piscina, envueltos en toallas y tiritando, y comieron sus hamburguesas con queso y sus papas fritas, a excepción de Fernandito, que estaba entretenido practicando un truco con unos huevos de granja y unos peniques. Una de las madres, una maestra de kínder, leyó un cuento a los niños más pequeños sobre un elefante de circo solitario. Enrique recordó aquel cartel de Varadero del primer apartamento en el que Papi y él habían vivido en Santa Mónica. En el cartel, un elefante con un tocado incrustado de piedras preciosas se paraba en ancas mirando con recelo al maestro de ceremonias, mientras que un tigre rugía detrás de ellos. Ningún animal —incluso los humanos— debía ser domesticado, decidió Enrique. Eso les robaba la pasión por la supervivencia.

Cerca de las cuatro de la tarde, Delia envió a Marta a que comprara más bebidas en la tienda de vinos y licores que estaba en Entrada Avenue. Se suponía que también debía comprar luces de Bengala para los niños, si es que había. Sonó el timbre y el cartero le dio a Enrique una carta de entrega inmediata desde Irán. ¿Una entrega en un día festivo? Sus últimas cartas a Leila no habían obtenido respuesta durante meses. Ya no sabía qué creer. Parte de él ya había renunciado a ella por completo; otra parte aún deseaba que ella le diera esperanzas. ¿Quién había dicho que el diablo torturaba a los hombres haciéndolos esperar?

La carta tenía un matasellos de dos semanas antes, en su cumpleaños mutuo. El papel carta era grueso, color crema y su letra era perfecta, como si Leila hubiera escrito un borrador antes de copiar lo que quería decir. Enrique no pudo enfocarse en la mayor parte de lo que ella había escrito. Trató de leer más lentamente, pero nada de lo que ella le decía tenía sentido. ¿Por qué se disculpaba con él? ¿Por qué no podía venir a visitarlo? ¿Acaso su esposo se había enterado de su romance?

La carta de Leila sólo daba vueltas y vueltas con un pesar incomprensible. No decía nada específico, no había ninguna promesa, ninguna explicación, sólo este hecho: ella no vendría a California. A Enrique le dieron ganas de volcar la maldita parrilla, de arrancar las enredaderas de jazmín, de hacer cualquier cosa para aliviar su frustración. ¿Por qué no podía convencerla de que confiara en él? ¿Por qué no podía convencerse a sí mismo? Leyó su carta por décima vez, buscando una pista. Desconsolado, se metió la carta al bolsillo y regresó a la fiesta en el jardín trasero.

Justo entonces todo sucedió tan de prisa que no pudo haberlo relatado con ninguna coherencia. En retrospectiva, cada parte de esta secuencia se pudo haber previsto, haber reconocido su importancia, haber sabido hasta dónde los conduciría. Los accidentes no sucedían de una sola vez. Él tenía que creerlo. ¿Qué podía ser más previsible que una barbacoa el Cuatro de Julio?

Sin embargo, a Enrique le parecía que todo ocurrió simultáneamente: el encaje sutil de los girasoles proyectados hacia el cielo; el que Marta hubiera ido a la vinatería con cuarenta dólares en la bolsa; la llegada de la última carta de Leila, con su lenguaje triste y circular; los niños aglomerándose en el cuarto de las gemelas para jugar Turista; los adultos tan entretenidos con sus juegos de naipes y sus conversaciones que nadie —ni siquiera uno de los doce que eran— vio al hijo de Marta resbalarse por la parte honda de la piscina.

Enrique regresó a la fiesta en el jardín trasero y descubrió al niño flotando boca abajo en el agua, su pantalón corto inflado de un rojo brillante. Por un segundo pensó que pudiera tratarse de Fernandito y le dio un vuelco el corazón. Mientras se apresuraba hacia la piscina vio que era el hijo de la nana e inmediatamente se tiró detrás de él. Después del impacto del agua fría, tuvo la sensación de que el tiempo se había aletargado a un grado imposible. Enrique nadó con todas sus fuerzas, aterrado de que se le acabara el aliento antes de alcanzar al niño.

José Antonio estaba inconsciente, su piel amarillenta y fría. Enrique se lo puso debajo de un brazo y lo arrastró a la orilla de la piscina. Con delicadeza, puso al niño sobre el césped. La cabeza de José Antonio cayó hacia un lado. Le salía agua de todos los orificios. Enrique le apretó las narices al niño, oprimiendo su boca contra la de José Antonio. Ésta le supo, de manera desconcertante, a papitas fritas. Encima de ellos, las palmeras susurraban.

Los niños corrieron escaleras abajo cuando oyeron el alboroto y comenzaron a gritar, convencidos de que José Antonio estaba muerto. Pero Enrique pudo sentir el pulso del niño y supo que todavía tenía posibilidades de sobrevivir. El pecho de José Antonio subía y bajaba con cada respiración. Luego su mandíbula comenzó a moverse de lado a lado. De pronto, abrió bien los ojos y miró a Enrique de frente. Sus pupilas se cerraron como un abanico de pétalos oscuros. Enrique inclinó al niño hacia adelante y le dio unas palmaditas en la espalda hasta que todo lo que traía en el estómago salió de un tono amarillo pálido.

—Todavía hay tiempo para ti —le susurró Enrique y lo estrechó de cerca.

En la vida había un antes y un después, Enrique creía, una brecha entre lo que querías y lo que conseguías, entre lo que planeabas y lo que terminaba ocurriendo. No había avisos anticipados, ni una valla que anunciara una tragedia por venir. El momento anterior siempre parecía tan común y corriente, como cualquier otro. Los programas de color de rosa y los sombreros de paja girando por el aire. Unas cigüeñas extraviadas aterrizando en una confusión de plumas y patas. A Enrique le dolía recordar esto.

No había un "por qué" convincente que explicara cualquier cosa, no había respuestas, sólo buena o mala suerte ladeando la vida para aquí o para allá. Enrique ya no confiaba en las probabilidades o en la estadística o en la razón. Ciertas cosas eran inevitables. Se podían calcular las probabilidades, enfocar la falta de atención, desbaratar un razonamiento. Pero la suerte, pensó él, la suerte era otra cosa por completo.

Para cuando Marta regresó de la vinatería, José Antonio estaba cálidamente envuelto en una toalla de playa, tomando chocolate caliente. Los tallos delicados de sus piernas sobresalían de la felpa blanca. Fernandito trató de alegrarlo haciendo un truco de magia, pero el huevo acabó en su propio pie en lugar de eso. Después de revisar sus signos vitales una vez más, el personal de la ambulancia empacó sus cosas y se marchó.

Marta estaba inconsolable, lo cual hizo que los invitados se pusieran a la defensiva.

—Pudo haberle pasado a cualquiera de nosotros —dijo la maestra del kínder.

Pero Enrique se dio cuenta de que Marta no le creía. Meticulosamente, revisó a su hijo para ver si tenía moretones y lo besó por todas partes. En la vinatería dijo que había imaginado unas alas sobre su espalda, como las que hacen las mujeres salvadoreñas para los bebés enfermos, aquellos que ya no tienen salvación. Se había apresurado de vuelta a la casa, aterrada.

Sin previa advertencia, Marta le entregó a Enrique su bolsa, recogió a su hijo, y comenzó a caminar resueltamente hacia el mar. Enrique la siguió, todavía chorreando de la piscina. ¿Qué otra cosa podría suceder esta tarde? Poco después, todos los invitados iban detrás de Marta hacia la playa: un desfile a medio vestir de sus vecinos y sus hijos sosteniendo luces de Bengala para el Cuatro de Julio (Marta había comprado una bolsa de ellas) y banderitas de papel. Un avión de hélices se sostenía encima de la costa. A dos kilómetros de distancia hacia el sur, la rueda de la fortuna sobre el muelle de Santa Mónica daba vueltas. Enrique ansiaba escuchar su melodía de carnaval.

La costa describía una curva en ambas direcciones, y parecía como si las puntas fueran a encontrarse alguna vez. Sólo el horizonte era recto, dos tonalidades distintas de azul. El sol era tan brillante que hacía que todo resplandeciera. Las gaviotas volaban a la deriva en lo alto, llamándose una a otra y mudando plumas. La playa estaba pegajosa de algas y chapopote. Enrique no estaba seguro de qué hacer. A su alrededor, la gente iba al trote y comía al aire libre y jugaba voleibol como si nada hubiera sucedido. Los niños, encabezados por sus hijas, suplicaban que los dejaran ir a nadar, pero Enrique los detuvo.

Marta dio grandes pasos hasta la orilla del mar, dejó a José Antonio en la arena y le dio instrucciones de no moverse. —Mírame —le ordenó. Marta se zambulló en el agua fría: hasta las caderas, la cintura, el pecho y el cuello. Una ola se deslizó sobre ella, suave y enorme. Ella escupió y se restregó el agua salada de los ojos, pero se volvió rápidamente y saludó con la mano a su hijo. Enrique la miró en silencio desde la orilla. Tuvo miedo de que Marta se hundiera, pero en cambio ella salió a la superficie con la próxima ola. Luego, en una sincronización de brazos, piernas y pulmones, Marta nadó.

Epílogo

Evaristo

A Evaristo le costaba trabajo recordar ciertas cosas. Sólo tenía veintiséis años, pero le parecía que estaba olvidando el equivalente a muchas vidas en detalles e incidentes. Quizá era este olvido lo que le congestionaba el cráneo, partiéndoselo de dolor y mareo. Si él no recordaba lo que había visto, nadie más lo haría. Había infinidad de muertos sin que nadie les diera voz, sin que nadie dijera: *Soy tu testigo.* Pero de nada le servía sentarse a solas en las montañas. Su silencio estaba matándolos de nuevo.

Evaristo vivía solo en la punta de un cerro remoto con el dinero que Marta le enviaba todos los meses desde Los Ángeles. Ella también le había dado lo suficiente como para construirse una casa de madera: un cuarto pintado de azul como el cielo invernal, con un techo de hojalata y una puerta en cada una de las cuatro paredes. Había construido la casa él mismo, con la ayuda de un hilandero de maguey que vivía en el valle abajo. Evaristo había querido que cada puerta estuviera orientada exactamente al norte, al este, al sur y al oeste, de modo que había comprado una brújula para este fin.

Después de que la casa estuvo terminada, Evaristo contrató a un fotógrafo para que subiera al cerro y le tomaran una foto. El hombre corpulento montó su trípode, se metió debajo de una tela negra misteriosa y se desmayó. Evaristo tuvo que revivirlo salpicándolo con agua de río. "Querida Marta", escribió al dorso de la fotografía en letra de molde temblorosa. "Mira cómo me ayudas a encontrar la paz. De tu hermano que te quiere". Marta le contestó con los cincuenta dólares del mes siguiente: "Mi muy querido Evaristo, que Dios te bendiga a ti y tu pedacito de cielo. Tuya por siempre, Marta".

Era raro que un hombre viviera en las montañas de Morazán solo, sin familia y sin saber cómo labrar la tierra, pero nunca nadie le preguntaba a Evaristo qué hacía allí. Brotaban rumores acerca de su persona, ninguno de los cuales él trataba de disipar. La gente decía que había venido a las montañas para escapar de una bruja, que se estaba muriendo de una enfermedad del hígado que le oscurecía la sangre, que un amorío desatinado le había roto el corazón. ¿Quién no podía verlo en sus ojos? No obstante, sus vecinos comprendían que mientras menos supieran de él, de cualquier extraño, más seguros estarían.

Cada amanecer Evaristo instalaba su silla de mimbre afuera de la puerta que daba al este y lentamente, arrastrando su silla centímetro por centímetro a lo largo de la tierra apisonada que rodeaba su casa, seguía el curso lento del sol. Durante la época de lluvias, se quedaba adentro con las puertas abiertas de par en par, acostado en su hamaca y mirando las nubes descender de las montañas. Se levantaba sólo para comer: tortillas y frijoles con huevo o un pedazo de queso. Por la noche, pasaba el tiempo leyendo las estrellas sin hora.

En el curso del verano, un hombre de negocios había abierto una fábrica de botas en Gotera y había convencido a los jóvenes de que abandonaran los campos y trabajaran para él. Una noche se presentó en casa de Evaristo. "¡Qué vergüenza! Un toro fuerte como tú sentado allí sin hacer nada. Nos vemos mañana al rayar el sol". Pero la siguiente mañana, Evaristo dispuso su silla para otro día de atender el sol.

Cuando le bajaba el dolor de cabeza, los recuerdos lo hostigaban como filamentos afilados de luz. Los sacerdotes con palos metidos en el culo. Las colegialas que la guardia se llevaba y violaba. El año en la cárcel de la frontera esperando a que lo deportaran. Aquel panzón traficante de armas de Jalisco que trató de violar a Evaristo (el pendejo se había trepado a su litera a media noche), pero Evaristo le había sacado el ojo derecho. Por esta razón, lo habían puesto en una celda solo.

Era mediodía y las montañas brillaban en el aire cristalino. No quedaba ni una brizna de la niebla matutina. Evaristo trazó el contorno de cada pino con el dedo índice, el arco de la iglesia abandonada, su campana doblando silenciosamente por los muertos. Las cumbres áridas de las montañas se elevaban más allá de los pinos como una hilera de monjes calvos. Hacia el norte, directamente sobre los campos de sorgo, una bandada de zopilotes daba vueltas. Si tan sólo pudiera ser como ellos, pensó Evaristo, sin prisas y sin rabia.

El maíz de las laderas estaba casi maduro y Evaristo tenía pensado ayudar a sus vecinos con la cosecha. Los campesinos bromeaban acerca de sus manos de ciudad sin callos, pero agradecían su fuerza física. Tantos de ellos habían quedado lisiados por la guerra, con sólo un muñón por pierna o con medio brazo, despojados de su utilidad como aquel jeep militar por el camino.

Si escuchaba de cerca, Evaristo podía oír el río, a una

hora de camino a pie. El mes pasado, lo había venido a visitar una curandera, olorosa a hojas de laurel y menta. Después de sus invocaciones y de rociar agua purificadora, le había aconsejado que se bañara en el río todos los domingos. Sólo los bautizos frecuentes, dijo ella, podrían hacerle olvidar el mal que había visto. Pero Evaristo no quería olvidar y se negaba a ir.

Hoy el río parecía susurrar los nombres de los pueblos cercanos: Cacaotera, Jocoatique, Meanguera, Arambala, Perquín. En Los Ángeles, Evaristo también había escuchado muchos nombres hermosos; nombres en español que no tenían nada que ver con los lugares que describían —El Monte, Sierra Bonita, La Ciénega— nombres masticados como chicle en boca de los americanos.

A pocos metros de la casa de Evaristo, un canario hizo su nido en un banano. Al anochecer, le cantaba canciones tristes a Evaristo, cada una distinta de la otra. Cuando Evaristo miraba hacia el cielo, se imaginaba que el canario era su hermana que había llegado para estar a su lado. Le dio risa pensar en ello y el sonido de su propia voz lo sobresaltó. El canario se quedó mirándolo fijamente hasta que Evaristo se calló de nuevo. Luego revoloteó hasta una hoja más baja del banano y comenzó a entonar otra melancólica canción.

AGRADECIMIENTOS

A mis amables e inquebrantables amigos y lectores generosos, doy las gracias: a Chris Abani; Wendy Calloway; Bobbie Bristol; José Garriga; Micheline Aharonian Marcom; Alice van Straalen; Bobby Antoni; Scott Brown; Richard Gilbert; Shideh Motamed-Zadeh y, en particular, a Ernesto Mestre; a mi hermana Laura García; y a mi esposo, Bruce Wood. Un agradecimiento especial para Won Kim por su apoyo constante, a Ana Sánchez Granados por su inspiración continua, y a Erika Abrahamian por su pericia lingüística. El mayor agradecimiento de todos corresponde, por supuesto, a mi hija, Pilar García-Brown, por su irreverencia, su sentido del humor y su cariño.

TAMBIÉN DE CRISTINA GARCÍA

"Una escritora mágica". —The New York Times

LAS HERMANAS AGÜERO

De la autora de la muy aclamada *Soñar en cubano* viene una hechizante novela: la historia suntuosa de dos hermanas cubanas que encarnan el romanticismo excesivo y el pragmatismo severo de la diáspora cubana. Constancia Agüero se fue de Cuba y obtuvo éxito en Nueva York. Reina Agüero, una electricista cuyas manos hacen la luz y deshacen a los hombres, se quedó en Cuba. Ahora, estas dos mujeres deleitosamente excéntricas se reúnen en Miami después de treinta años de ausencia. Sensual, mágica, graciosa, *Las hermanas Agüero* es una obra maestra al estilo de Isabel Allende y Gabriel García Márquez.

Ficción/978-0-679-78145-5

VOCES SIN FRONTERAS
Antología Vintage Español de literatura mexicana y chicana contemporánea

A medida que los descendientes de inmigrantes mexicanos se han ido estableciendo por todo Estados Unidos, ha surgido una gran literatura, pero sus similaridades con la literatura de México han pasado inadvertidas. En *Voces sin fronteras*, la primera antología que combina la literatura de ambos lados de la frontera méxico-americana, Cristina García nos presenta un diálogo intercultural de una rica diversidad. Voces históricas de maestros mexicanos como Carlos Fuentes, Elena Poniatowska y Juan Rulfo se entrelazan contínuamente con voces magistrales de chicanos como Sandra Cisneros, Rudolfo Anaya y Gloria Anzaldúa para formar una vibrante tela bilingüe y bicultural.

Literatura/Antología/978-1-4000-7719-9

VINTAGE ESPAÑOL
Disponible en tu librería favorita, o visite
www.grupodelectura.com